전두엽 브레이커

스토리코스모스 소설선_001

전두엽 브레이커

스토리코스모스

| 차례 |

사람과 사람 사이 | 고요한   08
운명은 이렇게 문을 두드린다 | 권제훈   34
걷는 여자, 걷는 남자 | 김 솔   66
당신의 선택이 간섭을 일으킬 때 | 김은우   100
R300 | 도수영   132
방독면을 쓴 바나나 | 도재경   162
여분의 사랑 | 박유경   188
스탠다드 맨 | 이상욱   216
그래도 되는 사이 | 정무늬   270
전두엽 브레이커 | 허성환   298

『스토리코스모스 소설선』을 시작하며 | 박상우   333

사람과 사람 사이

―

고요한

―

국가가 부부간 섹스를 금지시킨 지 벌써 두 달째였다. 코로나 확진자 수가 자고 일어나면 두세 배씩 늘어나자 국가가 내린 비상조치였다. 섹스 금지령을 내리면서 국가는 온 나라의 부부에게 전자 팔찌를 지급했다. 완벽한 방역으로 노래방과 클럽에서의 전파를 차단했지만 부부간 행위에 의해 발생되는 감염엔 속수무책이었다.

나는 창문을 열어 환기를 시키고 소파에 앉았다. 위층 남자가 돌아왔는지 발자국 소리가 났다. 남자가 내 머리통을 밟고 다니는 것 같아 천장을 노려보고는 티브이를 켰다. 티브이는 계속 재방송만 내보냈다. 코로나 직전 한국 선수가 우승한 PGA 골프 중계를 보고 나니 한 시간이 훌쩍 지나 있었다. 골프를 보면서도 생각은 오직 한 가지뿐이었다. 생각을 분산시키기 위해 빠르게 거실을 걸어 다녀도 생각은 분산되지 않고 더욱 집중됐다.

집중된 생각을 털어내기 위해 안방 문을 밀고 들어갔다. 생각을 털어내는 방법은 그 생각 속으로 들어가는 것밖에 없었다. 미원은 노트북을 닫고 잘 채비를 하고 있었다. 실내 공기가 탁했다. 두 시간마다 환기를 시키라고 했지만 미원은 바깥 공기가 더 위험하다며 문을 열지 않았다. 나는 미원의 허리를 끌어안고 침대로 올라갔다. 당분간만 참으라면서 미원이 나를 밀어냈다. 섹스 금지령으로 두 달째 관계를 맺지 못했기에 무시하고 미원의 상의를 가슴까지 끌어올렸다. 손목에 찬 전자 팔찌에 붉은 불이 켜지면서 삐삐삐, 울렸다. 미원의 것도 동시에 울렸다.

—소리도 나는 거였어?

미원도 놀랐는지 그러게, 하고 상의를 내렸다. 미원과 떨어져 침대 가장자리로 가자 전자 팔찌에서 소리가 나지 않았다. 변기 물 내려가는 소리와 함께 위층 남자의 발소리가 났다. 발소리는 내가 있는 쪽으로 다가오더니 머리 위에서 멈췄다. 위층도 똑같은 구조의 스물다섯 평짜리 아파트였다. 남자도 나와 같은 생각을 하는 것일까. 위층에서 전자 팔찌 소리가 나는 것 같았다.

전자 팔찌를 찬 왼팔을 등 뒤로 숨기고 오른팔로 미원을 끌어당겼다. 그때 현관문을 두드리는 소리가 났다. 미원은 나를 밀어내고 나가 누구세요, 하고 물었다. 경찰관입니다. 미원이 들어와 내게 나가보라는 손짓을 했다. 사타구니 부분을 올라오지 않게 누르고 나가 현관문을 열었다. 마스크를 쓴 경찰관이 현관으로 들어서며 전자 팔찌에 불이 들어와 출동했다고 말했다.

—이러시면 안 됩니다. 알 만하신 분들이.

나보다 열 살쯤 많아 보이는 경찰관이 훈계를 했다.

-경찰이 치안에 신경 써야 하는데 요즘은 각 가정으로 출동하기 바쁩니다. 금지령을 어기는 시민이 생기면 즉각 출동하거든요. 물론 저도 두 달 넘게 부부관계를 갖지 못했습니다.

　경찰관은 하루에도 수십 번씩 아파트와 인근 단독주택으로 출동한다고 했다. 마스크를 쓴 경찰관의 눈은 몹시 피곤해 보였다. 자다 왔는지 옆머리에는 까치집이 지어져 있었다. 경찰관은 나와 미원에게 전자 팔찌가 울리지 않게 유의해 달라고 당부한 뒤 거수경례를 했다. 초범이니 경고만 하고 간다는 의미였다. 경찰관이 손목에 착용한 스마트워치에서 402호 가보세요, 라는 말이 흘러나왔다. 402호면 바로 위층이었다. 장갑도 끼지 않은 손으로 코를 후벼 파는 경찰관을 보며 나는 인상을 찌푸렸다.

　경찰관이 위층으로 올라간 후 실내 공기가 환기되도록 현관문을 활짝 열었다. 마스크를 썼지만 경찰관이 어디를 들렀다 왔는지 알 수 없었다. 현관문을 닫으려는데 경비 아저씨가 지나갔다. 며칠 새 경비 아저씨의 머리카락은 완전 흰머리로 뒤덮여 있었다.

　-경찰관은 갔어?

　비누칠을 해서 손톱 속까지 씻고 안방에 들어가자 미원이 물었다.

　-갔어. 위층으로.

　-거긴 왜?

　-우리와 같은 경우겠지.

　안방을 나와 거실 소파에 누웠지만 또 한 가지 생각으로 꿈틀거렸다. 생각이 사라지면 좋으련만. 생각에도 거리가 있으면 좋으련만. 생각에도 브레이크가 있으면 좋으련만. 전자 팔찌가 울릴까 봐 나는 손을 옆구리에 붙였다. 전과 달리 전자 팔찌는 주기적으로 깜빡거렸다. 깜빡거림의 빈도가 잦았고 색깔도 더 붉었다.

다음날 마트에 갔다 위층 남자를 만났다. 태권도 관장인 남자는 나보다 네 살이 어린 서른하나였다. 남자의 장바구니에는 라면과 우유와 과자가 잔뜩 들어 있었다. 계산대를 나왔을 때 남자와 마주쳐 인사를 했다.

장바구니를 들고 마트를 나와 남자에게 생맥주 한잔하자고 했다. 마스크를 쓴 남자의 눈동자가 커졌다. 전에야 종종 퇴근길에 마셨지만 지금 같은 판국에 술을 먹자고 하는 건 실례였다. 미안하다고 하자 남자는 아니라면서 딱 한 잔만 하죠, 하고 말했다.

남자와 마트 옆에 있는 생맥줏집으로 갔다. 생맥줏집에는 손님이 하나도 없었다. 우리는 500cc 생맥주 두 잔을 시켰다. 조금 후 마스크를 쓴 사장이 생맥주 두 잔을 들고 와 탁자에 놓고 갔다. 술집에서도 2미터를 유지하기 위해 남자는 잔을 들고 건너편 자리로 갔다. 나는 남자를 향해 잔을 높이 쳐들고 생맥주를 마시기 위해 마스크를 내렸다. 사장이 그제야 나를 알아보았다. 요즘 장사가 되냐고 묻자 사장은 파리만 날리고 있다며 죽는소리를 했다.

남자는 사장에게 빨대를 달라고 하더니 그것을 마스크 아래로 꽂아 맥주를 빨아 마셨다. 마스크가 끌려 내려와 남자의 뺨에 긁힌 자국이 보였다. 내 시선을 의식한 남자가 마스크를 끌어 올렸다.

-경찰관에게 잡혀가는 위층 형님을 구하다 전자 팔찌에 긁혔어요. 자신은 격리되기 싫다며 살려 달라 하길래 경찰관과 실랑이를 벌였죠. 결국 위층 형님은 끌려갔지만요.

남자는 아직도 흥분이 가시지 않는 목소리로 말했다. 남자는 전자 팔찌가 502호에서 울렸는데 국가가 지시를 잘못 내려 자신의 집으로 경찰이 왔다고 했다.

-위층 형님은 끌려가지 않을 줄 알았어요. 거긴 섹스리스거든요. 근데 끌려갔어요. 부부가 집에만 붙어 있으니까 아무래도 없던 정이 생겨 그렇게 됐나 봐요. 이제 이 동에서 끌려가지 않은 남자는 형님과 저뿐이에요.

경찰관이 우리 집에도 출동했었다는 말이 목까지 올라왔다가 넘어갔다. 괜히 무안해진 나는 잔을 얼른 가져다 한 모금 쭉 넘겼다. 남자는 빨대를 쭉 빨았다. 단번에 맥주의 삼분의 일이 비워졌다.

-실은 저도 한 가지 생각만 나요. 그나마 하루 종일 아이들 태권도를 가르치고 나면 그 생각이 조금 사라져요. 운동으로 생각을 푼다고 할까요. 그렇게 운동을 하고 결국엔 피로만 남죠. 얼른 집에 들어가 쉬고 싶은 맘뿐이에요. 하지만 집에 오면 그 생각이 또 꿈틀거려요. 아이를 낳을 수는 있을지 모르겠어요, 형님.

남자는 위층에 이사 왔을 때부터 나를 형님이라고 불렀다. 그

때부터 나는 이상하게 남자의 형님이 된 것 같았다. 체격이며 동글동글한 얼굴형이 누가 봐도 닮아 있었다. 나는 사장이 갖다준 팝콘을 한 주먹 집어 입에 쑤셔 넣었다. 그때 턱스크를 쓴 노인이 맥줏집으로 들어와 얼른 마스크를 끌어 올렸다.

두 달 새 2미터를 유지하지 않고 섹스를 시도한 팔천여 쌍의 부부가 격리되었다. 이 추세라면 앞으로 만여 쌍의 부부가 격리되는 건 시간문제였다. 우리 아파트만 해도 하루 새 십여 쌍이 격리되는 실정이었다. 내가 아침에 일어나 가장 먼저 보는 게 격리 부부 추세였다. 국가는 아침 열 시에 전날 격리된 부부 수를 생방송으로 내보냈다. 어제의 확진자들은 국가 시설이 부족해 지방 관공서 휴양 시설에 수용됐다. 격리로 인해 이혼하는 부부도 생겼다.

-출산율이 역대 최저라고 아이 만들라 할 땐 언제고 이제 와서 2미터를 지키라고 하니. 이놈의 국가가 사람을 잡네.

나는 손톱으로 팝콘을 짓누르며 말했다.

-형님도 아이를 갖고 싶군요?

-넌 안 갖고 싶어?

-솔직히 말하면 아이는 안 갖고 싶어요. 국가가 키워주는 것도 아니잖아요.

남자는 결혼한 지 석 달도 안 된 신혼이었다. 말하자면 남자는 신혼여행을 다녀오고 얼마 안 돼 이 사태가 터진 것이다.

국가에서 섹스를 금지한다는 발표가 있은 후 주민센터에 전자 팔찌를 배급받으러 간 날이 떠올랐다. 주민센터에는 나보다 먼저 온 남자들이 줄을 서 있었다. 사이사이에 여자들도 보였다. 이따금 남자들이나 여자들과 눈이 마주치면 죄를 지은 사람들처럼 서로 먼저 고개를 돌렸다.

내 차례가 되었을 때 주민센터 직원이 전자 팔찌 두 개를 내밀었다. 내가 한 사람만 차면 안 되냐고 묻자 직원은 사무적인 목소리로 부부가 모두 착용해야 한다고 했다. 비말 때문에 섹스를 못 하게 하는 거라면 마스크를 끼고 하면 되지 않냐고 물었다. 뒤에 있던 여자가 킥킥거리며 웃더니 그러면 되겠네, 하고 내 편을 들어주었다.

직원은 들은 척도 않고 전자 팔찌 두 개를 내밀더니 개중 하나를 내 손목에 채웠다. 그러고는 아내분한테도 이렇게 해주면 된다고 지시했다. 직원은 받았다는 사인을 하라며 스마트 패드를 내밀었다. QR코드를 찍은 뒤 손 소독제를 바르고 주민센터를 나왔다.

−언제까지 이렇게 살아야 할까.

나는 생맥주 손잡이를 만지작거리며 말했다.

−이 사태는 겨울까지 간다던데요.

−아직 사월인데?

−간밤에도 코로나 변종이 나왔잖아요. 코로나 444라고.

자고 일어나면 부부 확진자만큼이나 변종 바이러스가 나왔다. 그제만 해도 코로나 333이 나왔고 그 전날에도 나왔다. 이게 다 부부간의 섹스로 인해서만 발생 되는 감염이었다. 영국과 포르투갈과 미국 등 팔십여 개국에서 발생한 델타 변이도 국내에서 나온 상황이었다. 자고 일어나면 변종 바이러스로 인한 부부 사망자도 늘었다.

생맥주를 다 마시지 못하고 술집을 나왔다. 남자와 나란히 장바구니를 들고 엘리베이터를 탔다. 먼저 엘리베이터에서 내려 집으로 들어가 마트에서 산 것들을 냉장고에 넣고 소파에 앉았다. 아파트 대출금은 착실하게 통장에서 빠져나가고 있어 걱정할 문제는 아니었고 배달 음식값은 열 배로 늘어났으나 감당 못 할 정도는 아니었다. 미원은 나보다 돈을 잘 벌고 있었다. 내가 다니는 회사 역시 이 상황 속에서도 잘 돌아가고 있었다. 나름대로 내 주변은 크게 나쁘지 않았다. 섹스 금지령을 내린 후부터 내 몸이 무거워진 것만 빼면 말이다. 실제로 저울에 몸무게를 재보니 두 달 새 6킬로가 넘게 살이 쪄 있었다. 생각이 쌓여 살이 된 모양이었다. 몸에 살이 찌는 것처럼 또 생각이 솟아올랐다.

한 가지 생각을 멈추기 위해 소파에서 일어났다. 그림자가 허물처럼 바닥에서 꿈틀댔다. 내 그림자조차 생각을 하는 것 같았다. 생수를 한 컵 마시고 안방으로 갔다. 문이 잠겨 있어 열쇠로 돌려 땄다. 미원은 침대 가장자리까지 굴러가 위태롭게 자고 있었다. 잘못하다간 바닥으로 떨어질 수도 있었다. 내 생각을 채우기 위해 미원의 잠을 방해할 순 없어 멈칫했다. 미원이 밑으로 떨어질까 봐 기다란 쿠션을 침대 아래쪽에 놓아주는데 전자 팔찌가 심하게 깜빡거렸다.

서둘러 방을 나와 소파에 앉았다. 전자 팔찌에서 계속 불이 들어와 현관문 쪽으로 걸어갔다. 방과 거리가 가장 멀어선지 불빛이 다소 희미해졌다. 다시 방 쪽으로 가자 불빛이 짙어지면서 깜빡거리는 횟수도 늘어났다. 나는 방과의 거리가 가장 먼 현관문 쪽으로 머리를 베고 잤다.

아침에 일어나 고양이 세수를 하고 트렁크 차림에 상의만 갖춰 입은 채 소파에 앉아 노트북을 켰다. 화상 회의 화면에 잡히는 건 어차피 상체라 하체는 뭘 입든 보이지 않았다. 재택근무를 한 지도 두 달이 넘어가고 있었다. 미원 역시 개학이 연기되면서 학교에 나가지 않았다. 화상으로 학생들에게 수업을 하고 숙제를 냈다. 미원과 집에서 두 달 넘게 낮과 밤을 같이 보낸 건 처음이었다. 물론 처음에는 이런 일이 일주일이면 끝날 거라 생각하고 꿀맛 같은 시간을 보냈지만 보름이 넘어가면서부터 불안해졌다. 평생 재택근무를 해야 하는 건 아닌지 걱정이 됐다. 무엇보다 점점 둘이 있는 시간이 불편했다. 미원은 학생에게 심부름을 시키듯 시도 때도 없이 커피 좀 줘, 물 좀 줘, 과일 좀 줘, 하고 나를 부려먹었다. 들은 척하지 않으면 문자를 보내 일을 시켰다.

나는 회의를 마친 후 거래처에 전화를 걸어 화상 렌즈가 제대로 도착했는지 확인했다. 코로나로 인해 내가 다니는 노트북 회사가 화상 렌즈로 인해 호황을 누리고 있었다.

—오늘부터 집에서도 마스크 써.

마스크를 쓰고 안방에서 나온 미원이 말했다.

—밤사이 델타 변이 부부 확진자가 다섯 배 늘었잖아. 집 안에서

한 발짝도 나가지 않은 부부까지 걸린 걸 보면 창문을 열어둬서 그런 것 같아. 아까 질병관리본부에서 발표한 통계 봤지?

미원은 주방으로 가서 냄비에 물을 받아 가스레인지에 올려놓았다. 별다른 반응을 보이지 않고 나는 시큰둥하게 물었다.

-넌 하고 싶지 않아?

-하고 싶지. 하지만 전자 팔찌로 실시간 내 상태가 전송되는데 어떻게 해. 이러다 우리 섹스 동영상이 퍼지면 어떡하냐고. 국가가 날 보호해 줄진 몰라도 내 사생활까지 보호해 주진 않아.

미원이 냄비에 스파게티 면을 한 주먹 쏟아 부었다. 면이 아래쪽부터 익어가면서 냄비 속으로 가라앉았다. 면을 삶는 냄새가 좋아 주방으로 갔다. 미원이 두 팔로 밀어내는 시늉을 하며 2미터를 유지하라고 했다.

두 달째 우리는 집안에서 십 분 간격으로 밥을 먹었다. 미원이 반찬을 만들어 먼저 밥을 먹고 나면 내가 뒤늦게 식탁으로 가서 밥을 먹고 설거지를 했다. 그런데 오늘 메뉴는 스파게티였다. 십 분 간격으로 먹었다간 면이 불어 터질 게 뻔해 같이 먹자고 했다. 그 생각을 못 했네, 하고 미원은 냄비에 팔 분간 삶은 면을 하나 건져 먹었다. 팔 분이면 면이 탱글탱글했고 십 분이면 면이 불어 보들보들했다. 미원은 팔 분간 삶은 면을 좋아했고 나는 십 분간 삶은 면을 좋아했다. 이 분을 더 끓이라고 했지만 미원은 내 말을 듣지 않았다.

미원은 삶은 면을 건져 달궈진 프라이팬에 부은 뒤 크림소스를 넣고 달달 볶았다. 그리고 둥그런 접시에 면을 담아 내게 주었다.

나는 접시를 들고 식탁 끝으로 가서 의자를 뒤로 빼고 최대한 간격을 유지했다. 식탁은 2미터가 되지 않았지만 가장자리에서 먹으면 어느 정도 그 거리가 나왔다. 미원도 뒤로 의자를 빼서 앉고 마스크를 벗었다. 화장을 하지 않아 입술은 파랬고 볼에 있는 주근깨가 보였다.

나는 포크로 면을 돌돌 말아 먹었다. 역시 면이 질겼다. 빨리 먹어야 한다는 생각에 맛을 느끼지 못하고 우물우물 씹으며 건너편 마트를 바라보았다. 장바구니를 든 노인이 마트 안으로 들어갔다. 마트 정면에는 '내일 폐업'이란 글씨가 나붙어 있었다. 코로나 이후로 마트 근처에 있는 가게 중 절반이 문을 닫았는데 결국 마트마저 사라지는 것이었다. 마트가 없어지면 도로 건너편까지 십 분을 걸어가야 했다. 미원은 면을 후루룩 먹으며 마트가 폐업하기 전에 마스크를 박스로 사다 놓으라고 말했다.

-난 마스크 쓰고 사니까 감정을 숨길 수 있어 좋더라. 화가 나면 얼굴을 찡그리는데 그걸 들킬 염려가 없잖아.

미원다운 생각이었다. 하지만 나는 마스크를 쓰면 숨이 막혔다. 토한 숨을 그대로 들이마셔야 했고 눈썹까지 김이 올라와 수시로 안경을 닦아줘야 했다. 마스크에 배인 입 냄새도 올라와 골치가 아팠다. 특히 미세한 근육의 움직임을 감지하지 못한 채 눈만 보고서는 미원이 뭔 생각을 하는지 알 수 없었다.

나는 포크까지 먹을 듯 면을 돌돌 말아 입에 넣었다. 그때 초인종이 울렸다. 누구세요, 하고 얼른 마스크를 쓴 후 현관 앞으로 갔다. 조용했다. 외시경으로 현관 앞에 마스크를 쓴 여자가 보였다. 집집마다 벨을 누르고 다니면서 자신의 종교를 알리는 사람인 줄 알고 문을 열어주지 않았다. 다시 벨 소리가 들렸다. 우리 교회 다녀요, 하고 말했는데 문 열어, 라는 소리가 들렸다. 엄마였다. 현관문을 열어주자 엄마가 들어왔다. 나도 교회 다녀. 미원은 얼른 옆에 놓은 마스크를 쓰고 어머니 오셨어요, 하고 자리에서 일어났다.

 -마스크 벗지 말아요, 어머니.

미원이 엄마에게 달려들 듯 말했다. 놀란 엄마가 뒤로 주춤했다. 엄마의 마스크 귀퉁이에 국물이 묻어 있었다. 엄마가 인상을 쓰는 바람에 이마에 주름이 잡혔다.

 -가족이니까 더 신경 써야죠. 어머니는 이제 막 밖에서 들어오셨잖아요.

엄마는 눈을 흘기며 나와 미원을 바라보았다. 미원이 얼굴을 찡그리고 있는 걸 엄마는 모를 터였다. 나는 엄마에게 같이 식사를 하자고 했다. 배가 고팠는데 잘 됐다면서 엄마가 식탁으로 갔다. 순간 미원의 눈꼬리가 올라갔다.

 -밥 없어요, 어머니. 보시다시피 스파게티예요. 어머니 오신다고 했으면 해놓았을 텐데.

미안한 표정을 짓는 미원을 의식해 나는 엄마에게 전화도 없이 왔냐고 투덜댔다. 엄마는 코로나를 핑계로 집에 오지 않는 나를 보러 왔다고 했다.

엄마는 반찬 없는 식탁을 둘러보고 미원에게 물 한 잔 달라고 했다. 미원은 힐끗 나를 쳐다보고 물을 컵에 따라 엄마에게 주었다. 전에 미원은 엄마는 왜 물을 달라고 할 때 아들을 시키지 않고 자신을 시키는지 알 수 없다고 했다. 엄마는 마스크를 벗어 식탁에 엎어놓고 물을 마셨다. 잔이 비워지자마자 미원은 2미터 간격을 무시하고 엄마 앞으로 다가가 벗어놓은 마스크를 집어 주었다. 엄마는 눈을 흘기며 마스크를 받아 썼다. 팔에 찬 전자 팔찌가 내 눈에 들어왔다. 엄마는 얼른 팔을 가리고 요즘 밖으로 못 나가 수다 떨 사람이 없다면서 주위 사람들 흉을 보기 시작했다. 마스크 틈으로 비말이 나올까 봐 인상을 쓰는 미원을 보고 나는 엄마에게 어서 집에 돌아가라고 했다. 하지만 엄마는 무시했다.

　-너희들 애 낳아야 하는데 어쩌니.

　미원은 얼굴을 일그러뜨리며 내게 눈치를 줬다. 나는 재택근무 중이라면서 엄마의 소매를 잡아끌었다.

　-우린 걱정 말고 엄마나 신경 써. 부부 확진자가 늘어나는 추세니까 아버지를 위해 어서 집으로 가. 그리고 마스크 좀 잘 써.

　-너나 잘 써. 너 거꾸로 썼어.

　마스크를 빼서 다시 쓰고 엄마에게 오만 원짜리 두 장을 꺼내 줬다. 엄마는 환하게 웃으며 돈을 지갑에 넣고 일어났다. 이번에도 나는 마스크 속에서 얼굴이 일그러지는 미원의 표정을 보았다. 엄마를 데리고 나가며 나는 마스크를 벗어 손가락으로 빙글빙글 돌렸다. 서너 번 숨을 내쉬자 내 안에 고인 생각이 조금 빠져나가는 것 같았다. 그런데 갑자기 나타난 경비 아저씨가 나를 보고 인상을 썼다. 다시 마스크를 쓰고 엄마와 주차장까지 갔다.

　차에 올라탄 후 엄마는 무슨 말을 할까 말까 망설이다 간밤에 아버지가 격리되었다고 했다. 아버지도 격리된 상태라면 이제 주위의 가족 친척 중에 남아 있는 남자는 나밖에 없었다. 아버지가 누구와 같이 있다 격리가 되었는지 궁금했지만 묻지 않았다. 단지 안에서 짧은 거리를 이동할 때도 마스크를 써달라는 안내 방송이 나왔다. 엄마의 차가 단지를 빠져나간 후 엘리베이터를 타고 집으로 들어갔다.

오전 내내 전화로 밀린 일을 처리하고 났을 때 안방에서 나온 미원이 티브이를 켰다. 마스크를 쓴 신부님이 제단 앞에서 미사를 드리고 있었다. 미원은 미사포를 꺼내 머리에 쓰고 티브이 속의 신부님을 보며 성가를 불렀다. 성당에 가지 못해 미원은 방송으로 미사를 보았다. 나는 소파에서 일어나 식탁으로 가서 앉았다.
　-이제 신부님도 한 분만 계시면 되겠네.
　미원이 나를 힐끗 쳐다보았다.
　-그게 말이 돼.
　-방송으로 신부님 보며 미사 하는데 한 분으로 충분하지.
　-조용히 해. 미사 보고 있잖아.
　개 한 마리가 목줄을 질질 끌며 마트 안으로 들어가는 걸 바라보는데 미원이 기침을 했다. 나도 몰래 뒤로 몸을 뺐다. 놀란 미원이 소매로 입가를 가리면서 엄마는 열이 나지 않는지 전화를 해보라고 했다. 전화해 보니 엄마는 열이 안 난다고 했다. 전화를 끊으려다 엄마에게 아버지는 왜 격리되었냐고 물었다. 엄마는 잠시 말이 없다가 아버지가 다른 여자와 있다가 격리가 되었다고 했다. 전화를 끊고 미원에게 엄마는 이상이 없다고 말했다. 미원은 티브이를 끄고는 마트에 갔다 위층 남자와 한잔한 게 아니냐고 따졌다. 2인 이상 집합 금지라 술집에 가지 않았다고 거짓말했지만 걱정이 되었다. 남자가 운영하는 태권도장에서 확진자가 나온 적이 있었다.

 남자에게 전화를 하려다 부랴부랴 체온계를 가져다 온도를 쟀다. 37.7도였다. 평상시보다 높았지만 우려할 정도는 아니어서 체온계를 내려놓았다. 체온이 정상이라는 걸 알자 또다시 생각이 일어났다.

 -더는 이렇게 못 살겠어.
 나는 미원에게 말했다. 미원이 나를 쳐다보았다.
 -필요한 말만 하고 좋잖아. 사람 사이에 적당한 거리가 있으니까 싸울 일도 없고.
 -그 말이 아니라 더는 못 참겠다고. 널 바라보고만 있으니까 생각이 멈추지 않아. 멈추려고 하면 더 생각나서 몸이 무거워져. 이러다 그 생각으로 살이 통통 찐 코끼리가 될 것 같아. 국가가 섹스까지 관여하는 건 너무하잖아.
 -우리가 죽을까 봐 걱정해 주는 국가가 고마운걸.
 -언제부터 국가가 나를 걱정했다고. 내게 좋은 방법이 있어.

전자 팔찌가 내 목소리를 녹음이라도 하는지 심하게 깜빡거렸다. 나는 검은색 스카치테이프로 깜빡이는 곳을 붙였다. 불빛이 스카치테이프를 뚫고 올라와 수건으로 돌돌 말았다. 그러고는 전파 수신이 안 될 것 같은 옷장을 열어젖히고 미원을 그 안으로 밀어 넣었다. 쌓아놓은 이불이 눌리고 걸어놓은 옷들이 옆으로 밀쳐졌다. 옷 속에 파묻혀 미원의 얼굴이 보이지 않았다. 옷마저 죄다 밖으로 내던지고 옷장 안으로 들어가 문을 닫았다.

더없이 옷장이 편안하게 느껴졌다. 옷장 속이라면 전자 팔찌의 수신이 될 리 없었다. 안심하고 미원을 끌어안았다. 일 초도 지나지 않아 삐삐삐삐, 삐삐삐삐, 전자 팔찌가 요란하게 울렸지만 미원을 놓지 않았다. 미원을 안은 채 한 손으로 잠옷 바지를 끌어 내렸다. 전자 팔찌가 울리는 소리는 점점 커졌다. 미원이 발로 차며 그만하라고 할 때 초인종이 울렸다. 나를 밀어내고 나가려는 미원의 손을 잡았다.

초인종 소리는 그치지 않고 현관문을 두드리는 소리는 점점 더 커졌다. 나는 잠옷 바지를 끌어 올리고 밖으로 나가 현관문을 열었다. 지난번에 온 경찰관이었다. 마스크를 쓴 경찰관은 그사이 더 초췌해져 있었다. 경찰관은 거수 경례를 하고 캐리어를 끌고 들어왔다.

-오늘 밤은 이곳에서 머무르겠습니다.

-여기서 잔다고요?

나는 어이가 없어 물었다.

-시민님은 국가가 내린 금지령을 또 어겼습니다.

경찰관은 훈계하듯 말하고 낡은 구두를 벗고 들어와 소파 옆에 캐리어를 놓았다. 그러고는 캐리어에서 비닐장갑을 꺼내 손에 꼈다. 고개만 내밀고 있던 미원이 슬그머니 문을 닫았다. 나는 미원을 의식해 2미터 유지하라면서 집 안까지 들어오는 게 말이 되냐고 따졌다.

-시민님은 위험인물로 등록되었습니다. 옷장 속으로 들어가면 국가가 모를 줄 알았습니까. 시민님이 땅을 파고 들어가도 국가는 압니다. 솔직히 저도 시민님의 집에서 자는 거 불편합니다. 단지 국가의 녹을 먹고 사니까 책임감을 갖고 할 뿐입니다. 이럴 때 다들 자제하면 얼마나 좋겠습니까. 어젯밤은 위층에서 난리더니.

-위층에 갔단 말이에요?

경찰관은 비닐장갑을 낀 손을 깍지 끼며 빙글빙글 돌렸다. 비닐이 부스럭거리는 소리가 귀를 찔렀다.

-비밀이긴 하지만 그렇습니다. 위층 시민님은 어제 격리되었습니다. 이런 말씀 드리긴 뭐하지만 이제 이 동에서 격리되지 않은 부부는 이곳밖에 없습니다. 전 이곳만은 보호하고 싶습니다. 지금 이 순간을 안전하게 지내야 애도 낳을 수 있지 않겠습니까? 국가는 늘 시민님을 걱정합니다. 시민님이 부르면 달려갈 수 있는 삼 분 거리에 국가가 있죠.

경찰관은 캐리어를 밀쳐놓고 물을 좀 달라고 했다. 냉장고에서 생수를 꺼내 컵에 따라 갖다주었다. 경찰관은 나를 힐끗 쳐다보고는 고개를 돌려 마스크를 내리고 생수를 마신 뒤 잽싸게 썼다. 그러고는 배가 고프다며 간단히 먹을 빵이 있냐고 물었다. 식빵에 딸기잼을 발라 우유와 함께 주었다. 경찰관은 단숨에 식빵과 우유를 먹고 제복을 입은 채 소파에 누웠다. 이내 코 고는 소리가 들렸다. 숨을 내쉴 때마다 마스크가 부풀어 올랐다 내려갔다.

경찰관의 콧구멍을 틀어막고 싶은 충동을 느끼며 국가에게 전화를 걸었다. 국가는 통화 중이었다. 스무 번 넘게 전화를 걸은 뒤에야 겨우 연결이 됐다. 두 달 넘게 부부 관계를 하지 못했다고 국가에게 하소연을 했다. 국가 담당자는 단호하게 지금은 섹스를 해선 안 된다고 말했다. 사십 대 중반 남자의 묵직한 중저음 목소리였다. 내가 다른 말을 하기도 전에 담당자는 똑같은 말을 번복했다. 순간 녹음된 목소리가 아닐까 의구심이 들었지만 언제까지 2미터를 유지해야 하냐며 따졌다.

─이 사태가 끝날 때까지입니다. 국가의 출산율이 떨어지는데도 이렇게 하는 걸 보면 이 사태가 얼마나 심각한지 아실 거 아닙니까. 오늘만 부부 확진자가 구백 명을 넘었습니다. 이런 상황에서 어떻게 잠자리를……. 지금 같은 상황에선 잠자리를 안 하는 게 가족을 지키는 것입니다. 부부가 걸리면 자녀들은 물론이고 부모님까지 걸릴 확률이 높은 걸 모르진 않겠죠. 그렇게 퍼져나가다 보면 주변의 친지나 친구까지 확진자가 나옵니다. 제가 말이 길었군요. 그리고 시민님은 지난번 경찰관의 주의를 받은 걸로 아는데요. 지금은 경찰관이 댁에 들어간 걸로……. 게다가 아버지까지…….

아버지의 일까지 어떻게 아냐고 기어들어 가는 목소리로 물었다.

-그게 국가의 일이니까요. 선생님은 지금 국가가 감시하고 있습니다. 정정하자면 감시가 아니라 관리하고 있는 겁니다. 그게 국가가 존재하는 이유니까요. 시민님이 안녕해야 국가가 영원히 존속되는 거니까요.
　-아이를 낳아야 국가가 존속되는 거 아닌가요?
　-시민님이 안녕해야 아이도 낳을 수 있는 겁니다. 일단 살아남는 게 중요합니다.
　전화를 끊고 전자 팔찌를 빼내려고 나사를 돌렸으나 빠지지 않았다. 전자 팔찌 위로 살이 삐져나와 있었다. 서랍에 있는 펜치를 가져와 전자 팔찌를 끊으려다 살점을 뜯었다. 비명 소리에 미원이 문을 열고 나왔다. 자신의 살점이 뜯겨나간 듯 미원은 인상을 쓰며 빨간 약과 대일밴드를 발라주며 전자 팔찌는 한 번 장착하면 이 사태가 끝날 때까지 못 뺀다고 말했다. 주민센터 직원이 그런 말은 하지 않았다고 하자 미원은 전자 팔찌에 적혀 있다고 했다. 아닌 게 아니라 전자 팔찌 표면에 5포인트 정도 되는 작은 글씨로 그런 말이 새겨져 있었다.
　-하루 종일 날 감시하는 이놈 때문에 미칠 것 같아.
　-언젠가 이 일도 끝나겠지. 그나저나 경찰관은 자고 갈 모양이네. 이불이나 덮어줘.
　갑자기 국가에 속고 있다는 생각이 들었다. 인간의 기본적인 욕구마저 참으며 누구를 위해 이렇게 사나 싶었다. 미원과 결혼식 때도 국가는 나를 위해 해준 게 없었다. 국가는 늘 하지 말라는 이야기만 했다. 하지만 미원은 국민을 위해 할 일을 제대로 잘하고 있다고 국가 편을 들었다.

 미원이 안방에 들어간 후 거실에 이불을 깔고 누웠으나 경찰관의 코 고는 소리에 잠을 잘 수 없었다. 이불을 걷어 경찰관의 얼굴에 내던졌다. 마스크를 쓴 채 자고 있던 경찰관이 숨을 헐떡이더니 이불을 젖히고 벌떡 일어났다.

 −무슨 일이시죠?

 −코를 골아 잠을 잘 수 없어요.

 −죄송합니다. 그럼 저는 자지 않겠습니다.

경찰관은 티브이를 켰다. PGA 골프 경기를 무음으로 보며 경찰관은 골프채를 잡은 자세로 퍼팅 연습을 하다 꾸벅꾸벅 졸았다. 그걸 보자 또 생각이 고개를 내밀었다. 그 생각은 점점 더 커졌다. 생각을 충족시키지 못하면 오늘 밤은 자지 못할 것 같았다.

 경찰관이 졸고 있는 사이 이불을 들고 슬금슬금 안방으로 갔다. 문 좀 열어줘. 조용히 미원을 불렀으나 문은 열리지 않았다. 조금 큰 목소리로 미원을 불렀다. 경찰관의 손이 내 어깨를 잡아당기는 게 느껴졌다. 고개를 돌려 보니 경찰관이 내 뒤에 서 있었다. 경찰관을 밀어내고 거실 바닥에 누웠다. 다시 경찰관은 퍼팅 연습을 했다. 반복적인 동작을 얼마나 했을까. 퍼트를 휘두르면서 어깨 위로 올라간 손이 내려오지 않았다. 경찰관은 선 채로 눈을 뜨고 자고 있었다. 손으로 슬쩍 경찰관의 다리를 밀어보았다. 동상처럼 경찰관은 꿈쩍을 하지 않았다.

 얼른 일어나 안방 문을 살짝 노크했다. 문 좀 열어. 그때 골프공이 천장을 맞고 떨어지는 소리가 났다. 더는 문을 두드리지 마십시오, 시민님. 돌아보니 경찰관은 여전히 티샷을 한 자세로 눈을 뜨고 자고 있었다. 그런데도 목소리는 계속 흘러나왔다.

나는 경찰관의 입을 바라보았다. 경찰관의 입이 들썩이고 있었으나, 그것은 경찰관의 입에서 흘러나오는 게 아니라 스마트워치에서 흘러나오고 있었다. 어디서 많이 들어본 목소리라 경찰관 쪽으로 다가갔다. 캐리어가 발에 닿는 바람에 경찰관이 눈을 떴다. 손을 내려 경찰관은 스마트워치를 껐다. 목소리가 뚝 끊겼다.

-혹시 경찰관님이?

내 말에 경찰관이 피식 웃고 헛기침을 했다.

-네. 맞습니다, 시민님. 깜빡 조는 바람에 제 정체가 탄로 났군요. 제가 바로 국가입니다.

창밖 가로등 불빛이 거실 안으로 스며들어 내 그림자가 생겨났다. 미원과 나 사이에는 경찰관이 우뚝 서 있었다. 방과 거실 사이가 이렇게 멀게 느껴지긴 처음이었다. 방문은 마치 산처럼 높고 멀었다. 문 너머에 있는 미원에게로 가는 방법을 찾았지만 뾰족한 방법이 떠오르지 않았다. 사람과 사람 사이는 가까울수록 좋다고 했는데 지금은 사람과 사람 사이가 멀어질수록 좋다니 어이가 없었다. 도저히 그 말을 이해할 수 없었다. 되레 지금이야말로 기댈 수 있는 건 국가가 아니라 내 옆에 있는 사람뿐이었다.

점점 밤은 깊어졌다. 회사에선 내일도 재택근무를 하라고 했고 전문가들은 이 사태가 언제 끝날지 모른다고 했다. 심지어 평생 마스크를 쓰고 살아야 한다는 의견까지 나왔다. 이 집이 아주 작은 감옥처럼 느껴졌다. 나는 가로등 불빛이 비치는 쪽으로 다가

갔다. 저 가로등이라도 껴안고 있으면 생각이 좀 사라질까.

밤이 깊도록 생각이 멈추지 않아 허리를 굽혀 내 그림자를 끌어안았다. 나라도 안고 있으면 생각이 멈출 것 같았다. 하지만 그림자는 나를 피해 뒤로 물러났다. 두 팔을 더 활짝 펼쳐 그림자를 끌어안았다. 그림자는 내 팔에서 빠져나가 또 한 발자국 뒤로 물러났다. 두 발자국 더 앞으로 다가가 그림자를 끌어안으려 했지만 그것은 계속 내게서 멀어졌다. 내가 나의 그림자도 안을 수 없는 세상, 도대체 나더러 어쩌란 말이냐.

나는 그림자를 부둥켜안기 위해 공중으로 몸을 날렸다.

|작가의 말|

 코로나로 인해 가까운 친구가 죽었다. 코로나로 인해 누군가 안타까운 죽음을 맞이했다는 뉴스를 접할 때마다 그렇구나, 하고 귓등으로 흘려듣곤 했었다. 그런데 그 일이 바로 내 옆에서 벌어진 것이다.
 나로서는 친구의 죽음을 결코 가볍게 넘길 수 없었다. 코로나로 인해 병원 출입이 쉽지 않았고, 무조건 검사부터 먼저 진행해야 하는 상황에서 그는 홀로 죽어갔다. 코로나가 없었다면 조금 더 빨리 치료를 받고 회생할 수 있었을까. 오만가지 생각이 지금도 오락가락하지만 나에게는 그의 죽음이 '아직 살아 있어서' 더는 쓸 수가 없다.
 어둠이 내릴 무렵, 뒷산을 산책할 때마다 나는 친구를 위해 기도한다. 내가 모르는 그 세상에서의 안식과 평안을 위해. 이제 내가 살아남은 자로서 그를 위해 할 수 있는 건 그를 기억해 주는 것뿐이다.
 이 소설은 그를 기억하기 위해 고안해 낸 슬프지 않은 저장장치이다.

고요한

2016년 『문학사상』과 『작가세계』 신인문학상을 받으며 작품 활동을 시작했다. 세계적으로 권위 있는 번역문학 전문저널 『애심토트(ASYMPTOTE)』에 단편소설 「종이비행기」가 번역 소개되었다. 첫 소설집 『사랑이 스테이크라니』(2020)와 첫 장편소설 『결혼은 세 번쯤 하는 게 좋아』(2021)를 펴냈으며, 2022년 『우리의 밤이 시작되는 곳』으로 제18회 세계문학상을 수상했다.

운명은 이렇게 문을 두드린다

권제훈

빗방울이 떨어지기 시작했다. 남자는 와이퍼를 작동시키려다 좌회전 깜빡이를 켰다. 어, 이게 아닌데. 남자가 혼잣말했다. 우회전 깜빡이를 켰다가 끈 후에야 와이퍼를 켜는 데 성공했다.

　여자는 말없이 조수석에 몸을 묻고 있었다. 남자가 운전에 너무 집중하고 있었기 때문이다. 남자의 가슴팍은 운전대에 닿을 듯 말 듯 했고 어깨는 귀밑까지 올라가 있었다. 운전대를 쥐고 있는 게 아니라 운전대에 매달린 것 같았다. 처음엔 그 모습조차 귀여웠는데 이젠 한심해 보였다.

　남자와 여자는 춘천에 당일치기 여행을 다녀오는 길이었다. 둘이 차를 타고 함께 여행을 간 건 처음이었다. 사실 여자는 남자가 운전하는 걸 본 적이 없었다. 여자는 긴가민가하며 차에 몸을 실었고 남자가 운전이 미숙하다는 걸 쉽게 눈치챘다. 남자는 기초적인 작동법도 제대로 몰랐고 에어컨조차 한 번에 켜지 못해 버벅댔다.

"에어컨 좀 더 세게 틀어줘."

남자가 부탁하자 여자가 에어컨을 조절했다. 차가 작아서인지 레버를 올리면 여자가 한기를 느꼈고, 조금 낮추면 남자가 답답해했다. 햇볕에 무방비로 노출되면 숨쉬기도 어려운 한여름이었다. 다행인지 불행인지 빗방울이 점점 굵어졌다. 남자는 와이퍼를 더 빠르게 작동시켰다. 이번엔 한 번에 성공했다. 남자가 대단한 일이라도 해낸 듯 외쳤다.

"좋아, 그렇지."

여자가 고개를 돌려 남자를 쳐다보았다. 남자는 거북목으로 앞만 바라보고 있었다. 저러다가 목이 더 길어져서 앞 유리를 뚫고 나갈 것만 같았다. 앞차는 이미 먼 곳의 코너를 돌고 있었고 다른 차들이 그들을 끊임없이 추월했다. 경적을 울리는 사람도 있었지만 남자는 시속 60킬로를 유지했다. 여자는 좀 더 밟아보라고 말하려다 참았다. 대신 남자의 긴장을 풀어주기 위해 말을 꺼냈다.

"비 소식 없었는데. 기상청 정말 답답하다. 그지?"

"자기야, 휴게소까지 얼마나 남았는지 봐줘."

남자는 딴소리를 했다.

"어떻게 봐?"

"내비."

"오빠가 보면 되잖아."

여자는 괜히 심술이 났다.

"운전하고 있잖아."

남자는 여자를 바라보지도 않고 말했다. 여자가 짧은 한숨을 쉬며 등받이에서 몸을 뗐다. 여자는 내비게이션을 이래저래 만져 보다가 이내 포기했다.

"모르겠어. 어떻게 찾는지."

이번엔 남자가 깊은 한숨을 내뱉었다. 긴 침묵이 이어졌다. 와이퍼 삐거덕대는 소리와 빗소리만이 둘 사이를 오갔다. 다른 차들이 쉴 새 없이 그들을 지나쳐 유유히 사라졌다. 서울로 돌아가는 차량은 많았고 반대편은 여유로웠다. 침묵을 깬 건 남자였다.

"그냥 집 근처에서 먹을 걸 그랬다."

"무슨 뜻이야?"

여자는 남자를 빤히 바라보며 물었다.

"그렇잖아, 닭갈비만 먹고 올 건데 뭐 하러 춘천까지……."

"오빠가 가자고 했잖아."

"내가 언제? 자기가 가자고 했지."

"그래서?"

남자는 대답하지 않았다. 갑자기 비가 억수같이 쏟아지기 시작했다.

"완전 동남아네. 이렇게 쏟아지는데 기상청은 뭐 하는 거야."

여자의 목소리에는 날이 서 있었다. 여자는 순간적으로 화가 치밀어 올라 창문을 열고 싶었으나 비 때문에 그만두었다. 빗줄기는 더 굵어져 여러 사람이 바구니에 물을 담아 힘껏 퍼붓기라도 하듯 쏟아지고 있었다. 남자는 와이퍼 속도를 최대로 높인 후 운전대를 양손으로 꽉 잡았다.

비와 비 사이로 앞차의 형체가 간헐적으로 보였다가 사라졌다.

남자는 식은땀을 흘렸다. 여자도 긴장한 채 앞을 주시했고 남자는 속도를 더 늦췄다. 터널로 들어서자 오히려 시야가 트였다. 어두웠지만 폭우가 쏟아지는 바깥보다 훨씬 더 잘 보였고 먼 곳에 있는 앞차도 다시 시야에 들어왔다. 휴, 남자는 자기도 모르게 숨을 길게 내쉬었다.

"와이퍼는 끄지."

긴장이 조금 풀린 여자가 말했다.

"그냥 둬."

메마른 창을 닦는 게 힘겨운지 와이퍼가 끽끽 소리를 냈다.

"전조등 켜야 하는 거 아니야?"

여자가 물었다. 남자는 대답하지 않고 운전에 집중했다.

"전조등 켜야 하는 거 아니냐고. 다른 차들도 다 켰잖아."

"그냥 가자."

남자가 짜증을 냈고 여자는 소리를 지르려다 겨우 참았다. 그런 것도 모르고 남자는 앞만 주시했다. 터널 끝이 점점 다가오고 있었다. 남자는 마음의 준비를 했다. 와이퍼는 이미 가장 빠른 속력으로 폭우를 맞이할 태세를 갖추고 있었다. 터널을 빠져나가자마자 폭우가 그들을 덮치면서 풍경이 사라졌다. 남자는 더욱 긴장했다. 에어컨이 켜져 있는데도 땀 때문에 등이 축축했다.

"비상등 켜줘."

남자가 또 부탁했다.

"어떻게 켜는데?"

"그거 있잖아."

"모른다니까. 오빠가 켜면 되잖아."

"지금 운전하고 있잖아. 앞도 잘 안 보인다고. 세모, 빨간 세모 빨리 눌러."

남자가 소리 높여 말했고 여자가 빨간 세모를 세게 누르며 신경질적으로 받아쳤다.

"그러게 왜 차를 빌려서 난리야. 기차 타고 가면 될걸."

"너."

남자는 말을 꺼내려다 말고 크게 심호흡을 했다.

-경로를 이탈하여 재탐색합니다.

"이건 또 왜 이래."

여자는 혀를 찼다. 차들이 경적을 울리며 지나갔다. 고인 물이 튀어 차를 덮쳤다. 작은 차가 크게 흔들렸다.

"저것들이 위험하게, 씨."

남자가 소리를 꽥 질렀다.

"우리가 더."

"뭐?"

"헤어져."

여자가 단호하게 말했다.

"내가 그런 얘기 쉽게 하지 말라고 했지."

남자가 소리를 지르며 차를 갓길로 몰았다.

"뭐해? 위험하잖아!"

여자가 앞뒤를 번갈아 쳐다보며 다급하게 소리쳤다. 남자는 그보다 더 다급하게 말 한마디 없이 차에서 내렸다.

"오빠, 어디가? 뭐 하는 거야, 지금!"
여자가 소리쳤고 남자는 문을 꽝 닫은 후 뒤편으로 사라졌다.

*

여자는 운전도 잘 못하면서 차를 빌린 남자를 보고 있으니 답답했다. 서울을 벗어나기도 전에 급정거를 수차례 했다. 그러면서 브레이크 타령이나 하는 모습을 보고 있자니 화가 치밀어 올랐다. 손톱만 한 차를 빌린 것도 운전에만 몰두하고 있는 것도 싫었다. 춘천에서 소양강댐도 가보고 조금 더 놀고 싶었는데 남자의 운전이 못 미더워 정말 닭갈비만 먹고 온 것도 짜증이 났다. 이런 답답한 남자와 연애를 계속하는 게 잘하는 짓인지 알 수 없었다. 한 치 앞도 보이지 않는 바깥처럼 남자와의 미래가 암담하게 느껴졌다.

그래도 참았어야 했는데.

여자는 차 뒤편으로 사라지는 남자를 보며 급히 후회했다. 남자의 말처럼 쉽게 해선 안 될 말이었다. 물론 순간적으로 헤어져야겠다는 생각을 한 건 맞지만, 당장 헤어질 생각은 아니었다. 습관처럼 짜증 나고 화날 때마다 무심결에 나왔다. 그때마다 남자는 여자를 타일렀다.

내가 더 잘할게, 미안해, 조금만 더 생각해 보자⋯⋯. 사랑해.

하지만 오늘은 달랐다. 남자는 화를 내며 차에서 내리더니 사라져 버렸다. 폭우는 여전히 줄기차게 쏟아지고 있었다. 어마어

마한 폭우였다. 가만 보니 안개도 낀 것 같았다. 이제 겨우 네 시였고 한여름이라 해가 지려면 아직 많이 남았지만 보이는 게 없었다. 사이드미러조차 보이지 않았다. 보이는 거라곤 차 내부뿐이었다. 하얗게 깔린 어둠이었다.

이 어둠 속에서 남자는 뭘 하는 걸까.

시간이 흘러갈수록 여자는 더 초조해졌다. 남자에게 전화를 해보려고 했으나 남자의 휴대폰은 거치대에 얌전히 놓여 있었다. 현 위치를 확인하려고 했더니 폭우 때문에 내비게이션도 제정신이 아닌지 제대로 작동되지 않았다. 앱으로 지도를 켰지만 마찬가지였다. 여자는 내려서 남자를 찾아볼까 고민하다가 고개를 저었다. 우산도 없는데 이 폭우 속에서 어떻게 찾을 수 있을까. 우산이 있어도 힘든 일이었다. 괜히 나갔다가 엇갈릴 수도 있었다.

신고해야겠어. 그런데 뭐라고 하지?

남자가 고속도로 갓길에 갑자기 차를 세우더니 사라졌어요.

왜요?

사소한 언쟁이 있었거든요.

평소에도 자주 그런 일이 있었나요?

언쟁은 가끔 하긴 하지만…… 이렇게 갑자기 사라진 건 처음이에요.

왜 사라졌는지 모르신다고요?

네, 모르겠어요.

여자는 112와 119 사이에서 고민하다가 119를 눌렀다. 전화 연결 버튼을 누르려고 할 때 운전석 문이 열렸다.

남자가 들어왔다.

다른 남자였다. 덩치 큰 남자가 들어오자 작은 차가 크게 휘청거렸다. 남자는 마치 자신의 차인 것처럼 자연스럽게 운전석에 앉으며 말했다.

"난생 이런 폭우는 처음이야. 겨우 찾았네."

여자는 침을 꿀꺽 삼켰다. 놀라서 비명을 지르고 싶었지만 두려워서 그러지 못했다. 대신 여자는 남자가 눈치채지 못하게 9를 지우고 2를 눌렀다. 손이 덜덜 떨렸다. 그런 여자의 마음도 모르고 남자는 태연히 안경을 벗어 옷으로 안경알을 대충 닦은 후 다시 썼다. 뒤늦게 여자를 발견한 남자가 깜짝 놀라며 물었다.

"누구세요?"

"네?"

여자는 황당하기 짝이 없었다. 다른 사람 차에 무작정 타서 누구냐고 물으니 그럴 수밖에. 남자는 옷을 입은 채 바다에 들어갔다가 막 나온 것처럼 완전히 젖어 있었다. 몸에서 물이 뚝뚝 떨어졌다.

"아저씨는 누구세요?"

남자는 얼핏 봐도 쉰은 넘어 보였다. 어쩌면 예순을 넘겼을지도 몰랐다. 수염은 며칠 동안 깎지 않았는지 지저분했다. 물에 젖어 더 그래 보였다. 무장 공비인가? 요즘 세상에도 무장 공비가 있나. 하긴 무장 공비라고 하기엔 너무 뚱뚱하잖아. 그럼…… 탈영병? 그러기엔 너무 늙었는데……. 여자의 머릿속이 바깥처럼 새하애졌다.

"저요? 이 차 주인이죠. 혹시 여기 있던 여자 못 보셨어요?"

여자는 닭살이 돋는 걸 느끼며 최대한 정중하게 말했다.

"죄송한데 이 차는 저희 차예요. 제 남자친구가 빌렸어요. 남자친구 곧 올 거고요. 정말 죄송하지만 다른 차에 타신 거 같아요."

남자는 갑자기 크게 웃기 시작했고 차가 들썩거렸다. 웃음을 겨우 그친 남자가 정말 어이없다는 표정으로 눈을 동그랗게 뜨고 여자를 보았다. 여자도 난감하다는 표정을 아주 공손하게 지었다. 여자가 휴대폰을 꽉 쥐고서 차분하게 말했다.

"지금 다른 차에 타신 거예요. 한번 보세요."

그제야 남자는 내부를 살펴보았다.

"제가 빌린 것도 이 찬데……."

남자도 오전에 차를 급하게 빌렸다. 중형차가 있으면 빌리려고 했는데 없었다. 남은 건 소형차 한 대뿐이었다. 5인승이긴 한데 자신처럼 체구가 큰 남자라면 두 명으로도 꽉 찰 정도로 아주 작은 차였다. 이산화탄소가 금세 바닥나버리고 말 것 같은, 장난감 같은 차였다. 하지만 다른 방안이 없었기에 지금 타고 있는 차와 똑같은 차를 빌렸다. 다른 게 있다면 타고 있는 사람과 뒷좌석에 놓여 있는 짐이었다. 그리고 거치대의 휴대폰. 남자는 거치대와 여자의 손을 번갈아 보며 말했다.

"이 휴대폰은……."

"남자친구 거예요."

남자가 거치대로 손을 뻗었다.

"뭐 하시는 거예요?"

여자는 한층 높아진 목소리에 스스로 놀랐다. 급히 톤을 낮춰 말을 이었다.

"제 남자친구 거라고요."

"전화 한 통만 쓸게요. 휴대폰을 차에 두고 내렸거든요. 아가씨 말대로 이 차가 그쪽 차라면 제 차를 찾아가야 할 거 아니에요. 아내도 찾고."

남자는 여자의 대답도 기다리지 않고 대뜸 휴대폰을 집어 들었다. 아내가 있단 말이지. 여자는 마음이 조금 놓였다. 하지만 그 말이 사실인지 아닌지 알 수 없었다. 여자는 앞뒤를 조심스레 살펴보았다. 폭우는 그칠 기미가 보이지 않았다. 남자친구도 여전히 오리무중이었다.

"잠겨 있네요……. 그거 쫌……."

"네?"

"휴대폰이요. 남자친구 건 잠겨 있어서요. 혹시 비밀번호 아세요?"

"아니요."

여자는 빠르게 머리를 굴렸다. 남자에게 휴대폰을 줄지 말지. 주지 않는다면 분위기가 굉장히 이상해질 수 있다. 남자가 갑자기 본색을 드러낼지도 모른다. 준다면 마지막 방어책을 잃는 것이다. 남자가 이상한 짓을 하려고 한다면 신고를 해야 한다. 하지만 이 폭우 속에서 어디로 도망가며 경찰은 어떻게 나를 찾을 수 있을까.

여자는 가급적 긍정적으로 생각했다. 남자가 전화를 걸어 아내가 어디 있는지 알아낸다. 그러면 물에 흘딱 젖은 이 생쥐는 이곳을 떠날 것이고, 남자친구는 곧 돌아올 것이다. 지금으로선 최상의 시나리오다. 여자가 조심스레 남자에게 휴대폰을 건넸다.

남자가 아내에게 전화를 걸었지만 연결음만 계속 흘러나왔다. 차에 두고 내린 자신의 폰으로도 전화를 걸었지만 상황은 마찬가지였다.

"안 받네요."

"어디 계시는데요?"

"분명히 이 근처일 텐데요."

"같이 계시던 거 아니세요?"

"그렇죠."

"그런데 어쩌다가……."

"혹시 휴지 있으세요?"

남자는 동문서답을 했다. 여자는 물티슈를 남자에게 건넸다.

"물티슈밖에……."

"이열치열이죠."

남자가 웃으면서 물티슈를 몇 장 빼 얼굴부터 닦기 시작했다. 얼굴을 닦은 남자는 한쪽 엉덩이를 들고 시트를 닦았다.

"죄송해요. 시트가 다 젖었네요."

"괜찮아요."

시트를 닦은 남자가 손질로 머리카락을 넘겼다.

"아내랑 게임을 했어요. 폭우 속에서 다시 찾을 수 있나 없나."

"왜 그런……."

"재밌어요. 가끔씩 하면 스릴도 넘치고요. 아드레날린이 솟아오르는 게 느껴지거든요. 아내도 아마 저를 애타게 기다리고 있을 겁니다."

여자는 어이가 없었지만 표정을 숨겼다.

"그랬으면 좋겠네요."

"물론이죠."

"그럼 폭우가 쏟아질 때마다 이런 게임을 하시는 거예요?"

"그런 건 아니에요. 폭우가 쏟아지고 천둥 번개가 쳐도 하지 않을 때도 많아요. 한편으론 맑고 화창한 대낮에 돌연 게임을 시작하기도 하죠. 자다가 벌떡 일어나서 할 때도 있고요."

남자는 생각만 해도 즐거운 듯 말을 이었다.

"상황은 매번 달라요. 그래야 재밌죠. 아니 매번 다르니까 스릴이 넘치는 걸지도 몰라요. 폭우가 쏟아질 때 하는 건 정말 오랜만이에요. 아주 오래전에 했었죠. 그러고 보니 그게 첫 번째 게임이었네요. 물론 의도한 건 아니었지만……."

남자는 옛날 생각을 하며 히죽거렸다.

"그때도 정말 힘들었는데……. 그런데 아가씨는 왜 혼자 있어요? 남자친구는요?"

"곧 올 거예요."

여자는 힘없이 대답했다.

"대단한 폭우네요. 금방 그칠 줄 알았는데."

남자는 고개를 돌려 창밖을 살폈다.

"그러게요. 빨리 아내분을 찾으셔야 할 것 같은데요."

"찾아야죠. 그런데 지금은 정말 아무것도 안 보이네요. 아마 곧 그칠 테니까 조금 기다려 봐야죠. 심심하니까 음악이나 좀 들읍시다."

기다린다고? 여기서 음악을 들으면서? 왜?

여자는 당장 나가라고 말하고 싶었지만 꾹 참았다. 남자는 여자의 허락도 없이 라디오를 만지작거렸다. 하지만 지지직 소리만 나고 제대로 잡히는 주파수가 없었다. 얼마간 침묵이 이어졌다. 억수같이 쏟아지는 비에 맞춰 남자가 난데없이 운전대를 두들기며 중얼거렸다.

"따당따당따당…… 따당따당따당……."

여자가 가만히 쳐다보자 남자가 웃었다.

"좋죠?"

"네? 뭐가요?"

"빗소리요. 따당따당따당…… 따당따당따당……."

"빗소리가…… 그렇게 들리지는 않는데요."

"잘 들어봐요. 눈을 감고 들으면 정말 그래요. 심장을 두들기는 소리죠. 슬레이트 지붕에 비가 떨어질 때도 비슷한 소리가 나요. 보다 청명하긴 하지만. 따당따당따당, 따당따당따당."

남자는 유리창으로 떨어지는 빗방울을 유심히 살펴보며 말을 이었다.

"비가 내리는 날엔 일부러 그런 곳을 찾아가기도 하죠. 가만히 누워서 지붕에 속삭이는 빗소리를 듣는 게 아주 운치 있거든요. 따당따당따당…… 따당따당따당…… 마치 다른 세상에서 누군가 저를 부르는 소리 같아요. 아니, 다른 세상으로 제가 들어간 느낌이랄까. 그런데 그게 이상하지 않아요. 듣고 있으면 굉장히 마음이 편해지거든요. 따뜻해지고. 엄마가 불러주는 자장가처럼요."

남자는 눈을 감고 숨을 깊게 들이셨다. 그런 남자를 여자는 이상한 눈빛으로 쳐다보았다. 다 늙은 남자가 엄마는 뭐고 자장가는 또 뭐야……. 불안해 죽겠는데 마음이 뭐가 편하다는 건지 이해할 수 없어 화제를 돌렸다.

"게임을 자주 하시나 봐요?"

"아뇨. 예측 불가능해요. 일주일에 몇 번씩 할 때도 있지만, 몇 달 동안 한 번도 하지 않을 때도 있어요. 그리고 얼마나 오래 진행될지 아무도 모르고요."

"아내를 오늘 찾지 못할 수도 있단 말인가요?"

"그럴지도 모르죠."

"꼭 찾으셔야 해요."

여자는 자신도 모르게 주먹을 불끈 쥐었다.

"저도 그러고 싶어요. 그런데 정말 어렵네요. 완전히 사라져 버렸어요."

여자는 남자친구를 떠올렸다. 그도 어디론가 사라져 버렸다.

"혹시 어디로 가신 거 아닐까요? 아니면 어딘가에 숨으셨거나. 숨바꼭질처럼 말이죠."

"오, 마이, 갓!"

남자는 갑자기 도를 깨달은 것처럼 흥분했다.

"제가 왜 그 생각을 미처 못 했을까요? 아내는 가만히 있을 사람이 아니에요. 그렇게 쉽게 게임을 진행할 리가 없다고요. 지금 아마 어딘가에 숨어 있거나 도망치고 있을 거예요. 맞아요. 바로 그거예요."

남자가 안전벨트를 재빨리 맸다.

"안전벨트는 왜……."

"찾으러 가야죠. 아마 멀리 가지 못했을 겁니다."

남자가 신나서 목소리를 높이자 여자도 덩달아 옥타브가 높아졌다.

"죄송하지만 이 차는 제 차라고요."

"아가씨도 같이 가요. 아가씨는 남자친구를 찾고, 나는 아내를 찾고."

"남자친구는 도망간 게 아니에요. 잠깐 자리를 비웠을 뿐이라고요."

"지금 뭐가 보여요? 아무것도 안 보이죠? 남자친구도 저처럼 길을 잃었을 거예요. 그리고 지금 이렇게 비가 쏟아지는데 갓길에 차를 세우고 기다리는 게 더 위험해요. 갓길로 달리는 차가 이리로 오면, 쾅!"

남자가 두 주먹을 서로 맞부딪쳤다.

"여기 이렇게 있지 말고 가까운 휴게소에 같이 가요. 혹시 알아요? 제 아내와 아가씨 남자친구가 태연하게 커피라도 한잔하고 있을지."

"말도 안 되는 얘기 그만 하세요. 그리고 제 남자친구는 저를 두고 도망가거나 숨은 게 아니에요."

여자의 목소리가 더욱 높아졌다. 남자도 지지 않았다.

"아가씨, 정신 차려요. 그럼 남자친구 지금 어디 있어요? 모르잖아요. 아가씨도 모르는 사이에 게임은 시작되는 법이에요. 남자친구가 차를 떠난 순간부터 시작됐을 거라고요. 이제 술래는 당신이에요."

남자의 이야기는 지나치게 터무니가 없었지만 여자는 자신도 모르게 천천히 고개를 끄덕였다. 어느 순간부터 남자친구가 다시 돌아오지 않을 것 같다는 생각이 들기 시작했다. 남자친구는 자신이 헤어지자고 말하자 차에서 내렸고 돌아오지 않고 있었다. 어쩌면 걸어서 서울로 또는 춘천으로 가고 있을지도 몰랐다. 남자의 말처럼 술래는 여자였다. 여자가 창밖을 보며 다짐하듯 말했다.

"남자친구를 찾으러 가겠어요."

"좋아요. 자, 갑시다."

남자는 사방을 살폈다. 아무것도 보이지 않았지만 가야 했다. 브레이크에서 발을 천천히 뗐다. 갑자기 여자가 조수석 문을 열고 내렸다.

"뭐 하는 거예요?"

남자가 놀라서 물었다.

"남자친구를 찾으러 가야죠. 아저씨도 행운을 빌어요."

여자는 문을 닫고 홀연히 사라졌다.

*

 차에서 내리자마자 폭우가 남자를 덮치면서 시야를 가렸다. 안경알에 물기가 번져 상황이 더 나빠졌다. 안경을 벗는다고 해결될 일도 아니었다. 남자는 안경을 쓰지도 벗지도 못한 채 차 뒤편으로 엉거주춤 걸었다. 고속도로 가드레일을 짚으며 더 걸어간 후 고개를 돌려 차가 있는 곳을 바라보았다. 이미 차는 빗속으로 사라진 지 오래였다.
 남자는 급하게 바지 지퍼를 내렸다. 폭우보다 더 힘찬 물줄기가 가드레일 밖으로 뻗어나갔다. 남자는 몸을 부르르 떨었고 이미 홀딱 젖어 있었다. 안도의 한숨을 내신 후 숨을 깊게 들이마셨다. 보이지 않는 곳에서 물을 잔뜩 머금은 나무 향이 진동했다.
 남자는 고속도로를 탈 때부터 요의를 느끼고 있었다. 출발하기 전에 눴는데도 금세 방광에 오줌이 차기 시작했다. 맥주를 마신 탓이었다. 운전하느라 극도로 긴장하기도 했고. 춘천까지 와서 닭갈비를 먹는데 맥주 한잔하지 않을 도리가 없었다. 마음 같아선 소주를 마시고 싶은데 운전 때문에 맥주로 만족해야 했다. 운전도 못 하면서 무슨 음주운전이냐며 여자가 나무랐지만 남자는 맥주 딱 한 잔을 고집했다. 남자가 한 병을 거의 다 마셨고 물도 많이 마셨다.
 오줌이 마렵다는 걸 여자에게 들키고 싶지 않았다. 운전 실력도 꽝인데 방광 조절도 못 한다는 건 스스로 생각해도 한심했다.

이거야말로 이별 사유였다. 휴게소까지만 버티자. 그런데 휴게소가 언제 나타날지 알 수 없었다. 여자친구는 내비게이션을 잘 쓸 줄 몰랐고 남자는 내비게이션을 확인할 여유가 전혀 없었다. 때마침 폭우가 쏟아지기 시작했다. 휴게소가 나타나더라도 알아볼 수 있을지, 별일 없이 휴게소로 안전하게 들어갈 수 있을지 의문이었다.

삼재와 다름없었다. 운전대에서 손을 놓을 수 없는 초보운전자, 터질 것 같은 방광, 미친 듯이 쏟아지는 폭우. 그리고 하나 더. 옆에서 잔소리를 해대는 여자친구. 남자는 어느 것부터 해결해야 할지 전혀 알 수 없었다. 하지만 남자의 머리는 몰라도 몸은 알고 있었다. 방광부터 해결해야 한다는 것을.

"헤어져."

여자가 이 말을 했을 때 남자는 거의 정신이 나갈 지경이었다. 평소 같았으면 여자에게 바짝 엎드렸을 것이다. 하지만 상황이 심상치 않았다. 삼재가 한꺼번에 들이닥친 탓에 남자는 이성을 잃고 화를 냈다. 아니 그전부터 남자는 평소보다 훨씬 예민하게 여자를 대하고 있었고 처음으로 여자와 헤어져야겠다는 생각을 했다. 하지만 그보다 시급한 문제가 있었다. 남자는 이왕 화를 낸 김에, 이를 빌미 삼아 자연스럽게 차에서 내리자고 판단했다.

방광을 가득 메우고 있던 녀석들이 빠져나가자 치밀어 올랐던 화도 순식간에 풀렸다. 남자는 한결 가벼워진 몸과 마음으로 바지 지퍼를 올렸다. 가드레일을 짚으며 왔던 길을 되돌아갔다.

여자에게 뭐라고 하지, 어떻게 폭우를 뚫고 집으로 가나.

마땅한 해결책이 언뜻 떠오르지 않았다. 다행인지 불행인지 차도 온데간데없었다. 남자는 계속 걸었다. 하지만 여전히 차는 모습을 드러내지 않았다. 이미 지나쳤나 싶어 뒤돌아보았다. 고속도로를 삼켜버릴 듯 쏟아지는 비 외에는 아무것도 보이지 않았다. 비가 어쩜 이렇게 많이 내릴 수 있는지 새삼 신기했다. 할 수 없이 허공에 손을 뻗어 차를 찾기 시작했다. 한 손으론 가드레일을 짚고서.

얼마나 걸었을까. 남자의 시야에 거무스름한 형체가 들어왔다. 조금 더 가까이 다가가서야 자신의 차임을 알 수 있었다. 오전에 빌린 코딱지만 한 소형차였다. 반가운 마음에 재빨리 차를 향해 걸어갔다. 차는 외롭게 폭우를 견뎌내고 있었다. 조수석에 앉아 있는 여자가 어렴풋이 보였다. 남자는 무조건 빌어야겠다고 굳게 다짐했다. 운전석 문을 연 후 엉덩이부터 들이밀고 들어갔다.

"자기 정말 미……."

남자는 순간 기절할 뻔했다. 다른 여자가 조수석에 앉아 남자를 빤히 쳐다보고 있었기 때문이다. 잘못 봤나 싶어 안경알을 닦고 다시 보았지만 여자친구가 아니었다. 여자는 표정이 없어 조금 화가 난 것처럼 보이기도 했다. 어쩌면 정말 화가 났을지도 몰랐다.

"죄송합니다. 제가 일부러 그런 건 아니고요. 지금 비가 엄청 내려서 아무것도 안 보이거든요……. 하여튼 죄송합니다. 이게 어떻게 된 일인지……."

남자는 두서없이 말하면서 생각했다. 내가 뭘 잘못했을까. 오줌을 누고 다시 차로 돌아왔을 뿐인데. 물론 여자친구에게 화를 내긴 했지만, 이 여자는 여자친구가 아니다. 여자친구가 친구를 불렀나. 나를 혼내주려고? 여자친구의 친구라고 하기엔 주름이 너무……. 그럼 어머니? 아니야. 어머니는 사진으로 뵌 적이 있었잖아. 그럼 이모? 이모가 폭우를 뚫고 어디서 갑자기 나타난단 말이냐. 그럼 도대체 누구지?

"누구세요?"

여자가 너무나도 태연하게 남자에게 물었다. 남자는 또 두서없이 말을 늘어놓았다.

"아, 네. 저는 서울에 살고 있습니다. 여자친구랑 춘천에 다녀오는 길이고요. 혹시 춘천닭갈비 드셔보셨어요? 저는 숯불닭갈비는 처음이라 그런지 굉장히 맛있더라고요. 숯 향이 주는 친근함 때문이랄까요."

남자는 자신이 왜 그런 이야기를 늘어놓는지 의아해하면서도 멈출 수가 없었다.

"보시는 것처럼 폭우가 쏟아지는 바람에 잠시 차에서 내렸다가 다시 차에 탔는데…… 혹시 여기 있던 제 여자친구 못 보셨나요? 아니면 제 여자친구를 아시는 분이신가요?"

여자는 흘러나오는 웃음을 참지 못했다. 한참 웃은 후에야 간신히 숨을 골랐다.

"재밌네요. 이 정도면 폭우가 사람에게 미치는 영향에 관한 연구가 있을 법도 하군요."

남자가 어리둥절하게 쳐다보자 여자가 말을 이었다.

"다른 사람 차에 타서 자기 차라고 하질 않나, 자기 여자친구가 어디 있는지 여자친구를 아는지 처음 보는 사람에게 묻질 않나, 여기 있던 자식은 어딜 갔는지 돌아올 생각도 없질 않나."

여자가 남자에게 갑자기 물티슈를 건넸다.

"이열치열."

"네?"

"이걸로 얼굴이라도 좀 닦아요. 마른 휴지가 없어서."

남자는 물티슈로 얼굴을 닦으며 차 내부를 둘러보았다. 차는 오전에 빌린 것과 똑같았다. 하지만 뒷좌석에는 남자와 여자친구의 짐 대신 처음 보는 가방이 놓여 있었다. 거치대의 휴대폰도 달랐다.

"죄송합니다. 제가 잘못 보고 탔네요. 정말 죄송합니다."

남자가 차에서 내리려고 하자 여자가 말렸다.

"잠깐 있어 봐요. 폭우가 이렇게 쏟아지는데 어쩌려고 그래요. 차가 어디에 있는지는 확인이라도 하고 가는 게 낫지 않겠어요?"

"그, 그렇죠."

"폰 없어요?"

남자가 고개를 끄덕이자 여자가 남자에게 휴대폰을 건넸다. 남자는 자신의 번호로 전화를 걸었다. 하지만 어쩐 일인지 먹통이었다. 이번엔 여자친구에게 전화를 걸려고 했다. 010…… 010…… 010……. 여자친구의 전화번호가 도무지 떠오르지 않았다.

"번호 몰라요?"

남자는 대답하지 않고 머리를 굴렸다.

"여자친구 맞아요? 여자친구가 알면 대단히 섭섭하겠네요."
"죄송해요."
"아니, 저한테 죄송할 게 뭐 있어요?"
여자는 웃으며 말을 이었다.
"하긴 차라리 모르는 게 여자친구 입장에선 더 좋을지도 모르지만."
"무슨 말씀이세요?"
"귀찮잖아요. 남자."
남자가 심각한 표정을 짓자 여자가 가볍게 웃었다.
"진지하게 들을 거 없어요. 그냥 하는 말이니깐."
여자는 고개를 천천히 돌리며 주변을 응시했다.
"어디서 당신처럼 헤매고 있을 거예요."
"누구……."
"귀찮은 사람."
"아…… 남편분도 저처럼 길을 잃으셨나 보군요."
"남편은 아니에요."
"그럼 애인이세요?"
"애인? 우린 그런 단내 안 나요."
그럼 불륜? 남자의 멀뚱한 표정을 보며 여자가 미소를 지었다.
"그냥 만났다가 헤어졌다가 또 만났다가……."
남자는 시선을 어디에 둘지 몰랐다.
"그렇게 심각한 표정 지을 거 없어요. 정말 안타까운 이야기는 아직 시작도 안 했으니깐."

"죄송해요."

"뭐가 또 죄송해요?"

여자가 또 웃었다.

"억울한 건 그 지긋지긋한 나날들을 오직 한 놈과 함께했다는 거예요. 정말 슬프지 않아요? 매번 다른 남자였다면 얼마나 좋았겠어요. 내가 미쳐 정말, 그놈이랑 허송세월한 시간만 따져도 한평생이 될 거라고요. 그리고 더 안타까운 건. 방금 그 자식과 또 헤어졌다는 거예요. 아, 이건 좋은 이야기네요."

"축하드립니다. 아, 아니 죄송합니다. 아, 아니 제가 죄송한 건 그런 뜻이 아니라……."

남자는 어떻게 반응해야 할지 몰랐다. 오줌은 해결했는데 웬 미친 사람의 차를 잘못 타는 바람에 생고생하고 있었다. 당장이라도 여자친구를 찾아가야 하는데 창밖을 보니 엄두가 나지 않았다. 와중에 여자는 들떠서 말했다.

"그러니까 그 자식이 제 번호를 모른다면 얼마나 좋겠어요? 더는 거머리처럼 들러붙지 못하게. 하긴 번호만 모른다고 될 일은 아니지만. 주소도 몰라야 하고, 이름도, 성도…… 존재 자체를 잊어야 할 테니깐. 애초에 시작부터 하지 말았어야 할 인연이죠. 미로에 갇힌 기분이에요. 그 자식이 길을 막고 있어서 다른 곳으로 돌아가면 또 지긋지긋한 그놈이 버티고 있죠. 그걸 피해서 다른 쪽으로 가면 또 거기에 그놈이……."

"네……. 그런데 왜 헤어지셨어요?"

"그게 참 이유 같지 않은 이유라 말하기도 그런데…… 아니 글쎄 고작 맥주 한잔 마셔놓고 졸린다고 잠깐 쉬었다가 가자고 하잖아요."

"그렇다고 헤어질 것까진."

"아니! 그게 아니라. 내가 분명히 말했어요."

여자의 목소리가 높아졌다.

"음주운전 할 생각하지 마라. 세상이 어느 땐데 아직도 음주운전을 할 생각을 하고 있냐. 운전은 내가 해도 된다. 그런데 굳이 자기가 하겠다며 우기더니……. 저러니까 열 받아요, 안 받아요? 이런 일이 어디 한두 번뿐이었겠어요? 폭우가 이렇게 쏟아지는데 갓길에 세우는 건 또 얼마나 몰상식해요. 위험하기 짝이 없죠. 안 그래요?"

"맞습니다."

남자는 자신도 몰상식한 행동을 저질렀다고 자책했다. 어딘가에 외롭게, 위험하게 있을 여자친구가 떠올랐다.

"저는 이만 가……."

여자가 남자의 말을 잘랐다.

"그래서 제가 그랬어요. 그냥 꺼지라고. 잠깐 바람 쐬고 올 거 없이 영원히 바람 쐬라고. 그런데 이 자식이 뭐라고 하는지 알아요?"

남자가 고개를 가로저었다.

"도저히 못 참겠어. 잠깐 나갔다 올게. 이러더니 나갔어요. 도대체 뭘 못 참겠다는 건지. 나이를 그렇게 처먹었으면 인간이 좀 달라질 줄 알아야지. 더 이상 참을 수 없는 건 바로 저예요. 제가 화나는 게 맞죠? 제가 이상한 거 아니죠?"

"맞습니다."

"이상하다고요?"

"아니요. 화나는 게 맞고 이상한 건 아니죠."

"그래요. 이제 좀 말이 통하네요."

여자는 등받이에 몸을 기대 한숨을 푹 내쉬었다. 그리고 한동안 말없이 창밖을 응시했다. 남자는 눈치를 보다가 이제 여자친구를 찾으러 가야겠다고 생각했다. 빠져나갈 타이밍을 살피고 있는데 여자가 다시 말을 걸었다.

"그런데 여자친구를 어쩌다가……. 아, 차에서 잠깐 내렸다고 했죠. 그쪽도 졸려서 그랬나요?"

"아니요. 그런 건 아니고…… 그냥 비를 맞고 싶었어요."

여자가 어이없다는 표정을 지었다.

"정말이에요. 운치 있잖아요. 쏟아지는 비를 온몸으로 느껴보고 싶었거든요. 그런데 정말 좋았어요. 제가 생생하게 살아 있다는 게 느껴졌어요. 그리고 궁금하기도 했어요. 차가 보이지 않는 곳까지 가서도 여자친구를 금방 찾을 수 있는지도."

남자는 이번에도 헛소리를 지껄였다. 차마 오줌을 누려고 차에서 내린 거라곤 할 순 없어서 아무렇게나 말했는데, 스스로 생각해도 놀랄 만큼 이상한 소리였다.

"당신도 제정신이 아니군요. 도대체 왜 그런 이상한 행동을 하는 건지 이해할 수 없네요. 여자친구도 잃어버리고."

"곧 찾을 수 있을 겁니다."

"아직 못 찾았잖아요. 여자친구가 기다리고 있다는 보장도 없고."

"왜 그렇게 말씀하세요?"

남자의 표정이 조금 굳어졌다.

"화났어요?"

"그런 건 아니지만 말씀이 지나치시잖아요."

"귀엽네요. 제가 하는 이야기 신경 쓰지 말아요. 그냥 하는 말이니까."

남자는 대답 없이 창밖을 바라보았고 여자가 대뜸 물었다.

"사랑해요?"

"네?"

"여자친구 말이에요."

"아…… 네."

"번호도 모르면서?"

"그건……."

"농담."

"사실, 여자친구가 헤어지자고 했어요."

남자는 차가 꺼질 정도로 깊은 한숨을 내쉬었다. 반면 여자는 빗소리가 들리지 않을 정도로 크게 웃었다. 심각한 표정을 짓고 있는 남자를 바라보면서 여자는 웃음을 멈추지 못한 채 말했다.

"왜요? 싸웠어요?"

"싸운 건 아닌데, 저도 잘 모르겠어요. 큰 잘못을 한 것도 아니고."

"하긴 헤어지는데 별 이유가 있는 건 아니죠. 그럴 때가 있는 거지. 너무 걱정하지 말아요. 다른 여자 만나면 되니까."

남자가 여자를 미친 사람처럼 쳐다보자 여자가 손사래를 쳤다.

"농담, 농담이라고요. 운명이라면 다시 만날 수 있을 거예요. 그게 꼭 좋은 건지는 모르겠지만."

"아무래도 여자친구를 찾으러 가는 게 좋겠어요."

"아니요. 이번엔 기다려 봐요. 때로는 기다릴 줄도 알아야 하죠. 아무튼 만나서 반가웠어요. 행운을 빌어요."

여자는 갑자기 안전벨트를 풀었다.

"어디 가세요? 남자를 찾으러 가시는 거예요?"

남자가 다급하게 물었다.

"미쳤어요? 그딴 자식을 찾으러 가게."

"그럼요?"

"당신 말대로 비를 온몸으로 느껴보려고요."

그러곤 여자는 차에서 내려버렸다.

"아니 이 차는 어쩌고."

여자는 남자의 말을 듣지도 않고 문을 꽝 닫았다. 그리고 이내 남자의 시야에서 사라졌다.

*

차에서 내린 여자는 무작정 걷기 시작했다. 발밑에 보이는 주황색 선을 따라 걷고 또 걸었다. 보이지도 않는 차들이 물을 튀기며 지나갔다. 빵빵빵, 요란하게 울리는 경적에 여자는 움츠러들었다. 여자는 남자를 찾지 못할 수도 있다는 생각에 마음이 다급해졌다. 다시는 헤어지잔 말을 하지 않겠다고, 이번엔 자기가 먼저 사과하겠다고 혼자 다짐했다.

다행히 얼마 지나지 않아 아침에 타고 온 차를 또 발견했다. 사실 여자는 조금 당황했다. 차에서 내린 다음 한 방향으로 쭉 걸어왔는데 똑같은 차를 또 발견하게 될 줄은 몰랐기 때문이다. 어쩌면 다른 사람의 차일지도 몰랐다. 여자는 조심스레 차를 향해 다가갔다.

운명이라는 게 이런 걸까.

운전석에는 다름 아닌 남자친구가 앉아 있었다. 남자는 여자를 발견하지 못했는지 먼 곳을 응시하고 있었다. 여자는 재빨리 다가가 조수석 문을 열었다.

"자기야!"

둘은 서로를 발견하고 동시에 외쳤다. 그리고 부둥켜안고 엉엉 울기 시작했다. 눈물과 빗물이 서로 뒤엉켰고 우는 소리와 빗소리가 화음을 이뤘다. 겨우 눈물을 그친 둘은 서로 질세라 미안하다고 앞다퉈 사과했다. 남자와 여자 모두 헤어져야겠다는 마음은 폭우 속으로 사라진 지 오래였고 운명적인 재회에 감격하고 흥분했다. 둘은 각자 겪은 일을 서로에게 미주알고주알 속삭였다.

"아니, 어떻게 이런 일이 있을 수 있어?"

여자가 남자의 얼굴을 물티슈로 닦아주었다.

"그러게 말이야. 도대체 이게 무슨 일이야. 우린 지금 아침에 타고 온 차랑 기종은 똑같은데 다른 사람의 차를 타고 있는 거잖아. 난 정말 우리 차인 줄 알았어."

"그 남자도 자기 차인 줄 알았나 봐. 오히려 나보고 누구냐고 물었다니깐."

"그 사람이 자기한테 해코지하고 그러진 않았어?"

남자가 걱정스러운 표정으로 물었다.

"어, 그러진 않았어. 그냥 좀 이상한 남자였어. 계속 정신 나간 소리를 하더라니깐. 그 여자는 어땠는데?"

"그분도 제정신은 아닌 것 같았어. 그런 사람이랑 살면 피곤하겠다는 생각이 자연스럽게 들 정도로."

"그런데 우리 차를 다시 찾아야 하지 않을까? 그 사람들도 이 차를 타고 가야 하는 거고."

"그래야지. 일단 폭우가 그친 다음에."

"그나저나 두 사람…… 어떻게 됐을까? 남자는 차를 타고 여자를 찾으러 갈 기세였는데."

"여자는 딱히 남자를 다시 만나고 싶은 눈치는 아니었어."

"그래?"

"응. 심하게 싸운 거 같았어."

여자는 아까 헤어지자고 말한 게 또 마음에 걸렸다.

"미안해, 오빠."

"아니야. 내가 더 미안하지. 갑자기 소리 지르고 뛰쳐나가서. 다시는 그러지 않을게. 미안해."

둘은 또 서로를 끌어안았다. 남자와 여자의 몸에서 물이 뚝뚝 떨어졌다. 둘은 한동안 끌어안은 채 서로의 온기를 느꼈다. 그러곤 등받이에 기대어 창밖을 바라보았다. 폭우가 끊임없이 창을 두들기고 있었다.

"운치 있네."

남자가 말했다.

"그러게."

"빗소리 좋다."

"응. 그런데 오빠, 빗소리가 어떻게 들려?"

"응?"

"빗소리 말이야. 가만히 들어 봐. 어떻게 들리는지."

"아……."

남자는 눈을 감고 숨을 깊게 들이셨다. 그리고 양손으로 운전대를 두드리며 소리를 질렀다.

"따당따당따당!"

비가 갑자기 멎기 시작했다.

|작가의 말|

운전해서 여행을 다녀오는 길에 미친 듯이 쏟아지는 폭우를 만난 적이 있다. 한여름이었고 갑작스러운 폭우였다. 밖에 있으면 1초 만에 홀딱 젖을 것만 같았다. 더군다나 안개마저 낮게 깔리는 바람에 시야가 매우 좁았다. 차선도 보이지 않을 정도였으니 어느 정도 거리에 앞차가 있는지는 당연히 알 수 없었다.

다른 시공간으로 빨려 들어가는 느낌이었다. 난생처음 경험하는 풍경에 긴장해서 운전대를 꽉 붙잡았다. 옆 차선에선 다른 차들이 끊임없이 물줄기를 튀기며 지나갔다. 그렇게 얼마나 갔을까. 갑자기 거짓말처럼 비가 멎고 안개가 걷히기 시작했고 고속도로를 달리고 있는 차, 가드레일, 표지판, 고속도로를 에워싸고 있는 나무들이 서서히 시야에 들어왔다.

그때의 잔상이 내 곁에 오래 머무르다 소설이 되었다. 어쩌면 그 순간 내가 빨려 들어간 다른 시공간, 다른 우주가 바로 이 소설이었는지도 모른다.

권제훈
2017년 조선일보 신춘문예에 당선되어 작품활동을 시작했다. 2020년 한국문화예술위원회 아르코 청년예술가지원 사업에 선정되고 2022년 넥서스 경장편 작가상 우수상을 수상했다.

걷는 여자, 걷는 남자
-
김 솔
-

여자는 걷는다. 걷는 동안 존재는 불확실해지므로 공포와 회한으로부터 안전하다. 하지만 걸음을 멈추는 순간 영혼은 사라지고 육체만 남아 필요악으로 회자될 것이다. 그러므로 결코 걸음을 멈추면 안 되며 반드시 빙하처럼 흘러가는 군중 속에 숨어서 속도를 늦추거나 방향을 바꾸어야 한다. 자신 밖의 사람들이란 일정한 시공간을 가득 채우고 있지만 누군가에게 발을 밟히기 전까진 결코 드러나지 않는 통증에 불과하니까. 생채기가 드러나는 순간 그것은 일제히 몰려들어 닥치는 대로 찌르고 물어댈 것이기 때문에 긴급 탈출을 위한 최소한의 틈새는 미리 확보해 두는 게 중요하다.

아련한 통증을 비집고 빙하 속으로 불쑥 끼어든 자들에게 여자는 우연히 발견되기도 한다. 그랜드 캐니언의 스카이 워크Sky Walk 같은 붉은 하이힐 위에서 고소공포증 때문에 발밑을 내려다

보지 않고, 젖가슴의 뻗어나간 거리만큼 엉덩이를 몸 뒤로 뺀 채, 신의 타자기 같은 보도블록을 하나씩 꾹꾹 눌러 밟고 전진하는 그녀는 정작 자신에게서 어떤 메시지가 흘러나오고 있는지 전혀 알지 못한다. 보라색 원피스가 긴장시키고 있는 몸뚱이는 아직 지도상에 발견되지 않은 영토를 닮아서 밤의 권태에 짓눌린 자들의 모험심을 자극하기에 충분하다.

네온사인과 신호등과 불꽃놀이 아래에서 여자의 발걸음이 잠시 낭만적 리듬을 얻는다. 그녀는 조악한 레코드판의 틈새를 따라 걷는 바늘 같다. 그러면 인간은 지상의 고통보다 쾌락을 감지하기 위해 직립 보행하게 됐다는 착각에 잠시 빠져들기도 한다. 하지만 갑자기 군중 사이에 생겨난 유대감 때문에 틈새가 줄어들자 여자는 급히 몸을 옹송그리며 시선을 한곳으로 돌린다. 그것은 자신을 향해 다가오는 포식자들의 최면을 피해 단 한 번의 극적 도약을 준비하면서도 태연하게 풀을 뜯고 있는 초식동물의 생존방식과 같다. 수상한 덩어리가 된 군중은 죽음의 냄새를 풍기는 여자가 파리 떼를 끌어들이기 전에 자신들의 신전에서 그녀를 내쫓아 내고 싶은 것이다.

늘쩍지근한 몰이해의 공기를 느리게 통과하면서 리듬을 잃은 여자는 나귀처럼 걷는다. 속도에 대한 인식 차이가 이데올로기를 만든다. 자본주의는 속도의 극한에 다다르기 위해 필연적으로 섭취해야 하는 영양분인 반면, 공산주의는 역사의 진보를 방해하는 몽상이자 지방 덩어리로 간주된다. 하지만 공산주의란 자본주의에서 자본주의로 가는 과정일 따름이라고 지분거리는 자들조차도 자본주의적 삶이 그토록 빨리, 그리고 그토록 허무하게 소진되리라고는 미처 예상하지 못했다. 그러니 무기력을 이겨내기 위해선 누구나 망각의 강에 영혼과 육신을 번갈아 담그지 않으면 안 된다.

공산주의의 중지 이후 자본가들에 의해 재건된 중국은 국경 밖에 거대한 '메이드 인 차이나' 제국을 건설하고 값싼 생필품으로 이데올로기의 틈새를 채우고 있으나, 정작 중국인들은 여전히 세계 곳곳에서 불행과 갈등의 뇌관으로 간주되고 있어서 각국의 출입국관리소 직원들에게 더 많은 증빙자료를 요구받고 있다. 그리하여 여자처럼 존재가 불확실한 자들은 국경을 넘을 수 없거나 불법적인 방법으로 국경을 넘어야 했다.

중국의 낙천주의가 1가구 1자녀 정책 – 중국의 국경선 길이와 역사책의 두께를 알지 못한 자들의 발명품 – 을 일찍 폐기했더라면, 여자도 여권을 가질 수 있었을 것이고 이곳에서 설령 불법 체류자로 분류됐을지언정 밀입국자가 되지는 않았을 것이다. 하지만 소작농 부부에게 딸의 출생은 곧 가난의 대물림을 의미했다. 그래서 여자의 이름과 나이와 주소는 직계 가족들에게만 겨우 알려졌다가 나중에 그마저도 잊혀졌다.

여자의 어머니는 아들을 낳기 전까지 또 한 명의 딸을 낳았는데, 탄식은 가뭄과 함께 1년 동안 계속됐고 가까스로 원기를 회복한 어머니가 임신을 준비하자 어린 딸들은 지난 왕조의 유물처럼 다락방에 갇혔다. 거기서 딸들은 어머니의 자궁이 사막의 모래와 바람으로 가득 채워지길 밤마다 기도했다. 하지만 사막을 용케 건너 남동생이 태어났고 두 딸은 가족들에게만 겨우 보이는 유령이 됐다. 하루 한 끼의 식사마저 제공되지 않는 날도 많아졌다.

겨우 걷기 시작한 남동생이 죽은 건 두 딸의 저주 때문이 결코 아니었다. 차라리 자본주의가 비난을 받아야 옳다. 남동생을 도로 위에 으깨어 놓은 화물트럭에는 스위스제 가짜 손목시계들이 가득 실려 있었는데, 가짜 시계 안의 진짜 시간은 불행 이전의 세계로 돌릴 수 없었을 뿐만 아니라 적절한 보상도 성사시키지 못했다.

남동생은 죽은 뒤에도 결코 유령이 되지 않았다. 더 이상 아이를 낳을 수 없게 된 어머니는 이웃 동네의 미혼모에게서 사내아이를 몰래 사 오려다가 공안에게 발각되어 거액의 합의금을 떼이고 말았다. 결국 여동생이 다락방에서 내려와 남동생의 서류를 물려받게 됐고 자매 사이의 유대감은 완전히 사라졌다.

여동생은 남동생보다 덜 먹고 더 많은 일을 했으나 어느 날 갑자기 자신의 여성성이 만천하에 드러날 것 같아 불안했다. 더욱

이 다락방의 언니가 언제든 자신을 대체할 수 있다는 걱정 때문에 불면의 밤을 보내야 했다. 그래서 여자는 아직까지 단 한 번도 태어난 적 없는 유령이 되기로 결심했다. 그러나 새벽과 함께 곧장 떠나지 않고 집 주위를 서너 바퀴 맴돌면서 가족의 냄새를 기억에 새겼다.

그때부터 여자는 걷기 시작했다. 여자는 걸음마를 배우기도 전부터 다락방에 갇혀 있었기 때문에 태양 아래 균형을 잃지 않고 걷는 게 쉽지 않았다. 여동생에게 발소리를 내지 않고 삭은 널빤지 위를 걸어갈 수 있도록 가르친 이도 부모가 아니라 여자였다. 그나마 전족을 하지 않은 게 불행 중 다행이었다.

하루에 1킬로미터를 채 걷지 못하고 밤을 맞이한 날도 많았다. 하지만 잠시라도 주저앉아 울고 있을 때마다 불운들 - 상처, 호기심, 멸시, 추위, 그리고 갈증과 허기 등 - 은 어김없이 찾아왔으므로 여자는 배설하고 노루잠을 청할 때를 제외하고는 걸음을 멈추지 않았다. 길을 잃는 날도 많았지만 자신처럼 출생증명서가 없이 떠도는 유령들의 도움 덕분에 여자는 마침내 고양이의 길눈과 낙타의 무릎을 갖게 됐다. 하지만 중국의 국경을 넘기 전까진 입안에 씹고 있는 것조차 실재인지 확신할 수 없었다.

유령이 지닌 가장 큰 재능이라면 상처받지 않는 능력이 아닐까. 마치 여러 편의 삶을 동시에 살았던 것처럼 상상할 수 있는 능력도 무시할 수 없다. 언제 어떻게 중국의 국경을 통과하고 바다를 가로질러 캐나다까지 이르게 됐는지 여자는 전혀 기억하지 못한다. 너무 작게 부스러져서 하나로 뭉칠 수 없거나 아니면 반대로 너무 거대해서 한꺼번에 게워낼 수 없기 때문일 수 있다. 기억이 안으로 쌓이지 않고 밖으로 흩어지는 자가 유령은 아닐까. 그러니 그녀에게 일어난 사건들을 시공간과 연결하여 논리적으로 설명하는 짓은 무의미하다. 그저 누군가의 기억을 그녀의 것으로 매달아주면 그만이다.

그래서 여자는 픽업트럭 밑에 나무늘보처럼 매달려서 캐나다의 국경을 넘고 있을 때 자신의 등을 따라 빙하처럼 흘러가던 한기를 분명하게 기억할 수 있게 됐다. 그것은 여자의 척추에 붙어 있는 살점과 근육과 혈관들을 섬세하게 발라낼 정도로 날카로웠지만 여자를 10센티미터 아래의 지옥으로 추락시키지는 못했다.

언제 어디서든 자연스럽게 내려놓을 수 있는 목숨을 왜 그토록 애면글면 붙든 채 국경을 넘고 있는지 수백만 번 자문해봤지만 여동생의 몸에 돌기처럼 생겨날 몇 센티미터짜리 성기 - 남동생의 무덤 앞에서 사라진 비석 - 이외엔 아무 이유도 생각나지 않았다. 마치 여자가 거기에서 태어난 것처럼, 아니면 그곳에서 다시 태어나야 할 것처럼. 유령에게 죽음은 완벽한 끝이 아니라 번거로운 시작에 불과하다.

물론 출입국관리소 직원이 중국이라는 신화를 완벽하게 이해하길 기대할 순 없다. 그리하여 중국 안에서는 충분히 설명되는 사건의 인과들이 중국 밖에서 거짓이나 미스터리로 분류된다고 하더라도 여자는 크게 괘념치 않을 작정이었다. 하지만 인내심 적은 출입국관리소 직원에게는 자신의 퇴근 시간을 늦추는 외국인들은 모두 아메리카에 치명적인 적들일 따름이었다. 다행히 탐지견의 코끝마저도 얼리는 추위였고 그 속에 한 시간 이상 노출된 인간을 살려낼 기적의 확률을 계산할 수도 없었기 때문에, 미국은 여자를 픽업트럭의 중국제 부품으로써 전격 수용했다.

픽업트럭은 석양을 향해 이틀 동안 쉬지 않고 달렸건만 여전히 숲과 사막을 벗어나지 못했다. 그러므로 미국은 전 세계의 밀입국자들과 난민들을 받아들여도 충분할 만큼 텅 비어 있는 게 분명했다. 그리고 이곳의 일상에서 절실한 것은 영어가 아니라 자동차라는 사실도 깨달았다. 그것이 민주주의와 프라이버시를 발명했다. 적어도 자동차 안에 머물고 있는 동안 미국은 전 세계에서 가장 자유롭고 안전한 곳이다. 하지만 자동차에서 내리는 순간부터 위험은 곳곳에서 드러난다.

자동차의 속도에 따라 계획된 도시를 걷는 건 마치 낙타 없이 사막을 가로질러 가는 것과 같다. 행인들은 무신론자나 야생동물로 간주되어 범죄자들의 허영심을 자극한다. 지갑이나 목숨을 빼앗기지 않고 도망치는 것은 오직 신에게나 가능하다. 어쩌면 미국의 어떤 도시는 총알의 속도에 따라 계획됐는지도 모른다. 밤과 아침의 경계가 모호한 그곳에선 경찰들의 자위권이 인권보다 앞서고 미란다 원칙은 모든 죽음의 과정을 합리화하기 위해 매년 개정된다. 그래서 여자는 안전하게 걸을 수 있는 밤을 찾아 캘리포니아에서 라스베이거스로 옮겨갔다.

라스베이거스는 걷는 여자에게 다음과 같은 이유로 최적의 장소였다.

하나, 관광객들이 카지노 밖에서 지갑을 잃지 않도록 경찰과 갱이 협조한다.
둘, 건물 안팎은 물론이고 거리마다 설치된 폐쇄 카메라로 도시 전체가 매일 기록된다.
셋, 돈벌이에 활용할 수 없는 그늘의 벤치와 휴지통은 모두 없애고 길을 뚫는다.
넷, 현재의 시간을 확인할 수 있는 징후들은 모두 제거된다.
다섯, 카지노를 제외한 상점들은 저녁에 문을 열고 아침에 문을 닫는다.
여섯, 카지노 근처에는 사무실이나 가정집을 건설할 수 없다.
일곱, 호텔 객실에는 최소한의 편의시설 밖에 설치할 수 없다.
여덟, 뉴스나 다이어트 관련 광고나 뉴스를 접할 기회가 거의 없다.
아홉, 가족들이 함께 즐길 수 있는 놀이시설이나 구경거리가 많다.

열, 소비가 자본주의의 윤리라는 믿음이 통용된다.

열하나, 지갑 속에 달러를 지니고 있는 한 결코 인종을 차별하지 않는다.

열둘, 살인을 제외한 모든 일탈이 묵인된다.

열셋, 숨통을 조이는 낮의 열기가 밤의 욕망을 순수하게 정제한다.

열넷, 연중 비가 거의 내리지 않는다.

열다섯, 전 세계에서 가장 아름다운 야경을 유지하기 위해 전력 소비량을 제한하지 않는다.

열여섯, 길은 굽지 않고 곧바로 뻗어 있다.

열일곱, 세계의 유명한 건축물들을 한 곳에서 구경할 수 있다.

그래서 중국 여자는 미얀마의 유적지에서 출발하여 스트립 거리를 따라, 특별한 기대나 목적을 지니지 않은 채, 그저 고양이처럼 우아하게 걸으면서, 스핑크스의 수수께끼를 풀거나 아더왕의 전설을 듣고, 자유의 여신상 아래를 지나 몬테카를로의 야경에 감탄하며, 이탈리아식 분수와 홍학의 춤을 구경하다가, 에펠탑과 카이사르의 성채 앞에 이르러 겨우 방향감각을 회복한 뒤, 신비한 룬문자의 방패를 뚫고 서커스단 천막 사이를 통과하여, 마침내 성층권 아래의 바벨탑에 이른다. 거기서 물 한 모금 삼키고 방향을 바꾸어 기억을 거슬러 오르는데 걸음걸이의 리듬은 한결같다. 다시 미얀마 유적지에 도착하면 하루 분량의 일생은 둔감의 밤과 함께 여자를 빠져나가고 죽음의 계곡에 숨겨져 있는 무덤 한 기塞가 불룩해진다.

유령처럼 자유로울 것 같은 여자의 실존은 허기 때문에 주기적으로 위기를 맞는다. - 유령이었다면 그녀는 이미 굶어 죽었을 것이다. - 세상에 넘쳐나는 연민으로 연명하되 중무장한 경찰과 갱의 호기심을 자극해서는 안 된다. 겨우 허기로부터 생의 리듬을 지켜낸 여자는 아침의 태양에 창백하게 살균된 스트립 거리를 빠져나와 레테Lethe 거리로 옮겨간다.

대부분의 사람들은 지도에서 그런 이름의 거리를 찾아낼 수 없다. 그래서 그 거리는 여자의 한낮 은신처로 아주 매력적이다. 네 바다주 상하수도 담당 공무원들만이 그 거리와 나란하게 흘러가는 N-21 하수도의 존재를 알고 있을 따름이다. 원래는 오물과 쥐들과 일용직 노동자들만 드나들던 통로였으나 십여 년 전부터 노숙자들과 금치산자들이 주거지로 점령하면서부터 그곳에서의 산책은 더욱 힘들어졌다. - 대신 지상의 쓰레기들이 크게 줄어들었다. - 만약 레테의 거주민들에게서 음식과 물을 얻을 수만 있다면 여자는 굳이 지상으로 올라가지 않고서도 일생을 유지할 수 있었을 것이다.

걷는 여자가 하루 동안 삼키는 음식이라곤 생수 한 통과 소금에 절인 아몬드 한 봉지가 전부다. 석양을 향해 나흘을 달리던 픽업트럭은 캘리포니아의 아몬드 농장 입구에서 멈췄다. 비로소 탈진하여 바닥으로 굴러떨어진 여자는 농장 인부들이 다가오는데도 도망칠 수 없었다. 그때 그녀를 살린 게 소금에 절인 아몬드였다. 여자는 마치 영성체를 처음 삼킨 이교도처럼 감격했다. 그래서 이튿날부터 아몬드 농장에서 일을 시작했다. 훗날 중국으로 돌아갈 수 있다면 아몬드 농장을 세워야겠다는 희망이 생겨났다.

아몬드 씨앗은 싹을 틔울 수 없다는 사실을 알게 되기 전까지 여자는 두 명의 히스패닉 일꾼들에게 강간당했다. - 아몬드 열매는 복숭아나무에 살구나무를 접붙인 나무에서 열린다. 그러니까 아몬드는 무정란인 셈이다. - 소란을 원치 않은 농장 주인은 히스패닉 일꾼들 대신 중국 여자를 추방했다. 40일 동안 일하고 받은 품삯이라곤 겨우 500달러와 아몬드 10킬로그램이 전부였다. 그 이후로 여자는 아몬드를 씹을 때마다 몸의 중심이 떨리고 허벅지에서 피고름이 흘러내리는 걸 느낀다.

라스베이거스에 도착해서도 여자는 한 달여 동안 모텔 밖에 나갈 수가 없었다. 몸속에 강제로 주입된 히스패닉 씨앗들이 자신의 몸을 뚫고 태어날까 봐 두려웠기 때문이다. 그렇다고 병원을 찾아갈 처지도 아니어서 여자는 씨앗과 함께 죽을 작정으로 일체의 음식을 멀리한 채 얼음물 속에 몇 시간씩 몸을 담그거나 바늘로 아랫배를 찔러댔다.

하루에 스무 시간의 노동으로 숙박비를 지불하면서도 침대 위에 몸을 눕히지 않았다. 결국 여자는 물걸레를 쥔 채 객실 바닥에 쓰러졌고 모텔 주인의 요청을 받고 달려온 의사에 의해 과로와 영양실조의 진단이 내려졌다. 이틀 동안 이어진 잠에서 겨우 빠져나와서야 비로소 여자는 자신의 몸속으로 굴러떨어진 게 아몬드 두 알에 불과하다는 사실에 안심하고 그 밤에 모텔을 조용히 떠났다. – 제 어머니의 자궁이 사막의 모래와 바람으로 가득 채워지길 기도하던 자매의 저주가 아니길.

만약 그 밤에 여자를 뒤따라 걸어간 사람이라면, 여자의 피부색이 카멜레온처럼 주위의 사람들과 환경에 따라 변한다는 사실을 알아차렸으리라. 하지만 살인을 제외한 모든 일탈이 묵인되는 이곳에서 피부색이 변하는 여자의 등장은 결코 주목할 만한 사건이 아니다. 설령 엘비스 프레슬리가 살아 돌아와 은퇴 공연을 준비하더라도 상품성을 인정받지 못하면 소극장 무대조차 구할 수 없는 것이 이곳이다. 게다가 하나의 결론에 작용하는 원인이 결코 하나가 아니라고 믿는 자들로 들끓고 있어서, 운명의 바퀴Wheel of fortune 위에 새겨진 모든 망상들은 실현 가능하고, 열두 번째 행성처럼 돌고 있는 쇠구슬을 멈춰 세우는 것이 항상 신의 의지가 아니라는 믿음이 통용된다. 비록 이해할 수 없는 사건일지라도 자신이 등장인물이나 관객으로 동원된 이상 운명으로 수긍하지 않으면 영원한 추방만이 여생의 유일한 사건이 되고 말 것인데, 한 차례의 추방 이후에 공포와 회한이 영원히 이어지는 게 아니라, 추방이라는 사건이 무한히 반복되면서 공포와 회한은 점점 더 커지는 것이다.

하지만 고독과 피로가 아직 여자의 걸음을 멈춰 세울 순 없다. 그래서 걷는 여자는 인종이나 국적의 구분 없는 관광객으로 간주되어 보호받는다. 편견이야말로 자신의 생명을 위협하는 가장 치명적인 바이러스이며 쉬지 않고 걷는 것만이 유일한 치료법이라고 여자는 굳게 믿고 있는 것이다. 그래도 매일 저녁 산책을 나가기 전에 여자는 거울을 한참 동안 들여다보면서 홀로그램처럼 수시로 변하고 있는 피부색들이 한 가지 색으로 수렴될 때까지 기다려야 했다. 그런 다음 여자는 피부색과 가장 잘 어울리는 옷을 골라 - 그래봤자 세 벌이 전부지만 - 입었다. 걷는 동안 같은 피부색을 유지하기 위해 라마단 기간의 모슬렘처럼 금식과 침묵을 지켰지만 자신의 근처에 유성처럼 불시착하는 행인들 때문에 평정을 잃고 옷과 피부색이 희극적으로 대비되는 순간도 많았다. 특히 중국 관광객들과 맞닥뜨리게 되면 여자는 쥐며느리처럼 급히 몸을 옹송그리고 가장 가까운 구석까지 힘껏 굴러가곤 했다.

멕시코 남자는 중국 여자가 힘겹게 굴리고 있는 운명을 정확하게 이해할 수 없었다. 그저 자신의 바지에 묻은 우연의 부스러기들을 털어내다가 그 여자와 나란히 걸어가게 됐을 뿐이다. 아무튼 당신이 예민한 관찰자라면 그림자처럼 여자를 은밀하게 뒤따르고 있는 남자를 나보다도 먼저 발견하고, 소행성을 발견한 아마추어 천문학자처럼 숫자와 알파벳으로 조합된 이름을 그 남자에게 붙여 주었을 수도 있다. - 하지만 아직 당신을 만나지 못한 나는 그 이름을 알지 못한다. - 자루 같은 옷 속에 지난한 일생을 담은 남자는 수많은 입간판 뒤에 숨을 수 있을 만큼 키가 작고 말랐지만 멀리서도 형형한 눈빛을 알아차릴 수 있을 만큼 강단 있어 보였다. 표정은 어두운 피부색에 묻혀 퇴화하고 있는 듯 거의 드러나지 않았고 신의 타자기를 하나씩 밟지 않고 동시에 여러 개를 밟으면서 미끄러지듯 걸었기 때문에 메시지 역시 해독할 수 없었다. 어쩌면 가난이 남자에게 '메이드 인 차이나' 운동화 대신 바닥에서 1인치 정도 떠서 걸을 수 있는 능력을 선물했는지도 모르겠다. 하지만 그런 능력은 남자를 부적응자로 전락시키기에 충분하다.

중국산 제품이 자본주의의 뼈대를 만들었다면 밀입국자들의 노동은 자본주의의 근육이자 혈관을 이루었다. 밀입국자들의 비극 위에서 미국식 민주주의와 청교도적 윤리와 가족애와 여가생활과 공중위생이 가능해졌다. - 그런데도 미국 정부는 멕시코 국경의 최첨단 장벽 덕분에 매년 밀입국자들의 숫자가 현격하게 줄어들고 있다고 발표한다. - 자본주의의 해악은 선진국이 후진국의 미래를 훔쳐 갈 수 있도록 윤리를 제공하는 데 있다.

걷는 남자 역시 과거에 갇힌 가족들에게 미래를 되찾아 주기 위해 여권도 없이 국경을 넘었지만 정작 에덴의 동산에서 그가 경험한 것은 자신의 고향에서조차 폐기한 지 오래된 과거였을 뿐이다. 게다가 추억이 깃들지 않은 과거는 평화와 안식을 주지 못했다. 서 있거나 걷는 자는 물론이고, 경마장의 원형 트랙을 습관적으로 질주하는 경주마들에게도 미래는 모습을 드러내지 않을 것 같아 두려웠다. 그래서 그는 인종이나 국적을 따지지 않고 노동력을 거래하는 곳을 찾아가야 했다.

15번 고속도로를 통해 라스베이거스로 들어오면서 트럭 운전사가 손가락으로 차창을 가리켰다. 저기에 죽음의 계곡이 있고, 여기에 사막의 끝이 있고, 신기루는 그것들 사이에 있고, 이 앞에 험준한 산봉우리가 있고, 이 앞에 교도소가 있고, 이 앞에 호텔이 있고, 그 안에 카지노가 있고, 그 안에는 불행한 사람들이 가득하다고. 면회 온 자들의 초조와 우울을 처리해 주기 위해서 자본주의는 그곳에도 운명의 바퀴를 설치해 두었고, 운명은 대상을 가리지 않고 농담을 던지고 있다고. 잭팟이 터질 확률은 수감자들이 피해자들에게서 용서받을 그것보다도 훨씬 낮지만 동전을 찔러 넣는 동안 희망을 살려놓을 수는 있다고. 하지만 행운을 거머쥔 자들은 수감자들의 자유와 용서를 위해 자신의 행운을 쓰려 하지 않고 자신의 운명과 절연하기 위해 호화저택과 자동차와 권총을 구입하는 데 모두 탕진하더라고.

에펠탑 아래의 카지노에서 남자는 20달러로 자신의 행운을 시험해 보았으나, 세계 챔피언과 맞선 아마추어 복서처럼 1라운드를 채 버텨내지 못하고 링 안으로 타월을 던져야 했다. 국경 수비대의 총탄을 피해 10미터 높이의 철망을 뛰어넘은 영웅조차도 정작 슬롯머신의 모니터마다 그려져 있는 한 뼘의 페이라인Payline을 넘을 수 없었던 것이다. 끼니마다 캐비아와 송로버섯을 즐기는 신들에게 자신의 이틀 식량인 햄버거 2개와 콜라 2잔을 빼앗기고 나니 몸 전체가 아팠다. 자신에게 영혼이 남아 있다면 20달러어치만큼 팔아서라도 잃은 돈을 되찾아 오고 싶었다. 아니면 애완동물에게 먹이를 주듯 슬롯머신 속으로 연금의 일부를 밀어넣고 있는 노파에게서 빼앗아 오던지. - 아, 손도끼를 든 라스콜니코프의 영원 재귀하는 번뇌여! - 바닷물을 마실수록 갈증만 더욱 커진다는 조언 따윈 남자가 냉정함을 찾는 데 전혀 도움이 되지 않았다. 무장한 경비원이 때마침 등장하지 않았다면 남자의 목숨은 고작 20달러에 처리됐을 것이다.

파리의 몽환을 벗어던진 남자는 건초더미 같은 행인들 속에 숨어들 기회를 엿보다가 여자를 발견했다. 그리고 한눈에 여자의 직업을 알아차렸다. 자본주의는 강박관념과도 같은 윤리 의식을 헐값에 팔아치울 준비가 되어 있는 여자를 결코 굶기지 않는다. 남자는 여자와 같은 속도와 거리를 유지하면서 여자의 표정 속에 기록되어 있는 중국의 통시적 역사를 천천히 읽었다. - 사실은 허기를 잊기 위해서라도 호기심을 유지시킬 대상이 필요했다. - 동시에 여자가 피부병을 앓고 있다는 사실도 알아차렸다. 멕시코 은광의 갱도 속에서 반평생을 보냈던 사촌형도 여자와 같은 병을 앓고 있지만 나이 52살에 셋째 아들을 낳고 가난한 가장으로 여전히 살아간다.

동정심이 사촌 형을 향한 것인지 여자를 위한 것인지 구별할 수 없었지만, 남자는 자신에게 직업이 생기기 전까지 만이라도, 여자 주위에 머물면서 위험을 막아주고 정당한 거래가 이루어지도록 돕고 싶었다. 하지만 캘리포니아 해변의 귀신고래처럼 눈앞에서 사라졌다가 등 뒤에서 나타나기를 반복하는 여자를 뒤따르는 게 쉽지는 않았다.

섹스와 초콜릿이 넘쳐나는 이 거리에서 프랑스인은 섹스를, 미국인은 초콜릿을 선택한다. - 양자택일은 중국인이나 멕시코인의 전통이 아니다. - 기회비용이 많이 드는 섹스 대신 자아도취적인 초콜릿을 선택하면서 미국인들은 경제적 풍요를 얻게 됐지만 비만과 고독까지 함께 건네받았다. - 햄버거 판매량과 포르노 사이트 접속 건수가 비례한다는 연구 결과가 있지 않을까. - 패스트푸드의 속도감 때문에 더욱 공허해진 미국인은 단지 배설이 목적인 쾌락을 찾아 이곳으로 모여들었다. 그리고 잭팟의 가능성이 가장 높은 슬롯머신을 고르듯 절정의 가파른 지름길을 가장 잘 알고 있을 법한 여자에게 다가가 달러의 국제적 권위를 확인하는 것이다. 그러면 오랫동안 홀로 절벽에 서 있던 여자는 자신의 몸의 기능에 따라 가격을 매기고 손님의 성향을 파악한 뒤 철저하게 자본주의적 방식으로 협상을 진행한다. 지루한 협상의 과정은 여자가 꼼꼼하게 위조지폐를 감별한 뒤에 비로소 마무리되는데 그사이에 이미 성욕의 절반을 잃은 손님들은 마치 치즈 햄버거를 나누어 먹듯이 서둘러 섹스를 끝낸 다음 욕설을 퍼부으면서 영원히 작별하는 것이다.

 멕시코 남자는 사랑할 수 있는 능력이 거세된 채 태어났다. 그리고 일곱 살이 되자마자 가족 부양의 신성한 의무를 부여받았다. 노동을 할수록 가난해지는 까닭을 이해하기엔 너무 어린 나이였다. 그리고 청소년이 됐을 때 자신이 마약 중개상이나 옥수수 농장의 품앗이꾼 중 하나가 될 수밖에 없다는 사실을 깨달았다. 가족에 의해 살해될지도 모른다는 불안감에 시달리기도 했다. ─가령 체코의 아버지들은 게으른 아들들에게 가문의 교훈을 대물림할 목적으로 종종 사과를 던진다.*

 그래서 남자는 가족과 아무런 상의도 없이 국경을 넘었던 것이다. 그렇다고 개신교의 나라에 완전히 뿌리를 내릴 작정은 결코 아니었고 고향에다 작은 식료품 가게를 마련할 수 있을 만큼의 돈을 버는 대로 출입국관리소에 밀입국을 자진신고하고 스스로 추방되는 길을 선택할 것이다. 달러의 복음이 멕시코의 원죄를 모두 깨끗이 씻어주기를. 흐린 눈물에 여자가 지평선까지 휩

---

* "더 이상 기어서 도망을 쳐도 이제는 헛수고였다. 아버지는 폭격을 가할 결의를 굳히고 있었기 때문이다. 찬장 위에 있던 과일 접시에서 사과를 꺼내 주머니에다 가득 채우고는 겨냥도 하지 않은 채 마구 던지기 시작한 것이다." ─〈변신〉, 프란츠 카프카, P123, 범우사, 1992년.

쓸려갔다.

 스트립 거리 끝에 이르러 방향을 바꾸고 있는 여자를 보면서 남자는 자신의 불운을 확인하기 위해 에펠탑 아래 던져버린 20달러가 생각났다. 그것으로 중국과 멕시코가 평화협정에 서명할 수도 있었다. 남자는 여자가 너무 느리게 걷고 있기 때문에 가난하다고 생각했다. 자본주의의 자장磁場 속에선 1분 이전의 세계를 환원시킬 수 없어서 사람들이 좌절하고 분노하고 위험한 도박을 시도하다가 더 깊은 수렁에 빠져든다.

 심장이 혈액을 흘려보내는 속도보다 늦게 움직이는 존재들은 모두 도태되고 말 것이다. 느리게 흐르는 것들은 어쩔 수 없이 윤리의 모순에 휩싸이는 법이다. 여자가 좀 더 빨리 걷는다면 그녀의 상품성은 더욱 도드라질 것이라고 남자는 확신했다. – 엉뚱하게도 남자는 그 순간 마하의 속도로 날면서 공중주유를 하고 있는 2대의 비행기를 상상했다. – 그래서 그는 조심스럽게 여자에게 다가갔다. 선의가 건너가는 데 언어의 차이는 큰 문제가 될 것 같지 않았다.

 그 순간 여자는 누군가와 부딪혀 걸음을 멈췄다. 이곳을 걷기 시작한 이후로 처음 일어난 일이어서 여자는 자신의 몸에서 무엇이 떨어져 나갔는지 추스를 경황이 없었다. 걸음을 멈춘 이상 여자는 위험에 노출됐다. 놀라기는 상대방도 마찬가지여서 그토록 비좁은 공간을 누군가와 함께 점유하고 있으리라고는 미처 생각하지 못한 것 같다. 많은 미국인들이 퇴근 후에 운동복 차림으로 쇼핑몰이나 카지노 안을 걸으면서 과잉의 윤리를 덜어내고 있다는 사실을 여자는 알고 있었지만 이전까진 체감하지 못했다.

여자는 운동복 차림의 뚱보 남자가 건성으로 사과한 채 서둘러 사라져 주길 바랐다. 하지만 조깅을 마치고 섹스와 초콜릿 중 하나를 선택할 수 있을 만큼 땀에 젖어 있던 뚱보 남자는 난처한 표정을 풀지 않고 끊임없이 여자를 뒤따르며 말을 걸었다. 물론 처음엔 미안하고 걱정되는 마음이 앞섰을 것이다. 하지만 여자의 침묵이 이어지고 피부색까지 수시로 바뀌자 – 심지어 머리카락 색깔까지 바뀌었다 – 뚱보는 여자를 학대하고 싶은 욕망에 사로잡혔다. 뚱보 남자는 미국인이고 중국 여자는 미국의 풍요에 기생하는 밀입국자이므로 비상식적인 조건으로도 협상이 가능할 것이라고 판단했다. 뒷걸음질 치는 여자의 팔을 뚱보가 붙잡는 순간, 여자의 그림자 속에서 일어난 멕시코 남자의 발부리가 뚱보의 사타구니에 박혔다. 자유의 남신상이 도로에 쓰러져 공처럼 나뒹굴었다.

여자는 다시 걷는다. 걷는 속도는 처음보다 훨씬 빨라졌다. 맹수처럼 자신을 뒤따르고 있는 멕시코 남자에 대한 의식이 여자의 근육을 긴장시키고 있다. 그리고 같은 시간에 함께 걷고 있는 사람들이 여자에겐 때 이른 외투처럼 느껴졌다. 그걸 벗어던지려고 서두를수록 더욱 위태로워진다는 사실을 여자는 미처 알아차리지 못한다. 스트립 거리에서 레테 거리로 들어가는 입구 또한 기억나지 않는다. 프랑스나 이집트로 단숨에 건너갈 수만 있다면 여자는 기꺼이 육신의 윤리를 포기했을 것이다.

중국에 남은 여동생의 얼굴이 갑자기 아른거렸다. 죽은 남동생의 기억 속에 묻혀 있는 여동생을 길 위로 끌고 나와 함께 걸으면서 운명의 속임수에 대해 알려주고 싶었다. 인류는 아프리카에서 아메리카까지 걸어가면서 생존에 필요한 능력을 갖추게 됐다. 하지만 멕시코 남자의 방해 때문에 여자의 변태가 늦어지고 있었다.

누군가의 육신에 기생하면서도 자신이 두 가지의 운명의 주인이라고 굳게 믿는 자들은 어느 세계든지 적당히 존재한다. 그들은 노예를 결코 해치지 않고 적당히 겁을 주거나 어르면서 하루하루 생존에 필요한 조건을 확보해 간다. 상처나 고독 따위에 지레 겁을 집어먹고 자신의 쓸모를 주인에게 의탁한 노예는 끊임없이 제 몸을 굴리지만 가난과 절망 사이를 맴돌 뿐이다. 최소한의 인권을 해결할 목적으로 카지노에 들락거려 보지만 페이라인 위로 발가락 하나 망명시키지 못한다.

빈털터리가 되어 주인에게 돌아간 자는 이전보다 두 배의 노동을 해야 겨우 절반의 빵을 얻을 수 있을 뿐이다. 중국 여자는 자신의 운명마저 주인으로 섬기고 싶지 않았다. 소금가마니 같은 감상感傷 따윈 고향 집 다락방에 모조리 부려놓고 떠나왔으므로 상처나 고독에 굴복할 생각이 전혀 없다. 그래서 여자는 피부색과 걸음 속도를 바꿔가면서 걸었으나 노예 사냥꾼의 추격에서 벗어날 수 없었다.

땀이 흘러나오기 시작하면서 멕시코 남자는 마치 진흙 위를 달리고 있을 때와 같은 당혹감과 무기력감을 동시에 느꼈다. 중국 여자의 뒷모습을 쫓는 시선은 점점 가늘어졌지만 그만큼 팽팽해져서 높은 소리로 허공을 울렸다. 멕시코 남자에게 처음부터 불순한 의도가 있었는지는 알 수 없다. - 회한은 늘 과거형일 수밖에 없다. - 그저 자신이 위기에서 구해준 여자의 정체를 확인하고 잠시나마 말동무가 되려 했을 수도 있다. 하지만 배은망덕한 여자는 모든 남자를 무분별한 성욕의 검객 정도로 여기는 게 분명하다는 생각에 이르자 분노가 치밀었다. 여자 역시 자신과 같은 밀입국자일지도 모른다는 생각은 일부러 하지 않았다. 모든 틈새들이 마치 제 옷처럼 꼭 들어맞는 여자와는 달리 남자는 속도와 방향을 바꿀 때마다 행인들과 부딪혀 작은 소란을 일으켰고 누군가로부터 인종차별적인 모욕을 당하자 자신도 모르게 스페인어로 여자에게 추잡한 욕설을 내뱉고 말았다. 설상가상으로 뚱보 남자의 신고를 받고 자전거로 뒤따라온 경찰을 발견하면서 멕시코 남자는 냉정을 완전히 잃고 말았다.

악어 떼 같은 상황의 원인으로서 여자를 산 채로 던져주지 못한다면 자신의 선의는 결코 증명될 수 없을 것이고 새벽과도 같은 몽롱함에서 깨어나면 사방은 온통 멕시코의 유물들로 가득차 있을 것이며 멀리서 리오그란데의 흐느끼는 소리가 들려올지도 모른다. 머지않아 중국은 세상 모든 분쟁의 배후가 될 것이 분명하다.

남자는 스페인어로 중얼거렸다. 그런데 남자의 목소리는 마치 돌멩이 끝에서 호수의 사방으로 퍼지는 윤슬처럼 라스베이거스의 스트립 거리 전체로 울려 퍼졌다. 얼마나 빠른지 남자보다 스무 발짝은 족히 앞서 있던 중국 여자에게까지 단숨에 닿았다. 세상의 모든 곳에 동시에 존재할 수 있는 진리가 아니고서는 결코 지닐 수 없는 속도였다. - 상대론적 세계의 유일한 기준인 빛의 속도조차 공간에 따라 변한다는 증거가 속속 발견되고 있다. - 기적은 스트립 거리 양쪽에서 기름띠처럼 늘어서서 행인들에게 성매매 전단지를 나눠주던 히스패닉들의 동료애 때문에 가능했다. 히스패닉Hispanic은 동족의 공황 상태His Panic를 결코 개인의 불운으로만 간주하지 않는다. 죽음의 국경을 무사히 넘은 히스패닉에게 현실은 더 이상 이해 가능한 현상이 아니다. 하지만 피부와 머리카락 색깔이 수시로 변하는 인간을 누구나 상상할 수 있는 건 아니었으므로 형제의 욕설이 등에 박힌 여자가 정확히 누구인지 분간할 수 없었다. 그래서 그 시간에 그곳을 걷고 있는 여자들을 모두 붙들고 위협해서라도 자백을 받아낼 태세로 기름띠는 들끓었다. 그 때문에 중국 여자는 휘청거렸고 속도를 낼 수가 없었다.

당신이 내 형제를 모욕한 중국 여자요?

여자는 너무 놀라 걸음을 멈추고 급히 뒤돌아보았지만 거기엔 아무도 없었다. 아니, 행인들은 여전히 여자의 주위를 무심하게 걸어가고 있었으나, 멈춰 서서 경멸하듯 쳐다보거나 소매를 붙드는 자가 없었다는 뜻이다. 그런데 어떻게 여자는 그 말을 정확히 알아들을 수 있었을까?

중국 여자는 캐나다에서 국경을 넘은 이후로도 영어나 아메리카 지리학을 배운 적이 없을 뿐만 아니라 히스패닉과 말을 나눈 적도 거의 없었다. 이곳 사람들은 여자를 벙어리 취급했다. 그래서 캘리포니아의 아몬드 농장에서 여자를 강간하던 남자들도 비밀을 영원히 묻어두기엔 시체보다 벙어리가 더 적합하다고 생각해서 그녀를 살려주었던 것이다. 어쩌면 여자는 미국에 도착하는 대가로 캐나다 브로커에게 혀와 성대의 일부를 지불했는지도 모른다.

어쨌든 멀리서 날아온 소리의 뭉치는 중국어나 영어, 스페인어가 아니었고 그것들이 혼합된 언어 또는 수천 년 전에 사라진 종족의 언어 같았다. 그게 아니라면 세계 각국에서 몰려든 관광객들과 밀입국자들의 편의를 위해 라스베이거스의 사업가들과 갱들이 새로운 공용어를 만들어 배포했을 수도 있다. 자신을 멈춰 세운 목소리가 멕시코 남자의 것인지 자신의 것인지 중국 여자는 분간할 수 없었다. 그러다가 갑자기 자신의 눈 속에서 굴러 떨어진 바위 같은 눈물에 발등이 찍히면서 여자는 결국 멈춰 섰다. 그것은 남동생의 삶을 대신 살고 있는 여동생의 목소리와 닮았던 것이다.

스트립 거리 양쪽에 늘어서 있던 기름띠들이 점점 좁혀지더니 마침내 여자를 둘러쌌다. 중국 여자는 더 이상 앞으로 나아가지 못하고 제자리를 돌며 탈출을 위한 최소한의 틈새를 찾고 있을 때 신의 타자기를 하나씩 밟지 않고 동시에 여러 개를 밟으면서 멕시코 남자가 미끄러지듯 나타났다. 남자의 발밑에 굴복한 여자는 피부색을 급격히 바꾸어 가며 두려움을 표시했다. 걷는 동안 멕시코 남자에게서 분노가 이미 빠져나간 뒤였기 때문에 공허와 민망함으로 남자의 얼굴이 번들거렸다. 그리고 소란을 진압하기 위해 나타난 경찰들이 여자와 함께 자신의 정체까지 알아차리게 될까 봐 두려웠다. 동족의 도움에 빚지지 않았더라면 남자는 여자를 풀어주고 반대 방향으로 서둘러 도망쳤을 것이다. 하지만 마치 노예시장의 경매에 참여한 지주들처럼 여자를 구석구석 살피는 동족 앞에서 남자는 노예의 반기독교적 죄악과 성적 매력을 과장하지 않으면 안 됐다. 그리고 계약금처럼 얼마의 돈을 건네받았다.

이 정도의 중국 여자에겐 1시간의 화대로 18달러가 적당해. 네가 이 여자를 함락하고 나면 앞으로 5년 동안 너에게 독점권을 인정해 주겠다. 단, 매달 말일 세금 내는 걸 잊어버려선 안 된다. 그것은 정복 시대부터 이어져 내려온 황금률이다. 만약 여자에게서 처녀성이라도 상납받게 된다면 이번 주 일요일 대성당으로 와서 성 마가리따의 은총을 감사해야 할 것이다.

중국 여자는 더 이상 아무 말도 듣지 않았다. 하지만 남자들이 다룰 수 있는 화제라곤 섹스 아니면 전쟁이 전부인 데다가 거대한 폭력으로 한 인간을 완전히 굴복시킬 수 있다고 굳게 믿고 있기 때문에 그들의 이야기가 길어질수록 불길함도 함께 부풀어 올랐다. 빈곤한 환경 속에 살면서도 좀처럼 살이 찌거나 병에 걸리지 않는다는 히스패닉 패러독스Hispanic Paradox가 낙천주의에서 비롯됐다는 진단은 결코 진실이 아니었다. 강한 자가 약한 자를 공격할 때보다 약한 자가 더 약한 자를 괴롭힐 때 상처는 더욱 치명적 구조를 지니는 법이다.

여자는 다급하게 주위를 살피며 도움을 구했지만 행인들에겐 그런 낯선 상황이 미국 밖의 프라이버시처럼 간주될 따름이었다. 탈출구는 전적으로 신의 농담과 여자의 의지에 의해서만 생겨날 수 있었다. 체념으로 딱딱해진 몸뚱이를 남자들에게 들이대면서 그들이 지금 정복하려고 하는 영토는 엘도라도가 아니라 툰드라이며 그곳에서 찾아낼 수 있는 것이라곤 자괴감뿐이라는 사실을 알려 줄 수도 있지만, 그런 방법은 폭력을 사소한 실수로 용서해 줄 위험이 있고 또 다른 희생자를 요구할 것이 분명하다. 더욱이 여자는 어느새 중국의 미래를 상징하게 됐기 때문에 저항을 멈출 수도 없다.

멕시코 남자는 첫 번째 섹스의 공포를 똑똑하게 기억한다. 가난한 자들이 연대를 하고 독립할 수 있는 유일한 방법이 섹스였다. 쾌락의 우주에서 지구로 돌아왔을 때 그는 멀미를 했다. 그리고 시큼한 절망의 냄새로 뒤덮인 자신의 몸뚱이를 공업용 메탄올로 닦아내느라 몇 시간을 소진했다. 첫 번째 아이는 팔다리가 없이 태어나서 일주일 만에 화장터의 불길로 사라지더니 두 번째 아이마저 어미의 자궁 속에서 탯줄로 목을 매었다. 그제야 비로소 남자는 자신의 생을 겹겹이 둘러싸고 있는 저주의 위엄을 깨뜨리는데 사랑은 무기가 될 수 없다는 사실을 깨달았다. 그 뒤로 남자는 단 한 번도 섹스를 하지 않았고 성기는 꼬리뼈보다도 더 빨리 퇴화했다.

18달러를 받아 든 멕시코 남자는 자신의 운명을 시험해 보겠다고 선언했다. 만약 그 돈이 수만 달러로 불어난다면 중국 여자를 저주에서 풀어주고 남은 돈으로 트럭 한 대를 사서 식료품과 밀입국자들을 실어 나르는 일을 시작하겠다고 말했다. 중국 여자를 둘러싸고 있던 남자들이 일제히 몸을 비틀면서 비웃는 바람에 기름띠가 잠시 끊겼고 이 기회를 놓칠세라 여자는 틈새에 몸을 끼워 넣었으나 환멸의 장벽을 통과할 수 없었다. 남자들은 자신들이 어렵사리 일궈놓은 세계가 몽상가들에 의해 너무 쉽게 파괴되는 걸 결코 원하지 않았다. 그래서 한 남자가 무리 속에서 걸어 나와 18달러를 쥐고 있는 남자의 손목을 움켜쥐었다.

우리와 협상하려면 두 목숨을 통째로 내걸 수 있어야지.

멕시코 남자가 18달러로 끝내 페이라인을 넘지 못하는 경우를 대비하여 두 번째로 여자를 소유할 남자가 결정됐다. 중국 여자의 눈에도 자신의 두 번째 주인은 열다섯 살도 채 안 된 것처럼 보였다. 범죄자가 어릴수록 악은 더욱 순수해지는 법이다. 겨우 열두살 남짓의 홍위병들은 기성세대들의 지식과 신념과 경험에 전혀 동요하지 않고 대장정의 홍군보다도 더 빨리 중국의 근대사를 전개시키지 않았던가.

두 번째 남자가 주인으로 군림하기 전에 여자가 그곳을 탈출하지 못한다면 미국의 역사도 전혀 예상치 못한 속도와 방향으로 흘러갈는지 모른다. 그래서 여자는 몸속의 모든 힘을 아랫배에 모으고 벼룩처럼 단 한 번의 도약으로 환멸의 장벽을 단숨에 뛰어넘을 수 있도록 잔뜩 옹송그린 채, 카지노를 향해 두 명의 감시원들과 함께 걸어가는 멕시코 남자의 뒷모습을 오랫동안 바라보았다. 멕시코 남자는 희망 때문에라도 바닥으로부터 1인치 정도 떠올라서 신의 타자기 위를 미끄러지듯 걸었는데 지상의 권태에 찌들어 있는 자들은 결코 그의 메시지를 해독할 수 없었다.

멕시코 남자가 카지노로 들어가기도 전에 그를 기다리고 있을 결과에 대해 미리 알지 못한 자는 아무도 없었다. 슬롯머신의 레버를 쥐는 순간 남자의 머릿속에도 20분 뒤의 미래가 훤하게 그려졌다. 세상은 늘 희망보다 절망의 힘으로 움직인다. 멕시코 남자는 다시 공중에 뜬 채 카지노를 빠져나와 중국 여자 쪽으로 돌아왔는데 그의 양쪽 겨드랑이에 박제용 철근처럼 들어박힌 남자들 때문에 바닥에서 1피트는 족히 떨어졌다. 그는 마치 대예언을 전달하기 위해 지상으로 내려왔다가 산채로 사로잡힌 가브리엘 천사 같았다.

중국 여자의 두 번째 주인은 자신의 행운에 환호했다. 중국 여자의 죽은 남동생이 살아 있다면 꼭 그만한 나이가 됐을 것이다. - 죽은 자들은 시간이 지날수록 오히려 젊어질 수도 있다. - 하지만 중국은커녕 고향의 크기조차 짐작하지 못하는 소년에게 인간의 존엄성을 가르쳐주는 자는 아무도 없었다.

결코 행인들이 통과할 수 없는 검은 띠가 히스패닉들에 의해 다시 완성되고 중국 여자 옆에 가브리엘마저 무릎을 꿇자 소년은 골고다 언덕의 로마군처럼 자신의 성기를 한껏 부풀리면서 손목에 찬 시계를 내려다보았다. 한눈에도 가짜 스위스제 시계라는 걸 알아차릴 수 있을 만큼 조악하고 낡은 것이어서 소년은 그것으로 이미 지나간 시간만을 확인할 수 있을 뿐이다.

자본주의는 개인에게 시간을 공평하게 부여했지만 시작과 끝이 모두 달라서 개인은 각각 서로 다른 시간대를 살아갈 수밖에 없다는 사실을 소년은 이해하지 못한다. 그가 갑옷 속에서 힘들게 성기를 꺼내는 순간 여자가 공중으로 날아올랐다. 마치 자신을 옥죄고 있는 국경이 더 이상 지상에 있는 것이 아니라 허공 속에 있다는 것처럼.

중국 여자는 종일 걸으면서도 거의 먹지 않았기 때문에 육신은 비현실적으로 가벼워졌고 다리의 근육은 이상적으로 발달했다. 얼마나 높이 치솟았는지 스트립 거리의 행인들이 모두 그녀를 볼 수 있을 정도였다. 다만 인간이 그토록 높이 치솟는 건 불가능하다는 선입견 때문에 허공 위의 그녀와 눈이 마주치고도 전혀 놀라지 않았다.

투명한 막에 부딪혀 더 솟구치지 못하고 추락하기 직전 여자는 몸 아래의 세상을 내려다보았다. 그곳은 완전하게 원형이고 가장자리마다 거대한 숫자들이 일정한 간격으로 나스카의 문양처럼 새겨져 있었다. 자신이 어느 숫자 부근에서 날아와 어느 숫자 부근으로 떨어지게 될지 알 수 없었다. 그래도 사람들이 많이 모여 있는 곳으로 떨어진다면 여생이 쓸쓸하진 않을 것 같았다. 물론 그곳에서 히스패닉 남자들은 중국 여자의 추락을 기다리면서 내기를 걸고 있을 수도 있다. 그리고 중국 여자의 첫 번째 주인은 고작 18달러의 빚 때문에 이미 유령으로 변신했을 수도 있겠다.

여자는 지상을 향해 추락하고 있는 몸을 뒤집어 등부터 세상이 닿게 하려고 애를 썼다. 그 순간 자신이 멀어져가고 있는 허공에서 누군가의 얼굴이 희미하게 드러났고 그가 자신의 삶을 통째로 들여다보고 있다는 생각이 들었다.

조물주일까. 하지만 너무 어리다. 여자의 두 번째 주인일까. 하지만 너무 낯익다. 여동생일까. 하지만 너무 행복해 보였다. 아니다. 그는 중국 여자의 죽은 남동생이다. 하지만 그는 도로 위에 으깨어져 온전한 시체도 남기지 못하지 않았던가. 혹시 화물트럭이 자신을 향해 다가오는 줄도 모른 채 가짜 스위스 손목시계를 들여다보고 있었던 건 아닐까. ― 이걸 단순히 중국과 미국 사이의 시차로 설명할 수 있을까. ― 그렇다면 중국 여자는 남동생의 죽음 이후에 가짜 스위스제 손목시계 속에 영원히 갇힌 것일까. 그런 상태로 중국을 가로지르고 태평양을 건너 캐나다에 이르렀던가.

중국 여자는 자신의 여동생이 보고 싶어졌다. 언니에게 일어난 기적을 여동생이 알게 된다면 인류 퇴화의 증거인 남자의 성기 따위를 얻으려고 더 이상 자신을 속이지 않아도 될 텐데. 갑자기 추락의 속도가 빨라지면서 지상에 등이 닿을 무렵 기억은 모두

휘발하고 눈앞이 환해졌다.

　무사히 지상에 안착한 중국 여자는 다시 걷기 시작한다. 스위스제 시계처럼, 독일 철학자처럼. 스트립 거리를 따라 미얀마의 유적지에서 출발하여 스핑크스의 수수께끼를 풀고, 아더왕의 전설을 듣고, 자유의 여신상 아래에서 몬테카를로의 야경을 향해 연신 감탄사를 날리며, 이탈리안 음악 분수와 플라멩코의 춤을 구경하다가 에펠탑과 카이사르의 성채 앞에 이르러 겨우 방향감각을 회복한다.

　신비한 룬문자의 방패를 뚫고 서커스단 천막 사이를 통과하여 마침내 성층권 아래의 바벨탑에 이르면 몸을 돌린다. 그리고 다시 미얀마 유적지에 이르러 레테의 거리로 숨어든다. 중국 여자의 일상에는 시작과 끝이 없고 순간과 영원만 있을 뿐이다. - 정확히 말하자면 순간의 기억과 영원한 망각만 있을 뿐이다. - 걷다 보면 자신을 뒤따르고 있는 멕시코 남자와 하루에 12번씩 만나 잠시나마 눈웃음을 나누면서 안부를 묻고 행운을 빌어주기도 하지만 그들은 서로를 기억하지 못한다. 멕시코 남자는 바닥에 발자국을 남기지 않은 채 지나칠 것이고 중국 여자는 결코 뒤를 돌아다보지 않는다. 이것이 자본주의에서 인간들이 아날로그식으로 시간을 공유하는 방식이다.

| 작가의 말 |

하기의 문장으로, 걷는 (중국) 여자와 (멕시코) 남자의 선험적 유대감을 설명할 수 있을까.

"이족보행二足步行은 힘들고 위험스러운 전략이다. 골반이 엄청난 부담을 지탱할 수 있어야만 한다. 필요한 강도를 유지하려면, 산란관이 상당히 좁아져야만 한다. 그런 골격은 두 가지 중요한 직접적인 문제와 하나의 장기적인 문제를 가져온다. 첫째, 아이를 낳는 산모에게 엄청난 고통을 주게 되고, 산모와 아이의 사망률을 크게 증가시킨다. 더욱이 아기의 머리가 좁은 공간을 통해서 빠져나오려면, 아기의 뇌가 작아서 아직은 많은 도움을 필요로 할 때에 출산해야만 한다. 그래서 신생아를 오랫동안 돌봐주어야 하고, 그것은 다시 남성과 여성의 긴밀한 협력을 요구한다."

―빌 브라이슨, 『거의 모든 것의 역사』, 이덕환 옮김, p467, 까치, 2011

김솔
2012년 한국일보 신춘문예에 당선되면서 작품활동을 시작했다. 소설집으로 『암스테르담 가라지세일 두 번째』 『살아남은 자들이 경험하는 방식』 『망상, 어語』 『유럽식 독서법』, 장편소설로 『너도밤나무 바이러스』 『보편적 정신』 『마카로니 프로젝트』 『모든 곳에 존재하는 로마니의 황제 퀴에크』 『부다페스트 이야기』가 있다. 문지문학상, 김준성문학상, 젊은작가상을 수상했다.

당신의 선택이 간섭을 일으킬 때

-

김은우

-

"도박사를 찬양하라, 그들이야말로 인류의 위대한 구원자일 터이니!"

몇 년 전, 아버지의 사망보험금을 가지고 달아난 형을 잡으러 정선 카지노에 내려왔을 때 조가 한 말이었다. 내가 헛소리라고 코웃음 치자 조는 병적으로 다리를 떨며 반박했다.

"인류의 역사는 도박의 연속이었어. 도박이나 모험은 정말 한 끗 차이야. 알 수 없는 미래에 가능성을 던지는 거잖아. 그들이야말로 인류의 위대한 구원자라고."

당시 나는 강원랜드 호텔에 머물며 형을 잡기 위해 갖은 애를 쓰고 있었다. 특별한 방법은 없었다. 새벽녘 일어나 페스타 플라자에서 입장권을 구매한 뒤 카지노에 들어가 형의 그림자를 쫓는 다소 무식한 방식이었다. 전화 예약이 매번 실패하는 터라 입장권은 늘 발품을 팔아야 했다.

백여 대가 넘는 게임 테이블과 천여 대가 넘는 슬롯머신 사이에서 형을 찾는 일은 쉽지 않았다. 15일을 초과하면 입장 제한을 받으니 무작정 기다리는 것도 멍청한 짓이었다. 더욱이 써미타스 클럽 라운지에는 들어갈 수조차 없었으니 모든 곳을 둘러봤다고 하기도 애매했다. 물론 형이 천만 원 베팅이 흔한 그곳에 들어갈 자격이 될 리 만무했지만.

아무런 소득 없이 8일이 지나자 초조해지기 시작했다. 그럴 즈음 윤태가 조를 소개해 주었다. 가격 대비 효율이 괜찮은 사람이 있다면서, 그 또한 고교 동창이라고 했다. 막상 만나보니 얼굴이 낯익었다. 우리는 서로의 접점을 헤아렸다. 3년 내내 같은 지역에 살았으며 한 학기 동안 같은 학원에 다닌 적이 있었다.

"잘 기억은 안 나네."

멋쩍은 듯 내가 말하자 조는 상관없다는 듯 어깨를 으쓱였다.

"내가 조용한 편이었거든."

조는 익숙한 동작으로 호텔 방 한편에 놓인 간이냉장고에서 물을 꺼내 마셨다.

"되찾는 돈의 5%."

조의 요구에 나는 고개를 끄덕였다. 최악의 경우에도 수수료는 아낄 수 있었으니 나쁘지 않은 조건이었다. 물론 돈을 되찾는 것이 최우선이었다. 다만 조는 자신은 카지노에 들어가지 않는다는 조건을 덧붙였다.

"왜?"

"날 못 믿으니까."

"도박 끊었다고 하지 않았어?"

"누가 그래?"

"윤태가."

"그게 가능하긴 한 거야? 나로선 의문인걸. 일단 내 경우는 참는 거거든. 흡연자가 담배를 끊는 것과 비슷해. 영원히 안 필 수도 있지만 언젠가 다시 피울 확률이란 게 존재하거든. 10년간 참았으나 단 한 번 피우는 순간 끊었다고는 말할 수 없는 셈이지."

그러면서 조는 짐짓 엄숙한 태도로 덧붙였다.

"도박사를 찬양하라, 그들이야말로 인류의 위대한 구원자일 터이니!"

"너는 위대한 구원자가 될 생각 없고?"

"내가? 그런 너절한 역할을 맡을 리 없지. 구원자는 필경 시련에 시달릴 텐데. 넌 영화도 못 봤어?"

조가 한심하다는 듯이 말했다.

"그러니까 나는 저 안으로 들어가지 않을 거야. 스스로를 과신하지 않는 것이 모든 결심의 첫걸음이니까."

그 뒤로 조는 쉬지 않고 전화를 걸고 받았다. 휴대폰 벨 소리는 나비야 동요였는데, 며칠간 듣고 있으니 나도 모르게 콧노래로 따라 부르고 있었다.

몇 번의 외출 끝에 조는 형의 소재를 파악해 냈다. 호텔에 머문지 정확히 21일 만이었다. 내가 어떻게 알아낸 거냐고 묻자 조는 영업 비밀이라며 말을 아꼈다. 그러고는 내게 아라비아 숫자가 큼직하게 새겨진 가죽 손목시계를 건네주었다.

"카지노에 시계가 없는 건 아니지만 몸에 지니고 있는 게 좋아."

나는 군말 없이 손목시계를 찼다.

"시간을 잘 체크해."

조의 당부에 나는 고개를 끄덕였다.

"항상 시간이 흐르고 있다는 걸 상기하라고."

조가 다시 강조하자 짜증이 치밀었다.

"시간은 원래 흘러."

"그나마 그건 인정해서 다행이네. 저번에 어떤 놈은 시간은 흐르지 않는다고 미친 소릴 해대던데."

"그건 또 무슨 소리야?"

"예전에 의뢰를 했던 교수가 한 말이야. 그놈은 오늘과 내일은 없다고, 의식이 지각할 뿐 시간 자체는 움직이지 않는다고 했어. 시간에 속도 따위는 없다나. 하루는 하루일 뿐이라고. 이래서 지식인은 안 돼. 미친 소리를 그럴듯하게 지껄이잖아?"

내가 어리둥절한 표정을 짓자 조가 목소리 톤을 바꾸며 진지하게 충고했다.

"그러니까 고건우. 무언가에 홀린다는 건 시간을 잃어버린다는 거야. 무사히 나오고 싶으면 시간을 체크해."

"알았어."

조는 호텔 방 문 앞에서 나를 배웅했다.

"너 진짜 안 갈 거야?"

내가 재차 묻자 조는 고개를 까닥하고는 손을 흔들어 보인 후 망설임 없이 문을 닫았다.

나는 조를 뒤로하고, 4층 로비로 내려갔다. 오늘은 입장권을 사기 위해 기다릴 필요가 없었다. 기대 탓인지 발걸음이 가벼웠다. 페스타 플라자를 지나는 도중 중독관리센터 문 앞에서 잠시 멈춰 선 채 헛웃음을 치기도 했다. 문 앞에 부착된 '인간은 패배하도록 창조되지 않았다'라는 헤밍웨이의 글귀가 우스웠던 탓이다. 무엇에 패배하지 말라는 말인가. 도박에? 아니면 도박 중독에? 헤밍웨이는 패배하진 않았으나 파멸했다. 의사였던 자신의 아버지와 마찬가지로 엽총으로 머리를 쏴 자살했으니까.

카지노에 입장하자 손목시계가 손목을 죄어오는 듯 갑갑했다. 시곗줄을 한 칸 더 느슨하게 풀었다. 시간을 체크해라. 시간은 흐른다. 당연한 사실에 미심쩍은 기분이 들었다.

카지노는 흥분과 광란의 열기로 가득했다. 나는 수많은 슬롯머신을 뒤로하고 곧장 4층 증축 영업장으로 걸음을 옮겼다. 바카라 22피트 테이블이었다. 형을 발견했을 때 나는 안도감과 황당함을 동시에 느꼈다. 도대체 조는 어떻게 알아낸 것일까.

형과 눈이 마주쳤다. 형은 놀란 듯 눈을 치떴지만 이내 표정을 갈무리하고 말했다.

"방금 시작했어. 끝은 봐야지."

아주 당당한 요구에 순간 말문이 막혔다. 형이 판돈의 출처를 제대로 인지하고 있는지 의심스러웠다.

"제정신이야?"

"충분히."

"퍽이나."

나는 형이 뱅커에게 받은 카드를 확인했다. A 다이아몬드, 4 스페이드. 합이 5였다. 바카라는 카드 숫자의 합이 9에 가까운 쪽이 이기는 게임이었다. 형은 한 장의 카드를 더 받았다.

형이 게임을 하는 동안 나는 기다렸다. 익숙한 기다림이었다. 인생에 큰 전환점이 있을 때마다 나는 형 뒤에 서서 상황이 끝나기를 기다리곤 했다. 어머니가 이혼한 은행점장의 권유로 사이비 종교에 빠져 집을 나갔을 때에도 마찬가지였다. 형은 캐리어에 짐을 싼 채 집을 떠나는 어머니에게 울며불며 매달렸다. 나는 너무 어렸고, 어머니보다는 아버지를 더 따랐으므로 그저 전봇대에 기대선 채 상황이 끝나기를 기다리는 게 전부였다. 솔직히 그 당시에는 어머니의 선택에 큰 감흥은 없었다. 어머니는 집에서도 늘 어딘가로 떠나 있는 사람처럼 굴었던 것이다.

어머니는 형의 손에 오천 원 한 장을 쥐여준 채 떠났다. 형은 그 돈을 들고 곧장 구멍가게로 갔다. 계산대에는 수북이 아이스크림 더미가 쌓였다. 구멍가게 아줌마의 눈초리가 가늘어졌지만 형은 개의치 않고 그 돈을 전부 아이스크림을 사는 데 썼다.

우리는 검은 비닐봉지를 하나씩 나눠 들고 인근 놀이터로 향했다. 벤치를 찾아 앉은 뒤에 묵묵히 아이스크림을 먹기 시작했다. 땡볕이었다. 우리가 먹는 속도보다 아이스크림이 녹는 속도가 더 빨랐다. 결국 반은 녹아 형체를 알 수 없게 되었으나 우리는 미친 사람들처럼 손을 타고 흐르는 진득한 아이스크림을 모두 먹어 치왔고, 그날 밤새 화장실을 들락거려야 했다.

어머니가 도망간 후에도 삶은 변함없이 흘러갔다. 아버지는 짜장면을 배달하느라 바빴고, 하교 후 우리는 갈 곳이 없었다. 인근 공원이나 놀이터를 배회하는 날이 많았고, 날이 몹시 덥거나 춥거나 한 날에는 정 씨 아저씨의 복덕방을 찾았다.

정 씨 아저씨는 지하에서 복덕방을 운영하는, 미심쩍은 이력을 지닌 주인이었다. 아버지가 일하는 짜장면 가게와 같은 상가 건물이었다. 홀아비였으며 성실한 아버지에게 호감을 가지고 있었다. 우리는 아버지를 기다린다는 핑계를 대고 자주 복덕방을 찾았다.

그곳은 우리에게 마켓이었다. 여름에는 수박, 겨울에는 감귤, 평상시에는 눈치 보지 않고 양껏 먹을 수 있는 간식이 구비되어 있었다. 우리는 배불리 먹고 난 다음 간이 협탁에 나란히 앉아 숙제를 했다. 정 씨 아저씨가 간간이 숙제를 봐주기도 했는데 틀려도 딱히 타박하진 않았다.

마켓 한편에는 커다란 포커판이 있었다. 그 때문인지 언제나 많은 사람들이 오고 갔다. 대부분은 정해진 멤버들이었다. 가끔 새로운 인물이 찾아오면 정 씨 아저씨 특유의 장난기가 발동하곤 했다. 그는 부러 몇 판을 져서 상대의 페이스를 파악해 낸 뒤 페어를 손에 감추는 하수를 골려 먹었다. 그럴 때 정 씨 아저씨는 뱃고동 소리를 흉내 냈는데 그러면 상대는 스트레이트 이상의 패는 줄 수 없었다. 그러면서 상대에게 천사가 손등에 입맞춤을 하지 않는 한 트리플은 희박한 확률이라며 놀려 먹는 것도 잊지 않았다.

　내가 형을 이끌고 호텔로 돌아오자 조는 캔맥주를 마시며 형이 남긴 금액을 계산했다.

　"스트레이트 플러시."

　"뭐?"

　"다 탕진하지 않았단 말야? 제법인데? 네 형."

　조가 웃으며 말했다.

　사망보험금은 정확히 반이 남아 있었다.

　불행히도 이번에는 조의 도움을 받을 수 없었다. 그는 현재 필리핀에 거주 중으로 연락이 닿지 않는다고 윤태가 말했다.

　"계속 연락은 해볼게. 너무 기대는 말고."

　나는 형이 가지고 내려간 주택 보증금이 얼마나 버틸 수 있을지 생각해 보았다. 그때처럼 반이라도 남아 있을까. 스트레이트 플러시. 은연중에 조의 말투를 흉내 내고는 왼손에 찬 손목시계를 만지작거렸다.

　행정공무원이 된 후로는 찬 적 없는 손목시계였다. 전자공학을 전공했던 시절에는 해체해 본 적도 있었으나 졸업한 뒤로는 딱히 가까이할 일이 없었다. 사무실 벽면에는 벽걸이 시계가, 손에는 항시 스마트폰이 있었으니 구태여 시계를 차고 다닐 이유도 없었다. 그러나 정선에 내려오기 전에 조의 말이 떠올라 책상 서랍에서 잠자고 있던 구형 세이코 손목시계를 꺼내 들었다. 갈색 가죽으로 덮인 쿼츠 시계였는데 다행히도 발진기가 초당 32,768헤르츠로 진동하고 있었다.

나는 현란한 조명의 향연 속으로 발을 들이면서 마이크로 칩이 진동을 변환시켜 모터로 전달하고, 모터가 톱니바퀴를 회전시키는 광경을 상상했다. 그러나 슬롯머신의 요란하기 짝이 없는 소리가 내 고막을 자극했고, 이 파동은 몇 개의 신경섬유를 건드리며 전기적인 자극을 일으켰다.

톱니바퀴의 이미지는 점점 희미해졌다. 이제는 쾌락계인 변연계가 일할 차례였다. 그렇다면 이제 이성은 바닷속으로 가라앉고 있다고 봐야 했다. 나는 스스로를 통제할 수 있나? 순간 의문이 들었지만 이내 무용한 질문이라고 답을 내렸다. 어머니가 사이비 종교에 미쳐 집을 나갔을 때 이미 자유의지에 대한 환상을 버렸으니까.

어머니의 선택은 분명 세뇌에 의한 것이었다. 세뇌로 인한 선택도 자유의지인가? 자유의지는 언제나 골치 아픈 문제였다. 만약 전극을 꽂아 어머니 뇌의 신경세포를 자극했더라면? 차라리 신앙심이 뇌에서 일어나는 신경 조절 물질의 작용과 연계되어 있을 뿐이라는 주장을 믿고 싶었다. 어머니를 유기인산 화합물이 가득 찬 탱크에 집어넣었다면? 그녀가 신앙을 버리고 자식을 택했을 수도 있었다. 죽을 확률이 더 높긴 했지만. 그렇다 한들 그것 또한 순수한 자유의지나 모성애의 발로로 볼 수 있나? 결국 모든 것은 환상일 뿐이었다.

요란한 효과음과 함께 플래시가 터지듯 색색의 그림들이 사라졌다 나타났다. 사람들은 쉼 없이 움직였다. 수중에 칩이 떨어지면 교환했고, 스스로를 의심하면서도 ATM 기기 앞에 서 있었다. 슬롯머신을 비롯하여 룰렛, 바카라, 블랙잭 테이블도 만석이었다.

형과 비슷한 인상착의는 너무도 많았다. 쉬이 찾을 수 없으리라 예상한 바였다. 문제는 그게 아니었다. 슬롯머신의 릴이 회전할 때마다 울리는 효과음이 신경에 거슬리기 시작했다. 등에 땀이 솟고, 머리털이 곤두섰다.

무언가에 홀린 듯 사람들 사이를 지나다녔다. 빈손으로 돌아가야 할지도 모른다는 불안감보다 열기에 잠식될까 두려웠다. 열기, 열기, 이놈의 열기가 문제였다. 코너에 멈춰 선 채 마른세수를 했다. 시원하고 차가운 이미지를 떠올리려 노력했다. 이를테면 그린란드의 빙산 같은.

언젠가 보았던 빙산에 관련된 문제가 무작위로 떠올랐다. 한 덩어리의 빙산이 주어질 때, 그 빙산이 두 덩어리 이상으로 분리되는 최초의 시간을 구하는 프로그램을 작성하는 문제였다. 그림은 총 3개로, 5개의 행과 7개의 열로 된 격자표이다. 격자표에는 빙산의 높이 정보가 양의 정수로 표기된다. 바다는 0. 빙산이 녹을 때까지 분리되지 않아도 0이다.

0-0-0

0의 개수를 헤아리고 있는데 때마침 눈앞의 슬롯머신이 빙고를 울렸다.

7-7-7

함성소리가 터져 나왔다. 숨소리와 눈동자의 움직임, 각종 구멍에서 흘러나오는 체액의 냄새가 들러붙었다. 시신경을 마비시키는 공기의 흐름에 동화되어 갔다. 게임에 참여하지 않아도 흥분의 열기는 고스란히 전해졌다.

무서운 건 이것이다. 열기에 동화되어 가는 것. 생전 축구 경기를 보지도 않는 사람이 월드컵 시즌만 되면 사람들 응원에 휩쓸려 거리로 뛰쳐나가는 것. 일종의 마약 같은 중독성이 곳곳으로 퍼지게 되는 것이다. 전쟁이나 마녀사냥 같은. 선량했던 시민이 선동에 휩쓸려 살인을 저지르던 시대는 존재했으니까. 인간의 의지가 때때로 얼마나 연약한가는 역사가 증명하고 있으니까.

순간, 어디선가 나비야 벨 소리가 울렸다. 나는 무언가 깨달은 사람처럼 손목시계를 봤다. 오후 5시 9분이었다. 이곳에 온 목적을 상기했다.

주택 보증금 탈환.

운 좋게 당첨된 청약 주택 보증금을 형에게 빌려준 것이 문제였다. 최근에 확장한 변호사 사무실의 계약금이 필요하다고 했다. 거기에 형수가 아프다고, 유방암 수술을 해야 하는데 당장 현금 융통이 어렵다고 했다.

"은행 대출 날짜가 좀 꼬였어."

형은 대수롭지 않다는 듯 말했다.

나는 형수가 아프다는 말에 군말 없이 송금했다. 형은 고맙다고, 빠른 시일 내에 갚겠다고 답변했다. 내심 변호사로 기반을 다져온 형이라면 주택 보증금 정도는 응당 갚을 수 있으리라 계산했다. 잔금일까지 날짜가 여유로운 편이어서 안이하게 여긴 탓도 있었다.

잔금일이 한 달 앞으로 다가오는데도 형에게 아무런 연락이 없자 조급함이 일었다. 그때부터 부랴부랴 연락을 취했으나 허사였다. 망설임 끝에 형수에게 전화를 걸어 묻자 이혼했다는 황당한 답변만 돌아왔다. 형수는 더는 연락하지 말라는 말과 함께 매몰차게 전화를 끊었다. 수술에 대해서는 물어보지도 못했다.

결국 형이 또다시 도박에 빠진 걸까? 아버지의 사망보험금을 날렸던 전적이 있기는 했다. 그러나 형은 차라리 그 돈을 없애버리고 싶었다고 항변했다. 도박이 아버지를 죽음으로 내몰았으니 그 돈을 탕진해 버리고자 했다는 것이다. 그 삐뚤어진 마음 또한 납득이 되지 않는 것은 아니었던 터라 참담했다.

"아무리 그래도 그 돈을 다시 도박판에 끌어들이는 건 아니지! 아버지가 뭣 때문에 죽었는데!"

나는 울부짖었다.

"되돌리려는 것뿐이야, 되돌리려는 것뿐이라고."

형의 당당한 궤변에 나는 주저앉았다. 비록 시작은 모정에 배반당한 아이의 유희에 지나지 않았더라도 종국에는 가난에 대한 항거와 부조리한 세상에 대한 자살테러이지 않았나.

형은 밤낮으로 일하는 아버지가 마켓에서 놀고먹는 신참내기보다도 못한 형편이라는 것을, 부의 불공정함을 누구보다 빨리 깨달았다. 아버지의 가정환경은 불우했고, 두뇌가 좋지 않은 탓에 육체적인 일을 주로 했다. 당연하게도 공사장과 배달 수입은 불안정했다. 경기가 좋지 않으면 쉬이 잘린 탓이다.

 아버지가 기술을 배우기에는 시간과 돈이 부족했다. 그나마 은행원이었던 어머니와의 결혼으로 17평의 작은 아파트를 얻은 것이 그가 평생 일한 대가라 할 만했다. 어머니와의 결혼은 아버지 인생에 있어 최대 행운이자 불운이었다. 그 무렵 아버지는 인심이 후한 고 사장 아래서 일하게 되었지만 손님이 던진 짬뽕 그릇을 다시 배달해야만 하는 삶의 부당함은 여전했다.

 아버지는 우리가 마켓에 머무는 것을 그다지 반기지 않았지만 크게 나무라지도 않았다. 먹을 것이라고는 단무지와 라면이 전부인 비좁은 집에 있는 것도 내켜 하지 않았기 때문이다. 아버지는 우리에게 얌전히 있으라고 타박하고는 바닥에 놓인 그릇들을 수거해 가곤 했다.

 그릇 수거를 도우려 하면 그것만큼은 아버지가 질색했다. 아버지는 공부를 잘하는 형이 대견했고, 그로 인해 인정받길 원했다. 아버지는 학교에서만큼은 형이 대단한 위치에 있다고 여겼다. 실상은 어땠는가. 학교는 계급화의 시작이었을 뿐이다. 형은 가난하지만 공부를 잘하는 학생이었을 뿐이다. 방점은 언제나 가난에 찍혔고, 가난의 벽은 날로 견고해졌으며 때론 학교조차 그 담장을 넘지 못했다.

 형이 포커에 관심을 보이기 시작한 것은 당연한 수순이었다. 누군가 버린 신문지로 딱지를 접어 치는 일은 금세 시시해졌고, 집에 있는 컴퓨터는 너무 느렸기 때문이다. 우리는 재미 삼아 패를 외우고, 카드 룰을 익혔다. 그리고 얼마 뒤, 정 씨 아저씨와 한 게임에서 우리는 형에게 남다른 재능이 있다는 것을 알았다. 형의 습득력에 탄복한 정 씨 아저씨는 열정적으로 포커 기술을 가르쳤다. 그때까지만 해도 재능은 오락을 소비하는 데에만 쓰였다. 물론 오락이 도박이 되는 것은 한순간이었지만.

시작은 정말 사소했다. 학기 말을 앞두고 형의 반에서 담임선생님의 지휘 아래 학급 책을 발간했다. 그 안에 롤링 페이퍼를 위한 빈 페이지가 있었는데 학급책 앞에 본인의 이름을 쓰고 책자를 돌리면 친구들이 하고픈 말을 작성하는 식이었다. 형은 집으로 돌아오자마자 그 페이지를 찢어버렸고, 누군가에게 멸시를 당한 사람처럼 씩씩댔다.

나는 찢긴 페이지에서 파란색 볼펜으로 쓰인 '네 아버지한테 그릇 좀 빨리 수거해 가라고 해. 똥개가 자꾸 핥아댄단 말야'라는 글귀를 발견했다. 당시만 해도 수거할 때 그릇을 비닐봉지에 넣지 않았다. 나는 형이 그 글귀에서 어떤 모욕을 받았음을 알았다. 그렇지만 아버지의 직업이 비밀은 아니었던 터라 형의 과격한 모습에 잠시 말을 잃었다.

형은 아버지를 단 한 번도 부끄러워하지 않았다. 그러나 학급 친구들이 모두 돌려보는 페이지에 그러한 글귀를 쓴 의도에 분노했다. 윤수. 그 글귀를 쓴 아이의 이름이었다. 어쩌면 그로서는 단순한 정보전달이 목적일 수도 있었다. 아니면 아이들 특유의 세상사를 파악하는 잔인한 직관력이 발휘된 것일 수도. 분명한 건 그 일은 형에게 모욕감을 주었고, 나비의 날갯짓이 되어 되돌아왔다는 사실뿐이다.

수업이 끝난 빈 교실에 남아 있던 둘은 대수롭지 않은 일로 말싸움을 시작했다. 말싸움은 곧 몸싸움이 되었고, 이내 무차별적인 폭행으로 바뀌었다. 형과 같이 하교하기 위해 교실 문밖에서 기다리고 있던 나는 뒤늦게 둘을 말려보려 했으나 무리였다.

또래에 비해 체격이 좋았던 형이었다. 형이 윤수 형을 피투성이로 만드는 데에는 몇 분 걸리지 않았다. 곧 어른들이 몰려왔으며 배달통을 짊어진 채 아버지가 나타났다. 윤수의 어머니는 훈계를 빙자한 언어 폭행을 쏟아냈다. 아버지는 모든 말에 수긍하며 사과했다. 윤수 형의 몰골이 형편없었기 때문이다. 그녀는 터무니없는 합의금을 요구한 뒤 병원으로 향했고, 아버지는 집으로 돌아와 훗날 대학 등록금으로 쓰려 했던 적금 통장을 깼다.

불행히도 일은 그것으로 마무리되지 않았다. 퇴근 후 뒤늦게 자신의 외동아들이 맞았다는 사실을 알게 된 윤수의 아버지가 짜장면 가게로 찾아와 난동을 부린 것이다. 고 씨 아저씨는 싸움을 말렸고, 나는 테이블 뒤에 숨어 벌벌 떨었다. 아버지는 무릎을 꿇은 채 용서를 빌었다. 그때까지만 해도 가만히 있던 형은 너무 흥분한 윤수 아버지가 아버지의 뺨을 때리자 달려들었다. 순식간에 식당은 아수라장이 되었다. 윤수 아버지가 식탁 모서리에 머리를 박고 피를 흘리며 쓰러졌을 때 어디선가 사이렌 소리가 들려왔다.

다행히도 윤수 아버지의 상처는 가벼운 찰과상에 그쳤다. 다만 폭행으로 형을 고소하겠다고 날뛰었다는 점만 빼면. 상황을 모두 전해 들은 경찰관들이 촉법소년이라는 점과 가정형편 등을 고려해 합의하는 것이 어떻겠냐며 그를 달랬다. 가까스로 합의했지만 터무니없는 합의금이 남았다. 아버지는 전 재산과도 같은 집을 팔아야 했다.

"돈이 필요해."

아버지의 말처럼 우리에게는 절실하게 돈이 필요했다.

"이봐, 좀 더 힘껏 당기라구!"

누군가 내 어깨를 두드리며 소리쳤다. 너무 놀란 나머지 그를 한 대 칠 뻔했다. 내가 언제부터 게임을 하고 있었던 거지? 나는 슬롯머신 자리에서 벌떡 일어났다. 황급히 손목시계를 확인했다. 시침이 7시를 넘어서고 있었다. 순간 당황과 분노로 얼굴이 일그러졌다. 남자는 순수한 조언을 해주는 모양새로 떠들어댔는데 행색을 보니 이곳에 살다시피 하는 인간인 듯싶었다. 그것을 깨닫자 주먹으로 얼굴을 갈기고 싶은 충동이 일었다.

난 당신과 달라. 이런 너절한 도박 따위에 인생을 걸지 않는다고.

진짜 걸지 않았나?

자조적인 의문이 뒤따랐다. 그러자 조의 말이 환청처럼 따라붙었다.

인생을 거는 게 아니라니까. 확률. 시간. 모르겠어? 가능성. 포텐셜!

내가 방향을 잃고 휘청거리자 안전요원들이 예의 주시하는 것이 느껴졌다. 아니, 나는 저치들과 다르다니까. 왜 그런 눈으로 보는 거야? 울컥하려는 찰나 머리가 핑 돌았다. 잠시 양손으로 허벅지를 붙잡고 숨을 몰아쉬었다. 자꾸 비틀거리면 의심만 더해질 뿐이다. 어느 정도 어지럼증이 가시자 목이 타는 듯 말라왔다. 천천히 고개를 들어 음료 바를 찾았다. 목덜미를 문지르며 천천히 음료 바에 다가섰다. 바텐더에게 냉수 한 잔을 요청한 뒤 등받이가 낮은 홈바 의자에 간신히 걸쳐 앉았다.

정신이 몽롱했다. 마치 정 씨 아저씨를 찾아갔을 때처럼. 당시, 우리에게 상황을 전해 들은 아저씨는 이해했다는 듯 고개를 끄덕였다.

"그치만 너희에겐 판돈이 없지. 나는 자선사업가가 아니다."

"저희는 어려요. 어리고 재능이 있으면 투자도 하는 법이잖아요."

형의 당돌한 말에 정 씨 아저씨가 웃었다.

"그 말도 맞다. 하지만 나는 장사꾼이다. 최소한 뭐라도 걸어야 할 거야. 잘 생각해 보렴."

"시간이요. 앞으로의 시간을 투자할게요."

잠시간 정적 끝에 형이 말했다. 그 말에 정 씨 아저씨는 묘한 표정으로 웃으며 말했다.

"지금 너희에게 가장 많은 것이긴 하지. 뭐, 좋다. 그럼, 판을 좀 키워야겠구나."

그로부터 한 달 후, 우리는 골든 멤버에 합류했다.

냉수를 기다리는 사이 누군가 또다시 내 어깨를 두드렸다. 소스라치게 놀라 의자에서 미끄러질 뻔하자 내 어깨를 바로잡아주며 남자가 말했다.

"괜찮으십니까?"

나는 엉겁결에 고개를 끄덕이며 남자를 바라봤다. 남자는 키가 매우 크고 덩치가 좋았다.

"고건형 씨 동생 되십니까?"

남자가 내뱉은 이름에 흠칫 놀랐지만 내색하지 않았다. 대신 홈바 의자에 다시 걸터앉은 채 물끄러미 남자를 쳐다봤다. 도대체 누구지? 남자의 얼굴 속에 단서를 찾아보려 했지만 짚이는 바가 없었다. 그저 건장한 남자의 체격과 얼굴의 무성한 수염의 상관관계 따위를 생각했을 뿐이다.

"네, 그런데 누구십니까?"

대신 나는 가장 원론적인 질문을 던졌다.

"안내해 드리겠습니다."

남자는 질문에 답하는 대신 엉뚱한 말을 꺼냈다.

"어디로요?"

"고건형 씨를 찾고 계셨던 것으로 아는데요, 아닙니까?"

남자의 말에 나는 격렬하게 고개를 끄덕였다. 남자는 내 행동에 설핏 웃는가 싶더니 뒤를 돌아 걸었다. 아니, 대답도 듣지 않고. 내가 응당 따라오리라는 저 당당한 태도를 보자 배알이 뒤틀렸다. 나는 곧장 따라나서지 않은 채 남자를 지켜보았다. 남자는 뒤돌아보지 않았다. 나는 점차 멀어지는 남자의 등을 보다가 결국 자리에서 일어났다. 그를 따라가는 것이 맞는지 확신이 서지 않았지만 내게 선택권이 있을 리 없었다.

"제가 고건형 동생인 건 어찌 아셨습니까? 형은 지금 어디에 있습니까?"

남자의 걸음을 따라잡은 뒤 발을 맞춰 걷게 되자 속사포 같이 질문을 쏟아냈다. 역시나 남자는 대답하지 않았다. 그저 부지런히 걸을 뿐이었다. 그를 따라 카지노 바 옆문을 통과해 나오자 검은 대리석이 깔린 길고 어두운 복도가 펼쳐졌다. 시끄러운 소리가 단번에 사라졌다. 텅 빈 곳에 발소리만 울려 퍼졌다.

"그곳에 물은 있습니까? 아주 차가운 얼음물이요, 목이 너무 마른데."

그저 지금 당장 목이 마르다는 사실과 형의 소재가 궁금했다. 묵묵한 그의 옆얼굴을 보다가 대답 듣기를 포기했다. 그저 말 잘 듣는 강아지처럼 착실히 남자의 뒤를 따랐다.

좁고 가파른 계단을 내려갔고, 정체를 알 수 없는 문을 세 번이나 통과한 후에야 하얀 대리석으로 뒤덮인 벽면과 마주했다. 남자가 오른쪽 벽면에 카드키를 대자 기계가 작동하는 소리가 들렸다. 승강기였다. 마치 아무것도 없던 공간에서 문이 생기며 열리는 듯했다. 그가 승강기에 올라탔다. 나는 잠시 머뭇거리다가 따라 올라탔다. 승강기는 숫자판도 없었다. 그저 '열림'을 나타내는 버튼만 있을 뿐이었다. 그 때문에 탑승한 후에도 몇 분간 문이 닫히기를 기다려야 했다.

승강기는 한참을 내려간 뒤 문이 열렸다. 나는 내부를 유심히 살펴보았다. 탄광이었다. 내부 인테리어를 새로 하긴 했지만 기본 골조는 분명 탄광이었다.

"탄광을 리모델링한 겁니다."

내 의문을 해소하듯 남자가 설명했다.

긴 철로는 그대로 남아 있었다. 그러나 온통 금으로 도색되어 있었다. 철로를 따라 바가 형성되어 있었고, 그 주변에 바카라, 룰렛, 블랙잭 테이블이 연이어 설치되어 있었다. 휘황찬란했다. 돈의 향연이라 불릴 법했다. 그가 손짓하자 어디선가 전차가 다가왔다.

전차는 두 사람이 탈 수 있도록 개조되어 있었다. 그가 들어가라는 턱짓을 했고, 나는 엉거주춤 전차에 올라탔다. 그가 맞은편에 앉아 천장에 달린 레버를 당기자 전차가 움직이기 시작했다.

"어디로 가는 겁니까?"

"예약실로요."

전차는 나선형의 철길을 따라 내려갔다. 아주 길었다. 전차는 빨려가듯 아래로 내려갔다. 동굴임에도 한기가 느껴지지 않았다. 도리어 따뜻해지고 있었다. 이마에 땀이 맺혔다.

"형과는 어떻게 아는 사입니까?"

역시나 대답은 돌아오지 않았다. 전차는 계속해서 움직였다. 어쩐지 어깨와 팔, 다리가 무거웠다. 끝없이 추락할 것처럼 내려가던 전차가 멈춰 서자 남자가 내리라는 시늉을 해 보였다. 나는 군말 없이 일어났다. 온몸에 거대한 추가 달린 것처럼 무거워 동작이 몹시 굼떴으나 남자는 재촉하지 않았다.

나는 전차에서 내려 아래서 위를 올려다보았다. 마치 좁고 깊은 싱크홀 안에 갇힌 듯했다. 남자가 전차에서 내리지 않자 내가 물었다.

"왜 안 내리십니까?"

"제 안내는 여기까지입니다."

남자는 내게 시선을 고정하며 그렇게 말한 뒤 천장에 달린 레버를 잡아당겼다.

"이봐!"

전차가 빠르게 위로 사라지자 나는 망연한 기분이 되었다. 무조건적인 선의를 기대한 것은 아니었지만 이게 뭐란 말인가. 형이 조직에 얽혀 신체를 저당 잡혔을지도 모른다는 최악의 가정까지 했다. 욕지기가 절로 치밀며 울컥하려는 찰나였다.

"예약자는 오랜만인데."

여자의 목소리였다.

"누구요?"

뒤를 돌아보자 희한한 생김새의 여자가 서 있었다. 머리는 백발처럼 희고, 얼굴은 아이처럼 앳된 여자였다.

"가이드랍니다. 게임엔 모름지기 가이드가 필요한 법이니."

여자의 말이 귀에 들어오지 않았다. 몸이 무거운 데다가 너무 더웠다. 옆에 용광로가 있다고 해도 믿을 지경이었다. 이제는 숫제 땀이 비 오듯 쏟아지고 있었다. 내가 숨을 헐떡이자 여자가 웃으며 설명했다.

"중력장에 몸이 반응하고 있는 탓이에요. 증폭기를 사용해 손도 봤으니 몸이 좀 무거울 거예요."

여자가 무슨 말을 하는지 이해할 수 없었다.

"근데 당신은 왜 멀쩡합니까?"

나는 벽에 기대어 물었다.

"당신과 나의 좌표계가 다르니까요. 봐요, 당신과 나는 서 있는 위치가 다르잖아요."

그제야 나는 여자와의 거리가 제법 떨어져 있으며 미묘한 단차가 있다는 사실을 깨달았다. 눈앞에 있다고 생각한 여자는 멀리 있는 것 같기도 하고, 가까이 있는 것 같기도 했다. 그런데 누가 아래에 있는 거지? 위치를 가늠해 보려 했지만 바닥에 그려진 격자무늬들이 시야를 괴롭혔다.

"걱정하지 말아요. 서로의 시공간이 다르긴 하지만 동시에 존재하고 있으니까. 여기는 민코프스키의 4차원 공간을 실현시키기 위한 노력의 장이라고 봐도 무방해요."

여자의 헛소리에 집중이 되질 않았다. 또다시 열기가 덮쳐왔다. 아까 물을 마시지 못한 게 한스러울 정도였다. 얼음. 지금 당장 필요한 것은 얼음물이었다. 얼음물이 담긴 유리컵. 잘그락거리는 소리, 컵 표면에 맺히는 물방울들. 그리고 그린란드의 빙산. 나는 도리질하며 목적을 상기했다.

"형은 어디 있습니까?"

"게임을 준비 중이지요."

일단 형은 이곳에 있다는 소리였다.

"형을 데리고 나가려면 어떻게 해야 합니까?"

"간단해요. 당신이 게임을 하면 됩니다."

"내가? 승패는?"

"그건 관계없어요. 당신은 그저 아홉 판의 게임만 하면 되니까."

여자가 손짓하자 긴 원통형의 초록색 테이블과 더불어 여섯 개의 의자가 솟아올랐다. 의자를 끄는 소리와 함께 플레이어들이 자리에 앉았는데, 얼굴만이 교묘하게 그림자에 가려 보이지 않았다. 곧이어 가면을 쓴 딜러가 나타나 카드 패를 섞기 시작했다.

내가 상대방의 얼굴을 확인하려 고개를 빼들자 여자가 피식 웃었다. 내 의도를 비웃는 그 표정에 부질없는 노력을 접었다. 어찌 된 영문인지 상대방을 볼 수 없었다. 상대의 표정이나 기세 따위를 알 수 없다면 방법은 하나뿐이었다. 게임을 하며 상대의 베팅 성향을 파악하여 앞으로의 패를 예상하는 것. 승패가 관련이 없다면 즐기기만 하면 되었다. 그것이 못내 미심쩍으면서도 달리 수가 없으니 딜러가 건네준 카드를 받아들었다.

가장 높은 점수의 카드 다섯 장을 가진 플레이어가 이기는 게임인 텍사스 홀덤이 시작됐다. 블라인드 10/20 테이블이었다. 딜러 버튼의 위치가 정해지자 스몰 블라인드가 10칩을, 빅 블라인드가 20칩을 냈다. 플레이어들이 각 두 장씩 카드를 손에 쥐자 시계 방향으로 베팅이 시작됐다. 첫 게임에서 나는 언더 더 건이었다. 핸드가 나쁘지 않았으므로 콜을 외쳤다. 이어 플레이어들이 각기 참전 여부를 결정했다. 레이즈가 두 명, 폴드가 한 명이었다.

프리플랍 단계가 끝나자 딜러는 번카드를 버리고, 세 장의 카드를 테이블에 깔았다. 헛기침과 부스럭거리는 소리가 들렸다. 또다시 각기 액션을 취했다. 프리플랍, 플랍, 턴 단계까지 착실히 게임이 진행되는 동안 나는 딜러 오른편인 블러핑 포지션에 앉은 자를 유심히 살폈다. 베팅 성향이 눈에 익은 탓이다.

리버 단계까지 모두 끝나자 딜러가 마지막 카드를 오픈했다. 승자는 7-7-7-9-9 풀하우스였다. 나는 이 카드 조합을 본 적이 있었다. 형이 골든 멤버에 합류하여 벌인 게임에서 처음으로 이긴 패였으니까.

단순한 우연일까?

두 번째 판도 낯설지 않게 흐르자 뒷덜미에 땀이 차기 시작했다. 누군가 복사해서 내게 재현해 내는 것이 아니라면 이 두 번째 판은 5하이 스트레이트 플러시로, 딜러 오른편에 있는 자가 이기게 될 터였다.

손등 한가운데 난 희미한 거북 모양의 화상 흉터까지 발견하자 의심은 확신으로 변했다. 그 흉터는 형이 혼자서 라면을 끓여 보겠다며 호언장담하다가 생긴 거였다. 당시 부주의하게 맨손으로 양은 냄비 손잡이를 잡았다가 놓친 형의 모습이 뇌리를 스치고 지나갔다.

형이 틀림없었다. 골든 멤버에 합류했던, 호승심이 넘쳤던 어린 형. 상식적으로 말이 되지 않지만 직감이 말하고 있었다. 나는 지금 과거의 형과 게임을 하고 있으며, 이 게임은 삶의 전환점이 되는 중대한 사건이라고.

지금?

과거의 형과 게임을 벌이고 있다고? 이게 말이 되는 일인가? 시간이 구부러지지 않고서야.

사건들은 단순히 거기에 존재할 뿐이야. 그러니 집중해.

누가 한 말이었지? 조였던가?

내가 혼란에 빠진 사이, 딜러 오른편에 앉은 사람이 승리를 독식하고 있었다. 만약 이 게임이 정 씨 아저씨가 연결해 준 판이라면 형은 총 여섯 번의 승리를 따내야 했다. 현재 그는 다섯 판을 이겼으며 게임은 한 판만 남겨두고 있었다. 이제 마지막 한 판으로 그의 승패가 갈릴 터였다.

상대방을 알아차린 지금, 나는 미래를 바꿀 수 있었다. 다음 패를 알고 있으니 한 판 정도의 승리를 따내는 것은 그리 어려운 일이 아니었다. 이전과 달리 형이 이 판에서 진다면 아버지는 죽지 않을 수도 있었다. 나는 선택할 수 있었다. 자유의지를 갖게 된 것이다. 정녕 자유의지란 게 존재하나?

누군가 테이블을 손가락 끝으로 톡톡 두드렸다. 채 잠그지 못한 수도꼭지에서 떨어지는 물방울 소리처럼. 그러자 누군가 신경 세포를 교란시키고 있기라도 한 듯 머릿속에 나비야 벨 소리가 잡음처럼 섞여 들렸다. 이 모든 일이 내 통제를 벗어나 있는 듯도, 내 손 안에 있는 듯도 했다. 나는 선택을 해야 했다.

전처럼 형이 이 게임에서 승리를 거머쥘 경우, 아버지는 더 이상 노동의 가치를 신성시하지 않으며 자본의 노예로 전락할 것이다. 땀으로 일궈진 노력이 얼마나 허망한 것인가를 느끼게 되실 테지. 몇 날 며칠을 고되게 일하고 받은 돈을 고작 몇 시간 만에 벌어들이는 것에 허탈감을 느끼며 절망하다가 본인 인생의 아둔함을 깨닫고, 새로운 자본의 세계에 발을 들이게 될 터였다.

그것의 끝은 당연히 몰락이었다. 아버지는 형의 손을 잡고 도박판을 전전하다 불현듯 깨달을 것이다. 형의 충혈된 두 눈이 어느 순간 섬광처럼 아버지 뇌리에 꽂히며 도박판을 빠져나오는 계기가 될 터였다. 그것의 대가는 아버지의 죽음일 게 뻔했다. 손해 본 자들이 아버지를 그냥 놓아줄 리 없었다.

반대로 형이 진다면 아버지는 전 재산인 아파트를 고스란히 날려 먹을 것이다. 그 뒤는 말할 것도 없었다. 가난과 불행의 파급력은 상상력을 발휘해도 모자란다고 하지 않던가. 불행의 얼굴은 다채로운 나머지 현란할 지경이며 가난의 증식은 감당할 수 없을 터였다. 장담컨대 그것 또한 몰락의 길이 분명했다. 그럼 대체 어떤 몰락의 길을 택해야 한단 말인가.

더 이상 더위와 갈증은 느껴지지 않았다. 익숙해진 것인지, 불안감과 질식할 것 같은 긴장감 탓에 무뎌진 것인지 판별하기 어려웠다.

"왜 이런 짓을 하는 거지?"

갈피를 잡지 못한 상태로, 게임을 관망하고 있는 여자에게 질문을 던졌다.

"기회를 주는 것뿐이에요. 시간에 방향성을 부여해 당신에게 가능성을 준 거라고요. 우리는 이미 여러 실험군을 가지고 있고, 당신은 그중 하나일 뿐이에요."

대수롭지 않다는 듯한 여자의 말에 결심이 섰다. 과거와 미래

사이에 비대칭 영역이 존재한다면 바로 이곳이리라. 나는 손안에 든 패를 테이블 위로 집어 던졌다. 빙산이 붕괴되는 듯한 착각이 들었다. 곧 얼음이 부서지는 소리가 들릴 것이다.

"이 게임에 중도 포기는 없어요."

여자가 싸늘한 어조로 말했지만 그런 소리 따위는 들리지 않았다. 그저 손안에 아까와 같은 카드가 들려 있다는 것만 확인했을 뿐이다. A와 K였다. 보드 패는 Q, J, 10이 나올 것이다. 마운틴이었다. 깊게 심호흡을 하며 패를 던졌다. 게임에서 이긴 그 순간이었다. 갑자기 지반이 흔들리기 시작했다.

"이게 무슨 소리지?"

화들짝 놀란 내가 물었다.

"당신의 선택이 간섭을 일으킨 결과지요."

여자가 설명했다. 벽면에서 돌 부스러기가 떨어지기 시작했지만 여자는 태연했다.

"물질 우주의 모든 현상에 작용 반작용의 법칙은 유용하답니다. 당신의 선택으로 세계가 분화되었으니 남은 세계가 편입되고 있는 거예요. 온전한 실체를 가진 것은 하나여야 하니까요. 나머지는 흐릿해진답니다. 세계는 분리되는 것이 아니라 합성되니까요. 그동안은 잔상처럼 보일 수도 있어요. 사본이 온전히 사라지는 데에는 시간이 좀 걸리거든요."

그 순간 눈앞에 펼쳐진 것은 하나의 영상 파편이었다. 파출소 안이었으며, 아버지가 윤수의 아버지에게 합의금을 전달하고 있었다. 형은 출입문 뒤에 숨어서 아버지의 행동을, 나는 더 멀찌감치 떨어진 채 형의 행동을 지켜보고 있었다. 윤수 아버지는 합의금을 받으면서도 연신 거들먹거렸고, 아버지는 굽실거렸다. 저 돈은 전 재산이었다. 형은 더 떨어질 수도 없을 거라 여긴 불행에서 나락으로 떨어지는 순간에 울분을 삼키고 서 있었다.

파출소에서 윤수의 아버지가 밖으로 나오자 형이 조용히 그 뒤를 밟았다. 그리고 그 뒤를 내가 몰래 따라나섰다. 형이 후드를 머리 깊숙이 눌러쓰고, 주변에 있는 돌을 손에 움켜쥐자 앞으로 펼쳐질 참극에 다리가 떨려왔다. 소리 없는 비명을 내지르며 부디 아무런 일도 벌어지지 않기를 온갖 신에게 빌었다.

윤수의 아버지는 연신 콧노래를 흥얼거리며 걸었다. 나는 내심 사람들이 붐비기를 바랐으나 그가 인적이 드문 골목길로 꺾어 들어가자 헛된 기대를 버렸다.

형을 말릴 궁리를 하던 차에 어둠 속에서 도둑고양이 한 마리가 튀어나왔다. 화들짝 놀란 형은 눈에 띄게 뒤로 주춤댔고, 그 탓에 아슬아슬하게 쌓여 있던 폐지 더미가 무너졌다. 그 순간 연쇄처럼 옆에 놓여 있던 고철 더미가 흔들렸다. 형은 폐지 더미에 주저앉은 채 망연자실한 표정으로 도둑고양이가 사라진 좁은 구멍만 쳐다보고 있었다. 내가 비키라고 소리쳤지만 꼼짝하지 않았다. 달려 나가 형을 밀쳤지만 내 손등 위로 장식품인지 흉기인지 모를 쇳조각이 떨어지는 것은 막을 수 없었다.

내 손등에서 피가 흐르자 형은 그제야 정신이 들었는지 뒤늦게 호들갑을 떨어댔다. 괜찮냐며, 왜 내 뒤를 밟았냐며, 횡설수설했다. 그사이 윤수 아버지는 사라져 보이지 않았다. 나는 안도했다.

이것이 화를 막은 대가라면 응당 싼 값에 속했으므로.

그것은 뇌에 저장된 과거의 흔적인 동시에 미래의 기억이었다. 나는 반사적으로 왼 손등을 바라봤다. 새살이 돋아 아문 왼 손등의 흉터는 희미한 거북 모양을 하고 있었다.

"쉽게 말하면, 당신의 선택이 파동과 같았다는 말이에요. 간섭 현상은 파동인 빛에서만 일어나는 일이니까요. 이제 이 모든 것들은 붕괴되고 사라질 거예요."

여자가 냉소적인 표정으로 말했다.

지반은 여전히 흔들리고 있었다. 하지만 나는 여자가 말한 새롭게 합성되는 세계와 소리 없이 사라지는 사본의 세계를 믿을 수 없었다. 모든 것이 나에게는 환상으로 여겨지고 오직 한 가지에 대해서만 뚜렷한 자각을 유지할 수 있었다. 그것은 나의 의지가 한 세계를 통과하는 가공할 만한 징후였다. 이 모든 드라마가 나의 의식 안에서 펼쳐지고 있다는 것.

그 순간, 나는 형이 없는 세계에 홀로 서 있었다.

| 작가의 말 |

 소스라치게 놀라는 밤이다. 하루를 돌이켜보니 아무것도 한 일이 없어서, 반대로 온종일 일만 했음에도 남는 것이 없어서. 늘 그렇듯 정해진 대로 몸을 움직이고 나면 한없이 가벼운 하루가 마감된다.
 그럴 때 우주와 뇌, 특수상대성은 매우 훌륭한 도피처가 되어준다. 나의 하루가, 나의 시간이, 다른 곳에서 좀 더 의미 있기를 바라는 의미에서. 헤어 나올 수 없는 그 매력에 빠져들다 보면 문득 위안이 되기도 한다.
 이 소설은 그 매력에 빠진 내가 조금은 무모하게 덤벼든 이야기이다. 제발 그 끝이 치졸하지 않기만을 바랄 뿐이다.
 소설을 쓰는 동안 에셔의 그림을 자주 보았다. 말로 설명할 수 없는, 그러나 존재하는 것들에 대해 나는 무한한 동경과 애정을 느낀다.

김은우
2014년 세계일보 신춘문예에 당선되어 작품활동을 시작했다. 2020년 단편소설집 『목성에게 고리는』을 출간했다.

지평선에 나타난 점은 조금씩 부풀어 올라 오이씨 모양으로 또렷해졌다. 그것이 모래 먼지를 피우며 가까워지는 것을 나우는 창문으로 바라봤다. 바퀴 달린 유선형 차의 형태로 선명해진 그것은 속도를 줄여 나우의 포털에 안착했다. 주기적으로 포털에 있는 물건을 수거하고 식료품과 연료를 내려놓는 메신저이다. 메신저라고 하지만 본 적은 없다. 차 옆면이 바로 포털과 연결되어 사람이 내릴 필요가 없다. 어쩌면 메신저는 사람이 아닐지도 모른다. 내부를 물건으로 가득 채운 자율주행 로봇일지 모른다. 차가 슬그머니 출발하여 직선 도로의 반대쪽으로 멀어졌다. 메신저가 손톱보다 작아진 뒤에 나우는 밖으로 나갔다.

북쪽으로 향했다. 태양을 등에 지고 달리다 보면 길게 쪼개어진 회색 편마암 지대가 나타나고 곧이어 급하게 꺼진 지형이 모습을 드러낸다. 골을 만들며 뾰족하게 좁아지는 모양이라 나우가 '골짜기'라고 부르는 곳이다. 골짜기에는 이끼의 흔적이 남아 있는 암석과 모래가 가득하다. 나우는 요즘 이곳을 조사한다. 직경 50센티미터 원 모양 표본구획 자를 토양에 놓고 기초 자료를 측정한다. 2미터 간격으로 대략 스무 개 정도를 하루에 조사한다.

경사진 면이 북쪽을 향해 있어 수분 보유량이 높았다. 이끼의 흔적도 그와 무관하지 않았다. 스무 개 중 다섯 개의 표본에서 CO_2 발생량이 높았다. 의미 있다고 말할 수 있는 차이였다. 겉으로 보기에는 다른 곳과 같은데도 그랬다. 그 까닭은 여러 가지 가능성이 있겠지만 땅속에 CO_2를 내뿜는 무언가가 있다는 것이다. 호흡하는 무엇인가가. 나우는 표본 중앙에 붉은 플라스틱 못으로 표식을 하고 라벨링을 했다.

장비를 챙기고 있는데 얼굴에 축축한 느낌이 있었다. 하늘을 올려다봤다. 두꺼운 구름이 하늘을 덮었다. 비였다. 서둘러 모자를 쓰고 장비를 차에 실었다. 비는 대기 중의 물질을 침착시켰다. 차에 탄 나우는 먼저 피부에 묻은 비를 닦아냈다. 비가 오든 안 오든 방호복을 입어야 했지만 입지 않았다. 전신을 감싸는 데다 헬멧과 장갑을 착용하는 그 옷이 거추장스러웠기 때문이다. 혼자 집에 있을 때만 벗을 수 있는데 늘 혼자 있기 때문에 괜찮다고 생각했다. 비가 오는 건 드문 일이었다. 조금씩 거세지는 비가 땅을 변형시키기 전에 나우는 서둘러 차를 몰았다.

내내 비가 내렸다. 그의 거처는 육각형으로 두 면이 창문이다. 핑크색 구름에서 떨어지는 비가 대기와 황무지를 같은 색으로 물들였다. 빗방울이 떨어진 땅의 모래가 톡 튀어 오르며 작은 동그라미를 남겼다. 사방에서 고요히 모래알이 튀었다. 나우는 비 오는 날이 마음에 들었다. 종일 창문 앞에 앉아 비 내리는 모습을 바라봤다. 아무리 봐도 지겨워지지 않았다. 빗소리를 들으며 창문 앞에서 쌀죽을 먹었다. 비가 내리지 않는 날만큼 좋았다.

일주일쯤 지나자 비가 그쳤다. 작은 비에도 미세지형은 변한다. 표식 자가 쓸려갔을지 모른다는 생각을 하며 차로 걸음을 옮기던 나우는 갑자기 멈춰 섰다. 주춤주춤 뒷걸음쳐 집으로 들어왔다. 문을 쾅 닫고 창문으로 달려갔다. 방금 본 것을 확인하기 위해서였다. 메신저의 차였다. 포털에서 100미터쯤 떨어진 곳에, 꽁무니를 보인 채 메신저의 차가 멈춰 있었다. 언제부터 저렇게 서 있었나. 포털이 아닌 곳에 정지한 것은 처음 보는 광경이었다. 메신저가 아닌가, 유심히 살펴봤지만 오이씨처럼 생긴 그것이 확실했다.

두어 시간 지켜봤다. 붉게 물든 모래 위에 선 차는 미동도 없었다. 대체 무슨 일이야. 다가가서 보기만 하는 건 문제가 되지 않을 것이다. 방호복을 꺼내 입었다. 최근엔 거의 입은 적이 없어 팔, 다리, 몸통 사이 벌어진 부위를 여미는 데 시간이 걸렸다.

지진이 난 것처럼 도로에 틈이 생겼다. 비 때문에 지반이 허물어졌겠지. 갈라진 틈에 오이씨의 바퀴가 끼어 있고 뾰족한 유선형 머리는 모래 더미를 처박은 상태였다. 삼사 미터 앞에 멈춰 섰다. 메신저가 자신의 존재를 먼저 확인할 시간을 충분히 준 뒤 천천히 다가갔다. 유리창에 쌓인 모래를 털어냈다. 헬멧을 창문에 붙이고 안을 들여다보았다. 한참 들여다보니 방호복의 등판이 보였다. 헬멧을 쓴 머리와 상체가 앞으로 고꾸라져 있었다.

나우의 가슴이 뛰기 시작했다. 호흡을 가다듬고 창문을 두드렸다. 엎드린 사람은 움직이지 않았다. 오이씨의 표면을 더듬어 스위치를 찾았다. 스위치가 먹통이었다. 고민하던 나우는 차에서 망치를 가져왔다. 개폐 장치를 내려치기 시작했다. 난리 통 속에서도 메신저는 미동이 없었다. 죽었을까. 그 정도로 오래 있었을까. 답답한 마음에 나우는 더 힘껏 마구 문을 내리쳤다. 마침내 개폐 장치가 떨어져 나갔다. 문이 스르르 열었다.

망치로 메신저의 팔을 건드렸다. 움직이지 않았다. 메신저의 어깨와 팔 아래 손을 넣었다. 뜨끈하다. 죽진 않았다. 몸을 차 밖으로 끌어냈다. 떨어뜨릴까 봐 흡, 팔에 힘을 줘야 했다. 다리가 빠져나올 때 발목의 방호복이 훼손된 것이 보였다. 모래 위로 끌어 차에 달린 모래 썰매에 눕혔다. 나우는 거친 숨을 내쉬었다. 젠장할. 방호복 때문에 움직임이 둔했고 김이 서려 앞이 잘 보이지 않았다. 천천히 차를 몰아 집 앞에 도착했다.

이제 어쩐다.

집 안으로 들여야 하나. 닫힌 공간에 누군가와 함께 있는 것은 나우로선 거의 불가능한 일이다. 이대로 두면 죽을까? 죽어버리게 두는 것이 나을지도 모른다. 감염이 되었을지도 모르니. 메신저가 돌아오지 않았으므로 지금쯤 시스템에서는 어떤 조치를 취하는 중일 것이다. 집으로 들여 서로를 위험하게 하는 것보다 공적인 처리를 기다리는 게 낫다고 생각한 나우는 혼자 집으로 들어갔다. 하지만 시스템에서 뭘 해주기 전에 죽으면? 고민하다가 아이씨, 모르겠다. 외치고 밖으로 나와 메신저를 끌고 안으로 들어갔다.

메신저의 몸에 항균제를 잔뜩 뿌려놓고 나우는 들어가 항균제 샤워를 하며 먼저 방호복을 벗었다. 옷을 갈아입고 바닥에 널브러진 메신저의 머리맡에 앉았다. 과거에는 사람과 사람이 접촉을 하며 살았었다. 젊은 엄마가 어린 자신을 무릎에 눕혀놓고 선득한 손으로 이마를 짚으며 열이 많이 나네, 라며 걱정스럽게 내려다보던 기억. 이제는 기억인지 상상인지 꿈인지조차 헷갈리는 장면이 떠올랐다. 타임 슬립으로 과거에 온 것처럼, 중얼거리며 나우는 체결 장치를 풀고 메신저의 헬멧을 벗겨냈다.

뽀얀 살갗에 코가 오뚝했다. 10대 후반이나 20대 초반으로 보이는 어린 청년이었다. 얼굴은 열로 인해 전체적으로 홍조를 띠었고 벌어진 입에서 시큼한 숨결이 새어 나왔다. 사람을, 심지어 이렇게 어린 사람을 본 것이 오랜만이라 나우는 죄를 저지르는 이상한 기분으로 조심스럽게 메신저의 이마에 손을 올렸다. 이마는 뜨겁고 머리칼은 축축했다. 잠시 생각하던 나우는 토양에 꽂는 온도계를 가져와 목덜미에 갖다 댔다. 39.8도, 좋지 않은 징조였다.

방호복이 땀으로 살갗에 밀착돼 벗겨지지 않았다. 가위로 조심스럽게 방호복을 잘라냈다. 속옷만 드러난 몸이 매끄럽고 컸다. 오른쪽 발목 주위가 심하게 부었다. 어느 층위에선지 염증이 생긴 것이다. 나우는 젖은 수건으로 발목을 제외한 몸을 닦았다. 메신저는 신음 소리를 냈지만 눈을 뜨지는 않았다. 몸을 닦은 후에

매트리스 위에 올리고 깨끗한 천으로 몸을 덮었다. 물에 적신 거즈를 입술에 살짝 올려놓았다. 나우가 할 수 있는 전부였다.

그날 밤, 나우는 아끼던 찻잎을 뜨거운 물에 우렸다. 테이블 앞에 앉아 누운 메신저를 지그시 바라봤다. 팔과 허리가 뻐근했다. 다른 사람의 몸에 손을 대고 집으로 끌고 온, 오늘 한꺼번에 일어난 모든 일들이 나우의 감각을 일깨웠다. 손바닥을 펼쳤다. 뜨겁고 축축한 이마, 젖은 머리칼의 선득한 감촉이 남아 있었다. 묵직한 중량감을 떠올렸다. 처음은 아니었다. 다만 잊고 있었을 뿐이다. 메신저는 간간이 알 수 없는 말을 중얼거렸다.

바람이 없었다. 고요가 급습했다.

오래전 나우는 도시에 살았다. 어디에나 사람이 많았다. 몸끼리 부딪히지 않고 거리를 걸을 수 없었다. 식당이나 카페에서는 모르는 사람과 나란히 앉았다. 그 간격은 고작 30센티 정도. 그 가까움이 불쾌하면서 안온했고 지겨우면서 익숙했다. 공간은 부와 직결된 것이라 나우가 가진 것은 아주 작은 방이었다. 복잡한 도시에서 하루를 보낸 뒤에 나우는 동굴 같은 자신의 공간으로 기어들어 왔다. 유일하게 비밀을 가질 수 있는 공간이었다. 자신만의 공간이 있다는 것에 안도하지만 며칠이 지나지 않아 밖으로 나가거나 누군가를 불러들였다. 좁은 방에 여자와 단둘이 있고 살을 맞대기도 했다. 옆방의 기침 소리도 들을 수 있었지만 옆방에서 문 열리는 소리가 나면 열던 문을 닫았다. 가까워질수록 멀어졌다.

혼자 있는 늦은 밤에 나우는 가만히 소리를 듣곤 했다. 작은 곤

충이 돌아다니는 것처럼 전등이 앵앵거리고 파이프에서 물 흐르는 소리를 들을 수 있었다. 물, 전기, 가스처럼 다른 집과 마찬가지로 자신의 방에도 흐르는 그런 소리들이 도시의 구성원에게 부여되는 일종의 자격처럼 여겨졌었다. 나도 그들 중 하나라는 것. 지겨우면서도 안도하게 되는 일종의 신호였다.

나우가 눈을 떴을 때 침대에 앉아 있는 메신저가 보였다. 메신저는 나우를 보자 다급히 손을 내저었다. 목소리가 미처 안 나오는 듯이 입만 벌리고 있었다. 나우가 소파에서 몸을 일으키려 하자 우물에 던진 돌처럼 낮고 깊은 목소리가 터져 나왔다.

멈춰! 거기 그대로, 그대로!

알았어. 알았어.

나우는 다시 소파에 엉덩이를 붙이고 앉았다. 얼굴에 홍조는 사라졌지만 충격과 혼돈에 사로잡힌 표정이었다. 그는 자신의 몸과 바닥에 있는 구겨진 방호복을 번갈아 보더니 벌떡 일어서려다 비명을 지르며 쓰러졌다. 다리를 부여잡고 신음했다. 나우가 다가가려 하자 소리쳤다.

안 돼!

나우가 제자리에 멈췄다. 나우는 메신저의 시선이 닿아 있는 방호복을 손가락으로 가리켰다.

이제 못 써. 열이 나서 벗겨야 했어.

방호복 쪽으로 슬금슬금 다가가 가위로 잘린 옷을 들어 보여줬다. 메신저는 불안하게 눈동자를 굴려 집 안을 둘러보았다. 창문 밖에 있는 나우의 포털을 미간을 좁혀 한참 쳐다보았다.

내가 왜 여기 있지?

나우는 있었던 일을 설명했다. 그가 차 문을 부쉈다고 말할 때 메신저는 울 것 같았다. 나우의 말이 끝나자 메신저가 물었다.

여기 R300인가?

그래.

그의 얼굴은 기절하는 게 아닐까 싶을 정도로 하얗게 질렸다.

시스템에선 알고 있나?

나우가 메신저에게 물었다.

무엇을?

이 일. 일상적이지 않은 사고 말이야. 메신저가 다치고 차가 멈추는 일.

일 상 적?

마치 처음 들어본 말처럼 메신저는 한 음절씩 되뇌었다.

어쨌든 네가 돌아오지 않았다는 건 알 거 아냐.

나우는 메신저를 시스템의 공무원 같은 존재로 생각했다.

아마, 그렇겠지.

메신저는 천천히 고개를 끄덕였다.

결국엔 알게 되겠지. 하지만 여기는 R300이잖아. 일상에서 벗어난 곳.

그는 미간을 찌푸리는 버릇을 가졌다. 깨끗한 이마 가운데에 양 눈썹으로 이어지는 초승달 모양의 주름 두 개가 나타났다.

포화에 다다른 도시는 필연적 과정처럼 내부 소멸이 시작됐다. 속부터 썩는 열매처럼 깨끗하고 매끈한 도시 내부에서 박테리아가 생겨났다. 항생제가 듣지 않았다. 드문드문 발생하던 감염은 어느 지점을 지나자 폭발적인 속도로 증가했다. 감염으로부터 안전한 거리가 확보되지 않았기 때문이다. 면역력이 낮고 인구의 삼분의 일을 차지하는 70대 이상 인구에게 특히 치명적이었다.

열과 염증이 심해지다가 의식을 잃었다. 보이지 않는 박테리아는 두려움의 대상이었다. 부대끼며 살던 사람들이 타인과의 접촉에 예민해졌다. 차단만이 유일한 치료법이었다. 경계가 또렷해졌다. 마스크를 쓰고 문을 잠갔다. 도시의 경계에서 검문을 하고 국경을 봉쇄했다. 마스크 속에서 웅얼대는 말보다 행동은 돌연하고 단호했다. 임상 검증을 거치지 않은 항생제들이 고가에 팔려나갔다. 그것마저도 수량은 턱없이 부족했다. 항생제로 인한 분쟁에서는 최신 미사일만이 조용히 먼 거리를 오갔다.

감염과 분쟁으로 인구가 줄었다. 빠르게 줄어들던 숫자는 비로소 모두에게 적당한 거리가 생기고 난 뒤에야 최초의 평형에 도달했다. 가장 안전하다고 여겨지는 공간을 찾아 경계를 그었다. 그곳을 R이라고 불렀다. R에서 떨어진 거리만큼 R 뒤에 숫자를 붙였다. 군데군데 R이 생겨났다. R에서 멀어질수록 버려진 땅이 됐다. 살아남은 사람들은 대부분 R0과 R100 사이에 살았다.

메신저는 감정을 드러내지 않았다. 차에서 가져온 약품으로 스스로 응급조치를 했다. 맨몸으로 바깥으로 나가는 나우를 그는 경멸하는 시선으로 바라보았다. 나우의 옷을 입고 나우의 물과 식량을 축내며 종일 말없이 누워 창밖을 바라볼 뿐이었다. 미안해하지도 고마워하지도 않았다. 그 모습이 괘씸하다가도 통증으로 고통스러워하는 모습을 보면 마음이 복잡해졌다. 나우는 무심코 자신이 고맙다는 말을 기대하고 있었다는 걸 알았다. 어리석게도. 최근에 태어난 혹은 만들어진 사람들은 고맙다는 말을 배우지 않는지 모른다. 누구에게 그 말을 한단 말인가.

처음에 나우는 시스템에서 어떤 조치가 있을 것이라고 생각했다. 메신저는 통신 기구가 있었지만 R300에서는 불통이었다. 나우가 가진 통신 방법은 도로 위를 달리는 메신저가 유일했다. 나우는 사고에 대한 보고서를 썼다. 그동안 나우가 쓴 것은 생태조사 보고서가 유일했다. 조사한 내용을 한 달에 한 번 정기적으로 보고했다. 그가 보내는 보고서와 시료를 메신저가 수거해 갔다. 메신저에 대한 보고서를 쓰면서 나우는 메신저가 KT27이라는 이름으로 불린다는 것, 즉 자연 임신으로 태어난 사람이 아니라는 것과 태어난 지 18년이 지났다는 것, 메신저 경력이 4년이라는 것을 알았다. 사고가 난 지점의 위치를 표시하고 메신저의 상태를 기록했다.

그걸 어디로 보내는 거지?

메신저가 물었다.

시스템.

주소는 하나밖에 없었다. 조사 보고서든 토양 샘플이든 식료품이든 연료이든 나우가 주문하는 곳은 단 한 곳이었다. 나우가 아는 유일한 주소였다.

그게 시스템으로 가는지 어떻게 알지?

못 미더운 것처럼 메신저가 물었다.

뭐라고?

나우가 메신저를 쳐다봤다.

자네가 운반하잖아.

나는 수거한 걸 또 하나의 포털에 집어넣을 뿐이야. 그게 내가 하는 전부야.

집하장이겠지. 거기서 시스템으로 보내지는 거야.

나우가 보고서를 밀봉했다.

답장을 받은 적이 있나?

일일이 답신을 하지는 않아. 하지만 식료품과 물은 계속 받아.

조사 보고서에 대한 피드백을 받은 적이 없단 말이야?

없었다. 하지만 그건 조사 보고서에 그럴 만한 내용이 없었기 때문이다.

피드백을 받을 것이 없어. 아무것도 얻지 못했거든.

뭘 얻어야 하는데?

뭔가 의미 있는 것. 이 황무지에 뭔가 있다면 그걸 찾는 거야.

나우는 말했다. 못 미더운 메신저의 말투가 거슬렸다.

그런데 왜 그렇게 말해?

메신저는 눈을 휘둥그레 떴다.

예의 몰라? 처음 만나는 사람한테는 존댓말을 쓰는 거야.

메신저는 어깨를 움츠리고는 고개를 창가로 돌려버렸다. 저절로 그의 출신이 떠올랐다. 살갗 접촉 없이 태어나는 아이들이 고전적인 방식으로 태어나는 아이들보다 사회성이 떨어지고 감정에 둔감할 것이라는 우려가 제기됐을 때 쉽게 세운 가설이라고 생각했다. 부모의 품이 아닌 온도 조절 시트 위에서 자라는 아이들이 감성이 떨어질 것이라는 가정은 그럴싸하니까.

KT27을 보니 그 말이 맞을지 몰랐다. 그는 나우에게 관심이 없었다. 이제껏 이름조차 알려 하지 않았다. 태어날 때부터 타인과 일정 거리를 유지하며 살아온 KT27로서는 당연한 것일지 몰랐다. 반면 나우는 그런 KT27에게서 관심을 기대하는 자신에게 놀라는 중이었다.

보고서를 포털에 넣었지만 메신저가 없이는 허사였다. 다음 날도 그다음 날도 메신저는 오지 않았다. 고립된 것이 아닐까, 애써 불안감을 억눌렀다. 나우는 시스템을 믿었다. 처음 이곳에 왔을 때 나우는 메신저가 가져다주는 음식을 아껴서 축적했다. 오래지 않아 그럴 필요가 없다는 걸 깨달았다. 시스템은 어김없이 연료와 식료품을 배달해 주었다.

열이 내리면서 KT27은 조금씩 집 안을 움직였다. 나우 쪽으로 다가오는 일은 없었지만 R0로 뻗은 도로를 보기 위해 창가로 다가갔다가 다시 침대로 돌아오는 식이었다. 나우가 테이블에 음식을 올려놓으면 안 보는 것 같다가도 어느샌가 없어져 있었다. 문득 퍽, 소리가 들려 돌아보면 KT27이 주먹으로 침대나 벽을 치고 있었다. 뭐 하는 거야! 나우가 외치면 KT27은 그제야 누군가 있다는 걸 알아차린 것처럼 당황했다.

　식량도 물도 줄었다. 반면 포털 안에는 새로 들어온 것이 없었다. 며칠째 보고서만 덩그러니 놓여 있을 뿐이었다. 메신저가 다친 것을 시스템은 파악하지 못했나? 새로운 메신저가 오지 않는다면 무슨 일이 일어나게 될까? 상상하기 힘든 일이었다. KT27의 차는 모래 더미에 박힌 그대로였다. 차 안에 남은 포장물이 있는지 살펴봤지만 포털이 아닌 곳에서는 문을 열 수 없는 구조였다.

　메신저가 온 이후 처음으로 나우는 골짜기에 가려고 마음먹었다. 차의 태양열 배터리를 점검하고 장비를 실었다. 간단한 요기 후에 출발하려고 다시 집으로 들어왔을 때 테이블 위에 빈 시리얼 봉지가 눈에 들어왔다. 조금 전 뜯지 않은 시리얼을 꺼내놓았었다. 나우가 적어도 세 번은 먹을 수 있는 분량이었다. 뿐만 아니라 테이블에는 불은 시리얼의 흔적이 남은 지저분한 그릇이 숟가락이 걸쳐진 채로, 먹다 남은 건조 우유 박스가 밀봉되지 않은 채 올려져 있고 곳곳에 우유 가루가 흩어져 있었다. 순간 나우는 분노가 솟구쳤다. KT27은 소파에 앉아 나우의 3차원 장미 퍼즐을 들여다보고 있었다.

　손가락이 부러졌니?

　나우가 물었다. KT27은 자신의 손을 들여다봤다. 정말 말귀를 못 알아듣는 건지, 모르는 척 하는 건지.

　환경을 청결히 유지하는 것은 감염 예방의 기본이야. 너희 부모는 아니, 의사들은 그런 것도 안 가르치나?

　나우는 건조 우유 박스를 집어 들어 찬장에 넣은 뒤에 쾅! 소리 나게 문을 닫았다.

KT27은 나우를 힐끗 보고는 다시 시선을 퍼즐로 돌렸다. 나우는 그를 향해 빈 시리얼 봉지를 던졌고 봉지는 땅으로 풀썩 떨어졌다.

옆에 있는 사람이 보이지도 않지? 역시 달라. 비이커들은.

그때 나우의 얼굴로 장미 퍼즐이 날아왔다. 나우가 잽싸게 피하자 장미는 벽에 부딪쳐 산산조각 났다. 깜짝 놀라 KT27를 쳐다봤다. 그의 얼굴이 붉어져 있었다. 나우가 주먹을 움켜쥐고 KT27에게 걸어갔다. 이번에는 KT27이 다가오는 나우를 멍한 얼굴로 바라볼 뿐이었다. 주먹을 치켜들자 KT27은 팔을 들어 얼굴을 가리면서 소리 질렀다.

나한테 손대지 마! 손대지 마!

나우는 달려들어 KT27의 팔과 어깨를 주먹으로 쳤다. 동시에 독특한 살의 촉감에 놀랐다. 적당히 단단하면서 탄력이 있었다. 어렸을 때 젖은 흙을 뭉치고 주물럭거리면서 놀던 기억이 났다. 살이 그랬다. 차지고 따끈한 피부의 촉감은 좋은 것이었다. 탐색하듯이 나우는 KT27의 드러난 팔과 등을 주먹으로 쳤다.

나우의 주먹이 닿을 때마다 KT27은 흠칫 몸을 움츠리며 소리를 질렀다.

그만해! 저리 가라고! 여기 보균자가 균을 옮긴다! 보균자가 접촉하고 있다!

나우는 보균자라는 말에 순간 놀랐다. 자신은 보균자가 된 걸까? 아마 그럴지도 몰랐다. 오랫동안 오염 지역에서 살았으니까.

어쨌든 그 순간 나우는 KT27이 가증스럽다고 생각했다.

지금 누구한테 말하는 거니? 여긴 R300이라고, 아무도 없지. 계속 소리쳐 봐. 누가 와서 이 비이커를 구해주세요. 감염돼 죽기 전에요.

나우가 비아냥거리며 소리 질렀다. 온몸을 감싸 안고 괴성을 지르던 KT27이 순간 벌떡 일어나 나우를 세게 밀쳤다. 나우는 멀찌감치 바닥에 엉덩이를 찧었다. 강한 힘에 진심으로 놀랐다. KT27이 양손을 털면서 다가와 짓이길 것처럼 나우 앞에 우뚝 섰다. 이번엔 나우가 얼굴을 가렸다. 그런데 다음 순간 KT27은 소스라치게 놀라더니 다치지 않은 다리로 쿵쿵 뛰어 창문으로 다가갔다.

뭐야?

나우도 영문을 모른 채 창문 쪽을 바라봤다. 멀리 지평선에서 가는 모래 먼지가 피어나고 있었다. 차였다.

온다! 여기야! 여기!

KT27은 창문에서 차를 향해 두 팔을 흔들었다.

밖에선 보이지 않는데.

방호복!

KT27이 나우를 보고 외쳤다.

내 방호복!

나우가 후다닥 일어나 서랍에서 새 방호복을 꺼내 그에게 던졌다. KT27이 방호복을 펼쳤다. 그사이 차는 점점 다가오더니 나우의 포털에 안착했다. KT27은 멈춰 선 차에서 눈을 떼지 못했다.

KT27의 것과 똑같은 오이씨 모양의 차였다. 아직 방호복은 제대로 펴지지도 못했다. 포털에 접속한 차가 스르륵 움직였다.

아, 아, 안 돼!

방호복에 다리를 넣던 KT27이 외쳤다. 새로운 오이씨는 출발했다. 모래에 처박힌 고장 난 차 옆을 지날 때에도 머뭇거림이 없었다. 그리고 이내 점이 되어 사라졌다. 나우는 힐끗 KT27을 쳐다봤다. 그는 차가 사라진 방향을 망연히 지켜보고 있다가 고개를 떨궜다. 나우는 조용히 밖으로 나와 포털로 향했다. 보고서는 사라졌고 여느 때처럼 음식과 물이 들어 있었다. 나우가 그것들을 집으로 들고 와 정리하는 동안 KT27은 이불을 뒤집어쓰고 침대에 누워 있었다. 위로가 될 말을 건네고 싶었지만 무슨 일이 일어나고 있는지 나우도 알 도리가 없었다. 나우는 골짜기로 향했다.

골짜기의 붉은 흙이 군데군데 허물어지고 모래 위로 긴 물 자국이 보였다. 지난번 비 때문이다. 표식 자는 두 개만 아슬아슬하게 꽂혀 있고 나머지는 버린 하드 막대처럼 여기저기 흩어져 있었다. 첫 번째 표본을 조사하고 2미터 옆으로 옮겨갔다. 세 개째 조사할 때 나우의 호흡이 가라앉고 땀이 조금 나면서 몸이 더워졌다. 다섯 번째를 조사한 뒤에 잠시 쉬기로 했다. 확실히 CO_2의 발생량이 높았다. 지난번보다 수치가 더 높았다. 비 때문이겠지. 식생이 없으니 뿌리는 아닐 텐데 뭘까, 아래 무엇이 있을까.

다음번엔 저항을 측정해야겠다고 마음먹었다. 땅으로 전류를 흘려보내 물질에 대한 단서를 알 수 있었다. 꽃삽으로 땅을 푹푹

찔렀다. 흙은 부드러웠다. 나우는 흙 한줌을 쥐고 손바닥으로 비비고 냄새를 맡았다. KT27이 봤으면 기겁했을 것이다. 주먹 쥔 나우를 의아하게 쳐다보던 얼굴을 떠올리자 피식 웃음이 나왔다. 무방비한 표정은 인간적으로 느껴졌다. 주먹으로 다른 사람을 때릴 수도 있다는 걸 이제 알았겠지. 한편으로 그가 자신과 얼마나 다른 환경에서 살았는지 실감할 수 있었다. 그나저나 그 많은 시리얼을 어떻게 다 먹었을까. 밍밍하게 맛도 없는 걸.

주먹에 닿던 치밀하고 쫀쫀한 감각을 떠올렸다. 자신의 손을 비볐다. 각질이 일어난 거친 피부는 느슨한 양말처럼 뼈와 근육을 감싸고 있을 뿐이었다. 침대에 얼굴을 파묻고 흐느끼던 그의 모습이 떠오르자 송곳에 찔린 것처럼 마음이 불편했다. 비이커. 인구가 줄어든 뒤에 체외수정으로 태어나 보육된 사람들을 비하하는 말이었다. 혼자 살면서 잊고 있던 혐오가 솟아났다. 자신을 향한 감정이었다. 나우는 한동안 흙 위에 누워 있었다. 집에 가면 KT27이 사라졌을지도 모르겠다는 생각이 들었다. 만일 그렇다면 스스로를 조금 더 미워할 것이다.

집은 고요했다. KT27은 보이지 않았다. 역시. 망치고 말았다는 자책감이 순간 밀려왔다. 하지만 창문 밖 멀리 그가 보였다. 나우는 침대에 주저앉았다. 방호복도 입지 않고 나우의 노란 면티와 헐렁한 회색 바지와 헬멧만 쓴 KT27이 고장 난 차 옆에 서 있었다. 사고 이후에 그가 바깥으로 나간 건 처음이었다. 모래에 박힌 차를 고쳐보려는 것 같았다.

나우가 다가갔을 때 KT27은 한 손으로 문짝을 잡고 다른 한 손으로 휴대용 단말기를 높이 들고 두 다리를 벌리고 서 있었다. 수련 중인 요기처럼 묘한 자세였다. 무슨 상황인지 파악하는 데 조금 시간이 걸렸다. 다친 다리의 발끝이 겨우 닿을 만한 지점에 드라이버가 놓여 있었다. 다리를 뻗으며 드라이버를 건드리고 있었다. 문짝을 놓으면 모래가 쏟아졌고 차 꽁무니에 연결된 단말기는 짧은 선 탓에 놓을 수 없었다.

나우는 KT27이 떨어진 드라이버를 발로 끌어오려 한다는 걸 알았다. 다리를 뻗고 손을 바꾸고 몸을 비틀며 한사코 드라이버 쪽으로 발을 뻗었다. KT27은 나우를 보면서도 그가 드라이버를 주워 자신에게 건네줄 수 있다는 가능성은 떠올리지 못하는 것 같았다.

주워줄까?

나우가 그에게 물었다.

KT27이 나우를 쳐다봤다. 나우가 드라이버를 가리켰다.

저거 주워줄까?

KT27은 고개를 끄덕였다.

나우가 드라이버를 들어 올려 KT27의 손에 쥐어 주고 닫히려는 문을 잡았다. KT27은 손에 쥔 드라이버와 나우를 번갈아 두 번 봤다.

그들은 함께 식사를 했다. KT27은 테이블에, 나우는 소파에 각자의 접시를 들고 앉아 있었지만 서로를 의식했다. 오디오북의 내레이션에 섞여 거센 바람 소리가 집을 흔들 때마다 나우와

KT27은 고개를 들어 밖을 바라봤다.

모래가 더 쌓이겠군.

나우가 말했다. 평평한 땅에 KT27의 차만 톡 튀어나와 모래가 걸렸다. 반쯤 차로 이루어진 자그마한 모래 둔덕이 만들어지는 중이었다.

차 상태는 어때?

나우가 말을 건넸다.

바퀴가 밀린 건 확실해. 시동이 걸리지 않고.

KT27이 대답했다.

모래가 더 쌓이기 전에 치워야 해. 프로그램도 손보고. 회전이 안 될지도 몰라.

언제 해볼 작정인가?

다리가 조금 더 나으면.

다리는 어때?

붕대를 단단히 감으면 운전할 수 있을 것 같아.

그 전에 시스템이 뭔가 해주지 않을까?

나우의 말에 KT27은 고개를 들어 나우를 바라봤다.

새 메신저가 보고서를 가져갔으니까 말이야. 시스템에서 알게 되면 구조팀을 보내거나 하겠지.

나우가 덧붙였다.

기대하지 않아. 여기는 R300이잖아. 구조팀을 보내 그들까지 위험에 노출시키는 일은 하지 않을 거야. 나라면 그럴 거야.

차를 고치면 R로 갈 수 있나?

가보면 알겠지. 감염이 아니면 문제가 안 될 거야. 나는 괜찮아. 감염된 거 아니야. 그렇지?

KT27의 간절한 눈빛에 나우는 대답했다.

아니야.

그 말에 KT27은 안도하는 숨을 내쉬었다.

거기 사는 사람들은 R300에 오면 방호복을 벗자마자 바로 감염이 될 거라고 생각하고 있어. 방호복도 없이 돌아다니는 건 상상도 못 할 걸.

여기서 지내다 보면 방호복이 필요 없다는 걸 알게 돼. 혼자밖에 없으니까.

당신은 보균자 맞지? 항체를 가진.

아니야.

보균자가 아니라면 왜 여기 있는 거야? 설마 방호복을 입기 싫어서 그런 건 아닐 것이고.

KT27이 의심스러운 눈초리로 나우를 쳐다봤다. 범죄자들에 생각이 미쳤을 것이다. 이곳에는 보균자라고 불리는 감염에서 살아남은 사람들 외에도 R에서 배척된 사람들이 산다. 주로 범죄를 저지르고 도망친 사람들이지만 스스로 온 사람도 간혹 있다. 어쨌든 혼자서 외롭게 죽는 삶을 택한 사람들이니 무서운 사람인 건 마찬가지다.

토양조사. 이 구역을 조사하는 거야.

평생 혼자서? 아무것도 없는 이곳을? 도대체 왜?

의혹이 가시지 않은 목소리였다.

하던 일이야.

도시에서 부대끼며 살 때에도 나우는 늘 혼자라고 느꼈다. 일생의 한 시기를 빼고는 그랬다. 아내의 얼굴이 떠올랐다. 나우의 방에서 함께 살고 함께 아이를 낳은 여자였다. 세 명이 함께 있었지만 좁지 않았다. 아기에게서 나우는 자신을 보는 것 같았다. 처음으로 혼자가 아니라고 느꼈다. 그들이 감염되기 전까지는. 아파트를 흐르는 상수도관이 오염되었고 나우가 조사를 위해 떠나 있는 동안 좁은 방들로 가득 찬 그 아파트는 봉쇄되었다. 그것이 마지막이었다. 어렴풋한 기억으로 남은 그 짧은 시기를 제외하면 그는 늘 혼자였다. 혼자 있기를 원했다면 여기 올 필요는 없었다.

분명한 것은 나는 여기서 만족하고 있다는 거야. 옛날을 생각할 필요가 없을 정도로. 아이의 얼굴도 잊을 정도로 오래 살았어.

아이의 얼굴은 잊기 힘든 것인가?

KT27이 말했다.

나우가 숨을 들이마셨다.

보통은 그래. 어린아이는 부모를 절대적으로 의지하는 존재니까. 나우는 살짝 망설이다 물었다. 자네 부모를 알고 있나?

그건 알려주지 않아.

혹시 찾고 싶나?

부모를?

KT27은 골똘히 생각하는 얼굴이 되었다. 그와 할 수 있는 이야기 중 가장 재미없는 이야기라고 나우는 생각했다.

내겐 부모가 없어. 그리운 적도 없었어. 내게 그건 상상할 수 없는 삶이야. 있다 없는 게 아니라 처음부터 아무것도 없는 사람에 겐 결핍이란 생기지 않아. 아무튼 아이의 얼굴이 쉽게 잊히지 않는다는 걸 알게 되었군.

KT27은 덤덤하게 대답했다. 있다 없는 것은 없는 것과 달랐다. 여자와 아이가 죽은 후에 나우는 이전과는 다른 '혼자'의 삶을 살고 있는 중이다.

그럼 나우 당신은 여기에 얼마나 오래 있었나?

자신의 이름이 들려서 나우는 조금 놀랐다.

글쎄, 여긴 달력이 없으니까. 수십 년은 산 것 같은 기분이야.

재미있군. R300에 갈 수 있는 사람은 처음부터 2, 30대의 사람들로 제한을 했어. 불법으로 온 게 아니라면 10년도 채 지나지 않았으니 당신은 많아 봐야 40대인 거야. 하지만 알 것 같군. 이런 곳에서 혼자 역사책에 파묻혀 지내다 보면 물리적인 나이는 의미가 없어질 것 같아.

그래, 여기는 R300만의 시간이 있어.

모래 언덕에 박힌 차는 쉽게 모습을 드러내지 않았다. KT27이 삽으로 모래를 밀어냈다. 헬멧과 몸이 모래 먼지로 뒤덮였다. 나우는 창문으로 그 모습을 지켜보다가 다가갔다. 입을 열면 들어오는 모래바람 탓에 두 사람 다 말없이 모래를 떨어냈다.

반나절 만에 마침내 차는 온전한 모습을 드러냈다. 핸들이 돌아가지 않았고 차 문은 덜렁거렸다. 개폐 장치가 완전히 찌그러진 것을 보고 KT27은 눈살을 찌푸렸다.

어떻게 한 거야?

다른 방법이 없었어.

나우가 변명하려 하자 KT27이 말했다.

고맙다고.

아, 그래.

나우는 겸연쩍게 대답했다. 집으로 돌아오면서 KT27이 왠지 존댓말도 알고 있을 것 같다고 생각했다.

KT27의 다리가 조금씩 나아졌다. 나우와 KT27은 매일 함께 식사하며 나우는 골짜기의 조사에 대해서, KT27은 차에 대해서 말했다.

전기저항을 측정한 결과 그 아래 뭔가 있다는 확신이 들었다. "물성을 지닌 유기물의 흔적"이라고 나우는 보고서에 썼다. 토양 샘플을 채취했다. 그곳을 파보아야 한다고 제안했다. 그것이 무엇인가에 따라서 이 연구의 의미는 크게 달라질 수 있다. R300의 미래가 아니 어쩌면 지역 전체의 미래가 달라질 수도 있는 중요한 발견이 될지도 몰랐다. 보고서에 수십 개의 토양 시료를 첨부했다. 시스템에서는 이 보고서를 간과하지 못할 것이다. 나우가 지금껏 보낸 것과는 다른 차원이었다. 가능한 빨리 답신을 요한다는 내용을 덧붙였다.

차에 시동이 걸렸어.

KT27의 말에 나우가 고개를 들었다.

아, 그래?

생각보다 빨리 고쳐진 것이다. 나우는 묵묵히 밥을 먹었다.

나우, 같이 가자.

KT27이 말했다. 나우는 숟가락질을 멈추고 그를 바라봤다.

감염도 되지 않았고 범죄자도 아닌데 왜 여기 살아? R에 가서 새로운 삶을 사는 거야. 외출할 땐 네가 싫어하는 방호복을 입어야 하지만 지금보다는 훨씬 나은 삶을 살 수 있어. 포장 식품이 아닌 음식도 먹을 수 있고 돈을 벌고 여가도 즐기면서 사는 것처럼 살 수 있어.

보고서를 보냈어. 기다려야 해.

보고서? R에 갈 건데 보고서가 무슨 소용이야.

말했잖아. 아래 뭔가 있어.

누구한테 보냈다는 거야? 답장은 오지 않아!

지금까지와는 달라. 여기 뭐가 있어. 시스템이 알면 분명 여기를 파보려고 할 거야.

도대체 시스템이 뭐라는 거야?

KT27은 고개를 돌리고 한숨을 크게 쉬었다. 그릇을 세게 내려놓고 테이블을 거칠게 닦았다. 화가 난 것 같은 그 모습에 나우는 말 없이 돌아섰다. 오디오북 재생기를 만지작거렸다. 무거운 침묵을 덮을 소음이 필요했다. 내레이션이 흐르고 잠시 후 KT27이 무겁게 말했다.

할 말이 있어.

갑자기 나우의 심장이 뻐근하게 눌리더니 빨리 뛰기 시작했다.

말해.

여기서 수거해 간 물건들 말이야. 모두 하나의 포털에 넣어. 그 포털 뒤에는 소각장이 있어. 가까이 가면 방호복도 녹을 정도의 열이야. 확인조차 없이 모두 그대로 포털에 집어넣는다고.

농담치고는 최악이었다.

거짓말 마.

아니야. 거기 사람들은 R300에서 온 물건들은 모두 오염됐다고 생각해.

소각을 하려고 가져간다고? 그냥 내버려 두면 되잖아.

주기적으로 음식과 물, 연료를 넣기 위해 포털을 비울 뿐이야. 아니면 뭔가 돌아가고 있다고 믿게 하는 걸지도 모르고.

나우의 얼굴이 굳었다.

같이 가자고 말해준 거 고맙게 생각해. 그렇다고 거짓말을 할 필요는 없어. 나는 진심으로 여기가 편해. 자네는 돌아가서 메신저 일을 해. 그리고 가끔 바쁘지 않을 때 여기 들르면 좋겠지. 물론 자네가 내키면 말이야. 그럼 나는 더 바랄 게 없어.

KT27의 얼굴이 빨개졌다.

정말이야. 가끔만 들러줘.

도대체 시스템이 뭐야! 진짜 있는 거야? 난 그런 거 본 적 없어! R300은 격리 지역이야. 아무도 여기 누가 살고 있는지, 뭐가 묻혀 있는지 관심 없어. 메신저가 하는 일은 여기 사람들이 R로 영원히 들어오지 못하도록 지키는 거라고!

메신저가 나우의 포털에서 보고서와 토양 샘플을 수거해 갔다. 나우는 창 앞에 서서 그 모습을 지켜봤다. KT27의 차가 보였다. 휘어진 바퀴 축대를 최대한 폈고 내부의 모래를 빼냈다. 덜렁거리는 문을 고정시키고 프로그램의 버그를 없앴다. 연료가 충전되자 커브를 완전히 꺾을 수는 없지만 KT27의 말로는 R에 도착할 때까지는 그럭저럭 달릴 수 있었다. KT27의 발목은 붕대로 단단히 묶여 자동주행 장치를 꺼도 브레이크와 액셀을 밟을 수 있었다.

다음 날 아침 나우가 일어났을 때 KT27은 없었다. 그의 차 또한 보이지 않았다.

다행이다.

나우가 중얼거렸다. KT27이 쓰던 낡은 이불이 정돈돼 있었다. 이제 침대를 쓸 수 있다. 테이블 위에는 아마도 KT27이 나우를 위해 차린 식사가 놓여있었다. 나우는 침대에 드러누웠다. 적막했다. 가끔 바람 소리가 들릴 뿐 시간은 흐르지 않는 것 같았다. 나우는 처음 이곳에 온 때를 떠올리려 했지만 기억나지 않았다.

배가 고프지 않았지만 테이블에 앉아 음식을 먹었다. 빵에 통조림에 든 배추를 올려 먹었다. 통조림 배추 냄새에 코를 쥐던 KT27이 떠올랐다. 아기 같다고 생각했다. 나우는 자신도 모르게 피식 웃었다. 만일 황무지에서의 자신의 삶을 역사책에 기록한다면 기록할 만한 가치가 있는 이야기는 KT27가 찾아온 몇 주간의 이야기가 전부가 될 것이라고 뜬금없이 나우는 생각했다.

나우는 서서히 일상으로 돌아갔다. 거의 매일 토양을 조사했고 한 달에 한 번씩 보고서를 썼다. 메신저가 몇 차례 왔지만 시스템으로부터 답신은 없었다. 결과를 분석하는 데에는 시간이 걸리는 것이라고 믿었다. 기다리고 있다는 것도 서서히 잊을 때쯤 포털을 열었더니 편지 한 통이 놓여 있었다. 편지를 꼭 쥐고 나우는 편안히 읽기 위해 집으로 달려갔다.

수신 포털 R340.7
수신자가 제출한 보고서의 지역은 감염을 막기 위해 취해진 조치 중 하나가 실시된 장소로 파악됨. 십여 년 전 감염병이 빠르게 퍼져나갈 때 감염된 사체들을 모아 묻었음. 초반에는 감염을 우려해 그것들을 일일이 소각했으나 발생 속도를 따라가지 못해 중반 이후에는 소각 없이 묻음. 저항변화지점인 지하 6.9미터 아래에 그것들이 광범위하게 분포함. 미생물의 활발한 호흡 작용으로 CO_2가 다량 발생함. 토양 샘플을 분석한 결과 다량의 철분, 요오드, 유기물 함량 높음. 발굴 조사의 필요성 없으며 접근을 권장하지 않음. 과거에 갇힌 화석이 되기 전에 그곳을 빠져나오기 바람.
발신 R300-350 메신저 KT27

우기가 끝날 무렵 R300을 달리던 오이씨 한 대가 천천히 멈춰 섰다. 문이 열리고 방호복에 헬멧을 쓴 남자가 걸어 나왔다. 헬멧을 벗자 우뚝 솟은 코를 가진 청년의 얼굴이 드러났다. 청년은 뚜벅뚜벅 어딘가를 향해 걸었다. 걸음을 멈췄다. 미간을 찌푸린 채 한 곳을 응시했다.
움푹 꺼진 땅, 모래와 암석만 가득했던 골짜기가 연녹색의 초지로 변해있었다. 초로의 남자가 쭈그려 앉아 땅을 파고 있었다. 방호복도 입지 않고 삽 한 자루로 땅을 파던 남자가 고개를 들었다. 남자와 청년의 눈이 마주치고 누가 먼저랄 것도 없이 서로를 향해 걸었다. 남자가 두 팔을 벌렸다. 청년은 웃으며 헬멧을 던졌다. 오랜만에 집에 온 사람처럼 남자에게로 달려갔다.

|작가의 말|

거의 평생을 도시에서 살았습니다. 도시는 뭔가 너무 많습니다. 사람, 차, 범죄자, 비닐봉지 등 뭐든 많습니다. 주말에 종로 거리를 아무와도 부딪치지 않고 걷는 일은 거의 불가능합니다. 커피전문점에는 모르는 사람들과 어깨를 나란히 한 채 앉고 붐비는 엘리베이터와 전철 안에서는 그들의 숨결까지 느낄 수 있습니다. 저는 이 모든 것이 피곤하다고 생각했습니다.

이것이 이 소설을 처음 썼을 때의 생각입니다. 놀랍게도 지금은 과거형으로 쓸 수밖에 없는 현실이 되었습니다.

지금의 세상은 이전과는 다른 세상이 되었습니다. 다시 이 소설을 읽으면서 소설 속 이야기가 마치 오래된 미래처럼 익숙하게 여겨졌습니다. 소설의 내용을 조금 다듬어야 했습니다. 지긋지긋하게 여겨졌던 것들을 이제는 어느 정도 그리워하게 되었으니까요. 하지만 많이 바꾸지 않았습니다. 전염병이 있든 없든 함께 사는 삶에선 변하지 않는 것이 있기 때문입니다. 그 변하지 않는 지점에서 이 소설 「R300」이 시작되었습니다.

도수영
2020년 실천문학 신인상에 당선되어 작품활동을 시작했다.

방독면을 쓴 바나나
-
도재경
-

내가 올렉산드르를 처음 만난 건 약수동의 한 연립 주택으로 이사를 하던 재작년 연말 어느 오후였다. 하연과 나는 짐 정리를 하다 말고 갈증이 나서 이미 캔맥주를 하나씩 비운 상태였다. 하연의 휴대폰이 울린 건 냉장고에서 또 하나의 캔을 꺼내던 때였다. 통화를 끝낸 하연은 땀에 젖은 티셔츠를 갈아입으며 내게 함께 가줄 수 있느냐고 물었다. 나는 거실에 널브러져 있는 잡동사니와 아직 뜯지 않은 박스를 내려다보았다.

혹시 알아? 취잿거리라도 생길지.

누구길래?

하연은 가보면 안다면서 외투를 건넸다. 당시 나는 〈지상의 사람들〉이란 코너를 맡고 있었는데 이렇다 할 반응이라곤 전혀 없었고, 편집장은 내게 듣고 싶은 이야기만 듣느냐며 사사건건 핀잔을 주곤 했다. 들어야 하는 이야기를 들은 거라 말하고 싶었지만 차마 입 밖에 꺼낼 수 없었다. 편집장은 한사코 '되는 이야기'

를 가져오라며 닦달할 게 뻔했으니까.

  나는 손을 털고 외투를 입었다. 하연은 현관을 나서며 팔짱을 꼈다. 그러면서 올렉산드르가 우리나라에서 생활한 지 얼마 안 되어서 손이 좀 가는 타입이라고 덧붙였다. 그런 탓에 나는 그가 하연이 출강하는 학교에 재학 중인 러시아 유학생인 줄로만 알았다.

  서른쯤 되었을까.

  낙엽이 뒹구는 보광동의 한 좁은 골목에서 만난 올렉산드르는 짧은 곱슬머리에 검정 눈동자를 가진, 거리 어디에서나 볼 수 있는 평범한 청년이었다.

  올렉산드르는 물이 담긴 플라스틱 바가지를 들고 녹슨 펜스에 그려진 낙서를 젖은 걸레로 닦고 있었다. 어깨가 구부정한 한 노인이 올렉산드르가 하는 양을 못마땅하다는 듯 지켜보고 있었는데 별안간 펜스 옆 키 작은 집 쪽문에서 더러운 몰티즈 한 마리가 달려 나와 우리를 보고 짖었다. 노인은 검버섯이 핀 이마를 한 손으로 긁으며 몰티즈를 향해 조용히 하라며 소리쳤다.

  자기 집 앞이면 이렇게 낙서를 했겠어요?

  하연이 올렉산드르의 친구라고 인사하자 노인은 펜스를 가리키며 볼멘소리로 침을 튀겼다. 펜스에는 페인트를 뿌려 그린 그림들과 온갖 문자가 어지러이 뒤섞여 있었다. 우리 주위를 맴돌던 몰티즈는 펜스 아래로 다가가 킁킁거리더니 뒷다리를 치켜들고 오줌을 쌌다.

  이게 다 이 사람 짓이에요.

올렉산드르는 도리질을 쳤다. 자기가 그린 건 종이 한 장 크기도 되지 않는다며 하소연했는데 비교적 우리말이 유창했다. 걸레를 든 올렉산드르의 손은 발갛게 얼어 있었다. 어찌 됐든 그가 낙서를 한 건 틀림없는 듯싶었다. 나는 올렉산드르가 가리키는 펜스를 보았다. 파란색 방독면을 쓰고 있는 바나나 그림이었는데 어딘지 모르게 우스꽝스러웠다.

하연은 올렉산드르가 우리나라 문화에 아직 적응을 하지 못해 그런 거라며 노인에게 자초지종을 설명하고는 양해를 구했다. 하지만 노인은 올렉산드르를 위아래로 훑어보고 알 바 아니라며, 경찰에 신고하려던 참이었다고 을러댔다. 노인의 태도가 완고해지자 급기야 하연은 소매를 걷어붙였다. 그 성미를 모르지 않았던 터라 나는 하는 수 없이 지갑을 열었다. 그제야 노인은 수그러드는 기색이었다.

고작 오만 원에 낙찰이라니.

노인이 몰티즈를 데리고 집으로 들어가는 뒷모습을 보며 나는 좀 더 분발해야겠다며 농담을 건넸다. 하연은 내 팔꿈치를 툭 쳤다.

설마 이 문을 그린 건 아니지?

그건 또 무슨 우스갯소리인가. 하연은 노인이 사라진 펜스 옆쪽문을 유심히 바라보며 물었다. 올렉산드르는 어깨를 으쓱거리더니 펜스 아래 뒹굴고 있던 스프레이 래커를 주섬주섬 가방에 챙겨 넣었다.

그러고 보니 두 사람 성이 같았네.

하연은 올렉산드르에게 나를 소개하며 미처 몰랐다는 듯 말했다. 너무나 흔한 성이어서 그런 걸까, 올렉산드르는 어쩐지 심드렁해 보였다. 나는 올렉산드르와 통성명을 하며 악수를 나눴다. 올렉산드르는 팔에 끼고 있던 토시를 벗으며 고맙다고 말했다. 아니나 다를까 올렉산드르는 골목을 벗어나자마자 은행을 찾았고, 다시 한번 고마웠다며 내게 지폐를 건넸다. 머쓱해진 나는 기왕 이렇게 만난 김에 이태원에서 커피라도 한잔하는 게 어떠냐고 제안했다. 하지만 올렉산드르는 가볼 데가 있다며 발걸음을 돌렸다.

그런데 말이야, 무슨 취잿거리가 있다는 거지?

나는 지하철역으로 총총 내려가는 올렉산드르를 보며 하연에게 물었다.

글쎄, 내 눈엔 보였던 것 같은데.

하연은 내 손을 잡아끌며 모호한 미소를 지어 보였다.

그날 저녁 이삿짐을 정리하던 하연은 철제 상자에서 천 조각을 뜨개질해서 만든 인형을 꺼냈다. 몇 해 전 하연은 청년 문화 교류 행사에 참가하기 위해 우크라이나를 방문했는데, 당시 대학생이었던 올렉산드르가 키이우 시내는 물론 지역 도시까지 도맡아 가이드를 해주었다고 한다. 소로쉬카라는 우크라이나 전통 의상을 입은 그 인형은 중남부에 위치한 드니프로라는 도시를 방문했을 때 한 상점에서 산 거였다.

우즈베스키탄 타슈켄트의 한 콜호스에서 생활하던 올렉산드르의 부모가 국경을 넘어 드니프로로 이주해 우크라이나 국적을 획득한 건 올렉산드르가 태어나던 해였다. 양배추와 무 농사를 짓고 샐러드를 만들어 시장에 내다 팔면서도 여느 부모와 마찬가지로 자식에 대한 교육열만큼은 남달랐던 모양이었다. 올렉산드르의 누나는 법학을 전공해 시청에서 근무하다가 러시아 출신 동료를 만나 결혼해 루한시크에 살고 있으며, 올렉산드르는 키이우에서 건축학을 공부하다가 적성에 맞지 않아 미술로 전공을 바꿔 졸업했다고 한다.

하연은 올렉산드르 가족과 함께 찍은 사진을 내게 보여주었는데 레몬색 피부에 푸른 눈의 이방인이 눈에 띄었다.

누구야?

나탈리야.

올렉산드르의 아내라고 했다. 올렉산드르는 나탈리야의 손을 꼭 붙잡고 있었다. 거리 벽화를 그렸던 올렉산드르가 한국어 학위를 따기 위해 서울에 온 건 지난여름이었는데 다름 아닌 키이우의 한 중학교에서 영어를 가르치고 있는 나탈리야의 권유 때문이었다.

나쁘지 않은 선택이네.

고려인 올렉산드르에게 우리말은 또 하나의 모국어겠거니 싶었다. 그런데 하연의 말로는 올렉산드르의 부모가 한국어를 거의 구사하지 못했던 탓에 올렉산드르는 틈틈이 독학을 해서 우리말을 익혔다고 했다. 하연은 추억에 잠긴 듯 사진을 하나씩 넘겨보았다.

하연이 청년 문화 교류 행사 때 찍은 사진은 우리가 연애할 때에도 본 적이 있었다. 한복을 입고 부채춤을 추는 고려인 청년들을 보며 민족이 뭔지 새삼스러웠던 기억이 떠올랐다. 그런가 하며 소르쉬카를 입은 하연을 보며 깔깔거렸던 기억도 났다. 하연은 우크라이나 전통 의상을 입은 사람들에게 둘러싸여 통기타와 비슷하게 생긴 반두라라는 현악기를 들고 있었다. 하연의 주위에 있는 이들은 현지의 대학생들이었는데 다시 보니 낯익은 얼굴이 눈에 띄었다.

　올렉산드르였구나.

　전에도 얘기했었는데 이제야 제대로 보이나 보네.

　하연은 밉지 않게 입술을 삐죽 내밀었다.

　동유럽 문학을 전공한 하연은 폴란드와 루마니아 등지를 비롯해 동유럽 곳곳을 두루 다녔었는데 그중에서도 올렉산드르 부부와 함께 다녀온 흑해 연안의 항구 도시인 오데사가 가장 기억에 남는다고 했다. 나는 하연의 곁에서 짙푸른 바다가 펼쳐진 사진을 물끄러미 보았다. 세 사람은 바다로 이어진 석조 계단에 나란히 서서 환히 웃고 있었다.

　그런데 신기한 게 뭔지 알아?

　하연은 그 도시에서 올렉산드르가 작업했다는 벽화 사진을 보여주었다. 나는 사진 속 건물 벽을 보았다. 아르누보 양식으로 지어진 그 건물 어디에 벽화를 그렸다는 건지 아무리 들여다봐도 도무지 알 수가 없었다. 하연은 손가락으로 출입문을 가리켰다.

　이건 그냥 문이잖아.

　자세히 봐.

하연은 사진을 확대했다. 고풍스러운 느낌을 자아내는 목질의 무늬와 손을 타서 번질거리는 청동 재질의 손잡이, 심지어 기름때가 껴 있는 경첩까지. 내 눈엔 그저 오래된 건물의 출입문 같아 보였다. 눈에 띄는 게 하나 있다면 문 하단의 작은 그림이었는데 그건 다름 아닌 낮에 보았던 방독면을 쓴 바나나였다. 하연의 말로는 그건 올렉산드르의 시그니처였는데 여느 화가와 마찬가지로 자신의 작품에 반드시 표시를 한다고 했다.

이 문이 진짜 그림이라고?

하연은 고개를 끄덕였다.

뭐, 극사실주의 화풍 그런 건가?

그게 전부가 아니었다. 하연이 현지에서 들은 얘기로는 그 문이 다른 세계로 이어진 일종의 허브라는 거였다. 무슨 까닭인지 그 문으로 들어갔다가 다른 문으로 나온 사람들이 왕왕 있다고 했다. 소문은 삽시간에 퍼졌고, 그로 인해 올렉산드르는 일약 유명 화가가 되었다는 건데. 무심결에 코웃음이 났다.

설마 그 애길 믿는 건 아니겠지?

벽화를 직접 한번 봐야 하는데. 거짓말처럼 들릴지 모르겠지만 저 문 앞에 서면 정말로 다른 세계가 보이는 듯하거든. 그래서 말인데 이쯤이면 뭔가 이야기가 될 것 같지 않아?

하연은 제멋대로 편집장 흉내를 내며 말했다. 나는 피식거리며 하연을 흘겨보았다. 그제야 뭔가 단단히 속았다는 느낌이 들었다. 그런데 웬걸, 하연은 믿지 못할 줄 알았다면서 사진을 넘겼다.

올렉산드르는 그 도시에만 벽화를 그린 게 아니었다. 어느 도시의 어느 건물이든 올렉산드르가 그린 문은 솜씨 좋은 목수가 작업한 것처럼 꼭 들어맞았고, 벽화의 하단에는 어김없이 그의 시그니처가 그려져 있었다.

사실 그때만 해도 그 벽화들에 그다지 눈길이 가지 않았다. 내 눈엔 그것들은 단순히 실물을 찍은 사진처럼 보였다. 올렉산드르의 벽화가 얼마만큼 가치가 있는지 그쪽 바닥을 잘 모르는 나로서는 섣불리 말할 수 없지만 기가 막히게 사물을 모사한 것을 제외하면 대체로 심심했다. 뭐랄까, 그의 벽화에선 그 어떤 이야기도 보이지 않았다.

올렉산드르를 집으로 초대한 건 그로부터 보름쯤 지난 후였다.

집들이 겸 송년회를 하자는 제안에 올렉산드르는 나탈리야가 방학을 기해 서울에 찾아왔다며 머뭇거렸다. 하연은 어쩌지, 하고선 내 표정을 살폈다.

파티는 사람이 많을수록 흥겹지.

나는 손가락으로 오케이 사인을 보냈다.

올렉산드르는 나탈리야와 함께 경복궁과 삼청동 일대를 구경하고 오는 길이었다. 나탈리야는 초대해 줘서 고맙다며 와인을 건넸는데 아는 우리말이라고는 '안녕'과 '고맙습니다' 정도가 전부였다. 그런 탓에 나탈리야가 하는 얘기는 올렉산드르나 하연이 번갈아 가며 통역을 해주어야 했다.

내가 그들 부부에게 서울은 어떠냐고 묻자, 올렉산드르가 내 얘기를 나탈리야에게 옮겼다. 나탈리야는 그날 찍은 사진들을 우리에게 보여주었다. 우리는 피자와 탕수육 등 주문한 음식들을 맥주와 함께 먹으며 카메라에 담긴 익숙한 거리 풍경을 감상했다. 나탈리야는 서울은 무척 아름다운 도시라고 말하더니 뜬금없이 한국 음식이 맛있다며 엄지손가락을 치켜세웠다.

피자는 한국 음식이 아닌데.

나는 무심코 한 마디 던졌다. 그러자 올렉산드르는 한국에서 먹는 음식이니까 당연히 한국 음식이지 않냐고 말했고, 그와 동시에 하연도 맞장구쳐 주었다.

아무래도 올렉산드르에게 고국에 대한 감정은 유다를 수밖에 없을 거라 짐작했다. 그의 조상이 우리나라를 떠나게 된 경위엔 모르긴 몰라도 지난한 사연이 있었겠지, 그는 어려서부터 부모에게 그런 이야기를 듣고 자랐을지 모른다, 그래서 오랜 세월이 흘러도 그와 우리 사이엔 결코 지워지지 않는 유대감 같은 게 있을 거라고, 막연히 생각했다.

그런데 올렉산드르는 의외의 얘기를 꺼냈다. 반년 가까이 서울 생활을 하다 보니 보르시가 너무 먹고 싶다는 거였다. 붉은 무와 양배추 등 이런저런 식자재를 사다가 보르시를 끓여 보았지만 도무지 우크라이나에서 먹던 맛이 나지 않는다고 했다. 그러면서 성 소피아 성당 근처의 한 식당에서 파는 보르시가 먹어본 것 중 최고인데 우리가 키이우에 올 일이 있다면 꼭 한번 데려가고 싶다고 말했다. 그러자 나탈리야는 올렉산드르가 하는 우리말을 알아듣기라도 한 듯 피자를 먹으며 보르시, 보르시 말하더니 또 한 번 엄지를 치켜들었다. 나는 그게 어떤 음식인가 싶어 휴대폰을 꺼내어 검색해 보았다. 얼핏 봐서 토마토 수프 같기도 한 그 음식은 너무나 생소했다.

사실 그때껏 우리의 대화는 중구난방이었는데 거기엔 서로 다른 언어도 분명 한몫했다. 일테면 하연과 올렉산드르는 우리말로 대화했고, 나탈리야와 이야기를 주고받을 땐 우크라이나어로 소통했으며, 내가 끼어들면 누군가의 통역이 필요했다. 그러다가 종국에는 모두가 각자의 모국어를 두고 영어로 대화를 주고받았는데 그게 뭐가 그렇게 즐거웠는지 서로의 얼굴을 보며 곧잘 깔깔거렸다. 무르익은 분위기가 사그라든 건 내가 또 한 캔의 맥주를 땄을 때쯤이었다.

올렉산드르를 구해줘서 고맙습니다.

나탈리야가 뜬금없이 내게 감사 인사를 건넸다. 올렉산드르는 그라피티 때문에 고초를 겪었다는 일을 이미 나탈리야에게 털어놓은 모양이었다.

내가 본 최고의 명작이었는데 아쉽게도 헐값에 팔렸지 뭐예요. 그런데 화가가 바나나를 좋아하나 봐요?

나탈리야는 고개를 갸웃거렸다.

시그니처가 바나나길래요.

우리 사이에 잠시 침묵이 감돌았다.

아, 그거.

올렉산드르는 나를 향해 맥주 캔을 들며 별거 아니라는 듯 픽 웃었다.

바나나가 유전적으로 취약하잖아요. 개량도 쉽지 않고요.

그런가? 처음 들어보는 얘기였다. 아무튼 자신의 처지를 빗댄 시그니처, 뭐 그런 얘긴가. 나는 올렉산드르와 맥주 캔을 부딪치고 한 모금 마셨다. 그날 우리가 주고받은 농담은 거기까지였다. 괜한 걸 물었나, 아니면 취기에 나도 모르게 말실수라도 한 걸까. 괜스레 겸연쩍었던 나머지 나는 캐슈너트와 피스타치오 등 마른안주를 접시에 담았다.

나탈리야는 대학 시절 올렉산드르가 미술로 전공을 바꾼다고 했을 때만 하더라도 적극적으로 지지했다고 말했다. 어느덧 나탈리야의 표정은 자못 진지해 보였다.

실력이 남달랐거든요. 하지만 계속 거리에서 작업을 한다는 건 너무 위험한 일이었어요.

나탈리야는 휴대폰에 담아 놓은 몇몇 사진을 우리에게 보여주었다. 그 사진들은 올렉산드르가 작업하는 과정을 찍은 건데 앞서 하연이 보여준 사진과 마찬가지로 하나같이 크고 작은 문을 소재로 삼고 있었다. 다만 차이가 있다면 폐허를 방불케 할 정도로 주위 풍경이 어수선하다는 점이었다. 일테면 가로수나 가판대가 쓰러져 있거나 자동차나 폐타이어 따위가 불타고 있었다.

언제 찍은 거예요?

대학 다닐 때요.

그때 우크라이나에서 무슨 일이 있었더라. 나는 기억을 더듬어 보았다. 그런데 이어진 나탈리야의 얘기는 좀 느닷없었다.

그 일은 2013년 11월 우크라이나의 야누코비치 대통령이 유럽 연합 협정에 서명을 보류한 게 발단이었다. 불만을 품은 학생들과 시민들이 오렌지 혁명 기념일을 기하여 거리로 나와 항의하는 시위를 벌였다. 처음엔 평화로운 분위기였으나 경찰은 시위대를 진압하기 위해 선동 분자들을 심어 놓았다. 티투쉬키라고 불리는 용역 깡패들에 의해 시위는 보다 거칠어졌고 강경 진압으로 인해 사상자가 속출하기에 이르렀는데, 사태가 그렇게 격화될 거라고는 어느 누구도 예상하지 못했다.

이른바 유로마이단 혁명이라 불리는 그 시위에서 희생된 사람은 한둘이 아니었다. 올렉산드르가 광장 근처의 어느 건물 벽에 처음 래커를 뿌린 건 그 무렵이었다. 해바라기를 들고 있는 한 가족이 문 앞에 나와 있는 벽화였는데 하루빨리 사태가 종결되길 바라는 마음에서 그린 거라고 했다. 문제가 생긴 건 다음 날 아침이었다. 나탈리야는 그때 찍은 사진을 보여주었다.

아무리 그림이라고 하지만 끔찍하네요.

하연은 눈을 질끈 감았다.

벽화 아래에는 벽돌 부스러기가 떨어져 있었고, 그 주위엔 유혈이 낭자했다. 뜻밖에도 그림 속 사람들의 이마에는 하나 같이 총탄 자국이 나 있었는데 그 때문에 얼굴의 표정이 잔뜩 일그러진 것처럼 보였다. 하연의 말마따나 그림이라고는 하나 마치 학살 현장을 보는 듯했다.

어떻게 된 거죠?

누군가 착각을 했겠죠.

나탈리야는 휴대폰 화면을 손가락으로 가리켰다.

여길 보세요. 조준 사격을 한 거예요. 무고한 시민들을 향해서 말이죠. 바로 이 그림이 증거고요. 하지만 그들은 절대 아니라고 발뺌했죠.

그 일로 어떤 자책감이라도 느꼈던 걸까. 올렉산드르가 거리 곳곳에 출입문을 그린 건 그때부터였다고 한다. 나는 시그니처가 그려진 그 문 앞에서 어리둥절하게 서 있는 경찰들의 사진 하나를 보았다. 거기까진 괜찮았다. 문제는 경찰에 쫓기던 시위대가 그 문을 열고 들어가 다른 문으로 나오곤 했다는 건데, 나탈리야는 그로 인해 경찰의 진압 작전에도 적잖이 혼란을 줄 수 있었다고 말했다.

네?

나는 젬병인 내 영어 실력 탓에 나탈리야의 얘기를 잘못 알아들은 줄 알고 사람들이 어떻게 됐는지 다시 한번 되물어야 했다. 하지만 이내 토씨 하나 틀리지 않고 같은 말을 반복하는 나탈리야를 멍하니 바라볼 수밖에 없었다. 그러니까 올렉산드르는 한낱 벽화로 시위대에게 도주로를 제공했다는 건데 나로서는 도무지 납득하기 힘든 얘기였다. 하지만 하연은 나와는 달리 한 손에 턱을 괸 채 고개를 끄덕였는데 이야기에 꽤 골몰한 듯 보였다.

올렉산드르가 거리의 마법사였나.

무르춤해진 나는 남은 맥주를 단번에 들이켜곤 피스타치오 껍질을 까고 있는 올렉산드르를 넌지시 바라보았다. 나탈리야의 앞 접시에는 올렉산드르가 깐 피스타치오가 담겨 있었다. 나탈리야는 거리낌 없이 이야기를 이어갔다.

그해 2월, 야누코비치가 러시아로 피신하고, 사태는 일단락되는 듯했지만 러시아는 자국민을 보호한다는 명분으로 크름 반도를 점령하더니 기어이 돈바스 지역까지 넘보았다. 당시 올렉산드르는 그 지역의 거점 도시인 루한스크나 도네츠크까지 가서 벽화를 그린 모양이었다. 나탈리야로서는 걱정되지 않을 수 없었을 터.

전쟁은 도무지 끝날 것 같지 않았어요.

그래서 서울행을 권했던 거군요.

하연은 이해하겠다는 듯 말했다.

나탈리야는 곁에 있던 올렉산드르를 향해 미소를 지었고, 올렉산드르 역시 미소를 건네더니 말없이 캔맥주를 홀짝거렸다.

어째서 그럴 수 있죠?

하연은 무슨 질문을 건네려는 건지 짐작하기라도 한 듯 내 손등을 슬그머니 눌렀다.

이해가 잘 안되어서요. 혹시 농담을 한 건 아니죠?

당연히 아니죠.

나탈리야는 올렉산드르를 힐끗 돌아보고선 덧붙였다.

내가 어떻게 서울에 왔는지 궁금하지 않으세요?

당연히 비행기를 타고 왔겠죠.

나는 조금은 단호한 어조로 대답했다.

아마 그렇게 믿고 있는 거겠죠?

사실일 테니까요.

그럼 그게 맞을 거예요.

나는 말문이 막혔다. 맞은편에 앉아 맥주 캔 표면에 맺힌 이슬을 손가락으로 쓸어내리는 올렉산드르의 모습을 보았다. 나와 눈이 마주친 올렉산드르는 처음 만날 때처럼 어깨를 으쓱거렸다. 나도 모르게 헛웃음이 흘러나왔다.

　우리는 이듬해 초에 한 차례 더 만났는데, 아마 나탈리야가 우크라이나로 돌아가기 이틀 전이었을 것이다. 광화문 인근에서 점심 식사를 함께한 후 산책을 할 겸 시청역까지 걸어가는 동안 올렉산드르는 가다 서다를 반복하며 나탈리야에게 이런저런 설명을 늘어놓았다. 세종대왕 동상과 이순신 동상 앞에서 그들이 어떤 인물이며 한국사에서 차지하는 비중이 어느 정도인지 알려주었고, 촛불 집회의 대표적인 장소가 바로 지금 걷고 있는 광장이라는 해설도 빠지지 않았다. 그런가 하면 세종대로의 변천사는 물론이며 일대의 오래된 음식점까지도 줄줄 꿰고 있었는데 마치 해박한 문화 해설사를 보는 듯했다.

　올렉산드르는 교차로 앞에 멈춰 서서 나탈리야의 머플러를 여며 주었다. 올렉산드르를 취재해 보는 건 어떨까, 라는 생각이 든 건 그때였다. 다만 지난날 들었던 문제의 벽화 얘기만 그럭저럭 얼버무리면 괜찮을 것 같았다.

　올렉산드르는 고려인 4.5세로 현행법상 재외 동포에서 제외되어 사실 외국인이나 다름없었다. 내가 주목한 지점은 바로 올렉산드르의 정체성이었다. 고려인 후손으로서 시민 혁명이나 분쟁에 참여한 사례는 모르긴 몰라도 손에 꼽을 정도였다. 게다가 그런 그가 우리나라에 찾아와 한국어와 문화를 배우고 있었으니 독자의 관심을 적잖이 이끌어 낼 거라 판단했다. 어느덧 머릿속에선 대략적인 윤곽이 그려졌다.

기획 회의 때 올렉산드르에 대한 안건을 올리자 편집장은 흔쾌히 수락하는 듯했다.

흥미롭네요. 취재원은 확실히 확보된 게 맞죠?

나는 네, 하고 짧게 대답했다.

그런데 고려인 후손의 정체성만 다룬다면 너무 고루할 것 같은데.

기획 보고서 검토를 마친 편집장은 취재 방향을 부분적으로 수정하는 게 어떠냐는 의견을 제시했다. 그러더니 '벽화'라는 글자에 동그라미를 쳤다. 그러니까 올렉산드르의 벽화에 초점을 맞춰 취재하라고 가이드라인을 정해줬다.

하지만 그건…….

나는 멀뚱히 편집장의 얼굴을 쳐다보았다. 내 판단에 벽화는 '되는 이야기'의 범주에 들어가지 않았다. 하지만 편집장은 단호하게 선을 그었다.

벽화에 그려진 문으로 사람들이 드나든다. 오히려 이게 더 재밌지 않아요? 독자들도 시선을 더 줄 것 같고요. 어떻게 생각해요?

편집장이 판타지를 좋아했었나, 나는 마지못해 수긍했지만 고민하지 않을 수 없었다. 세상 어느 누가 환상 동화에서나 나올 법한 이야기를 취재 기사로 봐줄까. 하지만 편집장은 이미 결심이 선 듯했다.

진행해 보죠.

편집장은 볼펜 꼭지로 책상을 톡톡 두드리며 말했다. 나는 질문지를 만들며 나름대로 취재 방향을 정리했다. 다만 문제의 벽화에 대해 언급하긴 하되 답변의 방향을 애초에 기획한 대로 고려인의 정체성 쪽으로 유도할 생각이었다.

우리는 가로수가 초록빛으로 물든 어느 날 정동길의 한 카페에서 다시 만났다.

그날 올렉산드르의 표정은 무척 밝았는데 다름이 아니라 얼마 전 나탈리야가 아이를 가졌다는 것이다. 그러면서 얼마 전에 키이우에 다녀왔다고 했다. 올렉산드르는 커피를 한 모금 마시고 태아의 초음파 사진을 보여주었다. 다가오는 9월이면 아빠가 될 거라며 연신 달뜬 표정이었다.

생각해 둔 아이의 이름은 있어요?

나는 올렉산드르에게 물었다.

올렉산드르는 손가락으로 눈썹을 긁적이며 아직 없다고 대답했다.

덕분에 나는 삼촌이 되겠네요?

올렉산드르는 무슨 뜻인지 모르겠다며 고개를 갸웃거렸다. 나는 우리의 성이 같지 않느냐며 멋쩍게 웃었다. 그제야 이해한 듯 올렉산드르도 슬며시 입꼬리를 올렸다. 나는 본격적인 인터뷰에 앞서 녹음을 해도 되겠냐며 동의를 구했고, 이어서 우리 사이에 같은 민족이라는 동질 의식 같은 게 있지 않겠느냐고 운을 뗐다. 그런데 뜻밖에도 올렉산드르는 글쎄요, 하더니 커피를 한 모금 마시고 잔을 내려놓았다.

생김새만 보고서 내면까지 그렇다고 말할 순 없을 것 같아요. 한국어를 알아듣고 말할 수 있다고 해서 누구나 한국인이 되는 건 아니잖아요.

예상과 다른 답변에 나는 조금은 당황스러웠다. 물론 틀린 얘기는 아니었다. 우리 사이에는 서로가 살았던 환경에서 비롯된 정서적 격차가 분명 상존했다. 가령 올렉산드르는 내가 가볍게 건넨 농담에 대체로 공감하지 못했다. 물론 취향이나 성격의 차이 때문일 수도 있지만 서로 다른 문화적 차이 또한 간과할 수는 없었고.

문제는 내가 듣고 싶은 이야기가 그게 아니라는 점이었다. 때문에 나는 어떻게든 내가 의도한 취재 방향으로 올렉산드르를 유인하려고 했다. 하지만 생각만큼 순조롭게 흘러가지 않았다. 예를 들어 우크라이나 학생들에게 한국어를 가르치고 싶은 이유가 뭐냐고 물었더니 케이팝이나 한류드라마가 우크라이나에서도 꽤 인기가 많은 탓에 무엇보다 경제적인 선택이었다며 기대와 다른 대답을 내놓았다. 고려인으로서 겪었던 정체성의 혼란은 없었느냐는 질문에도 마찬가지였다.

딱히 없는 것 같아요. 일차적으로 신분증이나 여권에 적힌 내 이름과 국적이 나를 증명해 주잖아요. 물론 그보다 더 중요한 게 있긴 하죠.

그게 뭔가요?

행동이요. 그건 몸에 배지 않으면 드러나지 않는 거니까요.

조금 더 구체적으로 설명해 줄 수 있을까요?

무엇을 해야 하나 고민했던 적이 있었어요.

아니나 다를까 올렉산드르는 유로마이단 때 얘기를 꺼냈다.

언제 어디서든 그림을 그릴 때 비로소 살아 있는 느낌이 들었어요. 그래서 스프레이 래커를 들고 무작정 거리로 나갔죠. 그곳에 내 친구들과 이웃이 있었거든요.

당연한 얘기지만 올렉산드르는 그의 조부모나 부모 세대와는 가치관을 비롯해 모든 면에서 확연한 차이가 있었다. 하지만 예나 지금이나 고려인의 입지는 일부를 제외하고 역사의 틈바구니에 낀 신세였다. 거기에 대해 올렉산드르의 생각을 묻자 맞는 말이에요, 그러고선 생각에 잠긴 듯 손가락으로 턱을 문지르곤 덧붙였다.

부모님은 제가 어려서부터 곧잘 그러셨어요. 우리는 어느 편도 들어서는 안 된다고 말이죠. 하지만 쉬운 문제가 아니에요. 누나만 하더라도 러시아 편을 들거든요. 물론 매형이 러시아 출신이라서 그럴 수도 있어요. 그렇지만 더 큰 문제는 텔레비전 뉴스에요. 누나는 러시아 방송이 아니면 보질 않거든요. 그런데 그 반대편이라고 해서 다르진 않아요. 우크라이나 사람은 우크라이나 뉴스만 보니까요. 사실 부모님 얘기가 틀린 건 아니죠.

올렉산드르 부모의 말처럼 조심해서 나쁠 건 없었다. 수많은 소수 민족 중 하나인 그들이 자칫 정치적 분쟁에 휘말리기라도 한다면 더 큰 희생을 치를 수 있을 테니까. 올렉산드르는 미지근해진 커피로 목을 축이고 얘기를 이어 나갔다.

다행인지 불행인지 우리는 부모로부터 시대를 물려받진 못했어요. 그래서 어느 한쪽을 선택해야 할 때가 되면 어쩔 수 없겠죠. 부모님이 그랬던 것처럼 제게도 지켜야 할 사람이 있으니까요.

학창 시절부터 서울 생활까지 이야기를 듣다 보니 쓸거리는 어느 정도 확보된 듯했다. 그제야 나는 면피용으로 벽화에 대한 질문을 건넸다.

조금 벗어난 질문일 수도 있는데, 벽화의 소재로 문을 채택한 이유를 들을 수 있을까요?

그건 하나의 상징이에요, 연대의 표상이랄까, 문 너머에는 언제나 다른 세계가 마련되어 있죠, 사람들에게 새로운 출구가 있다는 희망을 보여주고 싶었거든요……, 올렉산드르의 입에서 그와 같은 상투적인 답변이 나오지 않을까 내심 걱정하지 않을 수 없었다. 그렇다고 해도 나는 편집장의 요구에 맞게 적당히 편집할 계획이었다.

그런데 올렉산드르는 이런 얘기는 기사로 내보내기엔 적합하지 않을 것 같다며 아랫입술을 잘근 씹었다. 괜찮다고 하자 올렉산드르는 음, 가느다란 신음을 내뱉고선 카페의 유리문 너머를 물끄러미 바라보더니 입을 열었다.

전략이었어요.

나는 뒤통수를 한 대 얻어맞은 듯했다. 미술에 식견이 없던 나로서는 그게 회화적 전략을 말하는 건지 아니면 다른 걸 의미하는지 이해할 수 없었다. 그런데 올렉산드르가 벽화에 대해 꺼낸 얘기는 그뿐만이 아니었다.

잘 찾아보면 서울 어딘가에도 있을걸요. 키이우를 오가려면 그 편이 더 빠르기도 하고요.

올렉산드르는 아리송한 미소를 지었다.

그때 내 표정은 어땠을까? 올렉산드르와 내가 서로 유머 코드가 맞지 않다는 건 확실했다. 내 머릿속에선 어느덧 그 이야기에 빗금을 긋고 있었다. 대신 올렉산드르로부터 받은 작업 사진 일부를 지면에 채워 넣을 심산이었다.

나는 얼기설기 질문을 건네다가 서둘러 인터뷰를 갈무리했다. 들어야 할 이야기는 이미 충분히 들은 것 같았다. 올렉산드르는 인터뷰 말미에 휴대폰을 꺼내 다시 한번 나탈리야와 태아의 사진을 보았다. 그의 입가엔 미소가 만연했다.

원고를 검토하던 편집장은 몇몇 문장에 손을 댔지만 그럭저럭 흡족해하는 듯했다. 독자의 반응도 썩 나쁘진 않았다. 잡지가 발간되자 몇몇 독자로부터 올렉산드르의 후속 기사를 써달라는 메일을 받기도 했다. 나는 때가 되면 다시 취재를 하겠다고 답장을 보냈다. 하지만 정작 올렉산드르를 다시 만난 건 반년이 더 지나고 나서였다. 물론 취재를 위한 만남은 아니었다.

원래 올렉산드르는 이듬해 여름에 학위를 취득해 키이우로 돌아갈 계획이었다. 하지만 크리스마스를 앞두고, 돌연 학업을 중단하기로 결정한 것이다. 하연과 나는 광화문 인근 카페에서 올렉산드르와 작별 인사를 하기 위해 짧은 만남을 가졌다. 그 무렵 러시아 병력이 국경 근처에 집결해 있다는 뉴스를 봤지만 설마 무슨 일이 벌어질까 싶었다.

별일 없을 거예요.

나는 얼굴을 쓸어내리는 올렉산드르의 깡마른 손을 보며 말했다.

그래야겠죠.

올렉산드르의 목소리는 푸석푸석했다.

아기가 많이 보고 싶었을 텐데 이제 곧 만나겠네요.

하연이 화제를 돌렸다. 그러자 올렉산드르는 우리에게 사진을 보여줬다. 하연과 나는 동시에 짧은 감탄사를 내뱉었다. 무슨 꿈이라도 꾸는 건지 아기는 빙그레 미소를 머금은 채 잠자고 있었다.

새록새록 잠든 아기를 보고 있으면 아무런 일도 생길 것 같지 않아요.

올렉산드르는 사진을 보며 말했다.

그럴 거예요. 우리 조만간 다시 만나요.

창 너머 광장엔 찬바람이 마른 낙엽을 어지러이 몰고 다녔다. 나는 무연히 하늘을 올려다보았다. 구름이 물살 치듯 지나가고 있었다. 아기는 어떤 시대를 물려받게 될까. 문득 그런 생각이 들었다. 하루빨리 따듯한 봄이 왔으면 싶었다.

올렉산드르가 키이우로 돌아간 후 우리는 이따금 영상 통화로 서로의 안부를 묻곤 했다. 어느 일요일 아침에는 창밖 풍경을 보여주기도 했는데, 공원 벤치에 앉아 꾸벅꾸벅 졸고 있는 노인과 강아지와 함께 뛰어다니고 있는 어린아이의 모습이 보였고, 어디선가 어렴풋이 새들이 지저귀는 소리도 들렸다.

 그렇지만 우리는 머지않아 암담한 심정으로 뉴스를 볼 수밖에 없었다. 먹구름이 짙게 드리운 그 도시의 풍경이 왠지 비현실적으로 보였다. 바리케이드를 설치하는 시민들 사이에서 낯익은 얼굴이 스쳤다. 그는 양손에 스프레이 래커를 들고 거리를 분주히 뛰어다니고 있었다. 스쳐 지나간 또 다른 화면에서는 싱크홀처럼 거대한 검은 구덩이가 파여 있었는데 그 주변에서 올렉산드르의 시그니처를 언뜻 본 것 같기도 했다. 하지만 시간이 갈수록 그곳 소식을 보고 있는 게 점점 힘이 들었다. 그동안 내가 보고 싶었던 것만 보아왔다는 걸 비로소 알게 되었다.

 담장을 따라 늘어선 개나리 꽃망울을 보는 것만으로도 포근했던 그날, 나는 이태원에서 한 이주노동자를 만나 취재를 한 후 올렉산드르를 처음 만났던 보광동 쪽으로 발걸음을 옮겼다. 공교롭게도 그는 나와 가는 방향이 같았는데 고향 생각이 날 때마다 찾는 곳이 있다며 인사를 건네더니 앞서갔다. 두어 차례 모퉁이를 돌 때까지 보였던 그의 뒷모습은 내가 펜스 근처에 채 다다르기 전에 감쪽같이 사라져 버렸다.

 녹슨 펜스엔 처음 봤을 때와 달리 방독면을 쓴 바나나에 까만 얼룩이 덕지덕지 묻어 있었다. 그런데 올렉산드르는 왜 거기에 시그니처만 그려 놓은 걸까. 나는 천천히 발걸음을 옮겨가며 듬성듬성 녹이 슨 펜스를 유심히 들여다보았다.

 놀랍게도 녹슨 자국 역시 래커를 뿌려 그린 그림이었다. 나는 펜스에 손을 댄 채 키 작은 집 쪽으로 천천히 걸었다. 이윽고 쪽문 앞에 이르렀을 때 나는 뭔가 단단히 잘못됐다는 걸 알아차렸다. 그러니까 그 전부가 하나의 벽화였던 것이다.

그렇다면 그 노인과 몰티즈는 도대체 어떻게 된 걸까. 나는 노인의 사라졌던 쪽문을 조심스럽게 두드려 보았다. 텅 빈 금속성 소리가 울렸다. 내가 잘못 본 건 노인과 몰티즈인가 아니면 내 앞의 벽화인가, 혼란스러웠다.

나는 조심스레 쪽문을 슬쩍 밀어 보았다. 문틈 사이로 불어든 날카로운 눈바람이 얼굴을 때렸다. 나도 모르게 질끈 눈을 감았다. 봄의 정반대 계절은 바로 지나온 계절이었다.

| 작가의 말 |

조금 다른 얘기이긴 한데 칠레 아타카마 사막에는 세계 각지에서 버려진 옷들이 산을 이루고 있다. 푸석푸석한 그 황무지엔 내 동생이 결혼식 때 입었던 웨딩드레스와 당신이 첫 출근을 위해 장만한 슈트와 무르팍이 늘어진 내 추리닝까지 어지러이 뒤섞여 있을지도 모른다.

그 옷들이 어떠한 경로로 거기까지 이르렀는지 모르겠지만 우리가 머무르고 있는 이 행성이 그다지 크지 않다는 사실만큼은 자명하다. 코로나바이러스가 자기도 좀 살아보겠다며 우리 행성 구석구석을 누비고 다니는 것만 봐도 그렇지 않은가. 심지어 재작년에 내가 먹고 버린 빵 봉지가 얼마 전 남극의 로스해 인근에서 태어나 갓 걸음마를 배우기 시작한 아기 펭귄의 창창한 앞길을 가로막을 수도 있다.

우리는 어떻게든 얼기설기 엉켜 있다. 혹 누군가 왜 여기에서 '그' 이야기를 하느냐고 물을지도 몰라서 하는 얘기다.

도재경
2018년 세계일보 신춘문예에 당선되어 작품활동을 시작했다. 2020년 소설집 『별 게 아니라고 말해줘요』를 펴냈다. 심훈문학상, 허균문학작가상을 받았다.

여분의 사랑

―

박유경

―

다희가 우주에게 우리 헤어졌어, 말하면 우주는 만나서 얘기하자고 했다. 코로나바이러스가 본격적으로 퍼지기 시작할 때 우주는 우즈베키스탄 플랜트 공사 현장으로 나갔다. 우즈베키스탄은 도시 간 이동 금지와 출입국 금지 조치를 강하게 시행했고, 우주는 현장에 격리된 것과 같은 상태로 일 년 넘게 휴가를 나오지 못했다. 우주에게 페이스톡이 와서 받았더니 화면이 연결되지 않고 목소리만 들렸다.
"들려?"
"끊겨서 잘 안 들려."
"휴가야. 우리 여행 가자."
다희는 대답하지 않고 연결이 안 되는 척했다.
"자꾸 끊기네. 뭐라고?"
우주가 목소리를 높여 말했다. 드디어 한국에 갈 수 있게 되었다고, 좋은 데로 가자고 했다.

"안 들리네. 들어가야 돼. 나중에 전화해."

민원인이 드물게 찾아오는 시간이었지만 다희는 정말로 바쁜 일이라도 있는 양 서둘러 자리에 앉았다. 우주가 온다는 게 믿기지 않았다. 비행기 편까지 나왔던 휴가가 지금껏 번번이 취소되면서 공사가 끝나기 전엔 못 오겠구나 하고 반쯤 마음을 놓고 있었다. 현장 숙소의 인터넷 연결 상태가 불안정해 전화가 와도 세 번에 한 번은 연결이 되지 않았다.

들려?

아니, 안 들려.

이와 같은 말만 반복했지만 그럼에도 우주는 끈기 있게 연락했다. 다희가 전화를 받지 않으면 죽고 싶다고 톡을 보냈다. 매주 코로나 검사를 받고, 하루 쉬고 주 6일을 새벽부터 밤늦도록 일하는 현장 상황을 알았기에 나쁜 마음을 먹을까 봐 다희는 우주를 매몰차게 대할 수 없었다.

우주는 전화를 끊고 나면 고맙다고 메시지를 보냈다. 내 사랑 목소리 들으니까 힘이 난다, 뒤엔 라이언 이모티콘이 나타나 바구니 가득 하트를 담아 뿌리거나 빙글빙글 돌며 춤을 췄다. 우주의 내 사랑이었던 게 좋았던 다희는 지나간 시간 속에 있고, 지금의 다희는 같은 말이 그토록 서늘하게 들리는 게 어리둥절할 뿐이었다.

다희의 바람과는 달리 이번에는 비행기 편이 취소되지 않았고, 우주는 이동의 한 단계를 거칠 때마다 다희에게 메시지를 보냈다.

　-현장에서 타슈켄트 공항으로 왔어.
　-인천공항이야.
　-부산 집에 도착했어.

　2주의 자가 격리 기간 동안에는 전화를 피할 구실이 없어 멀리 거실에 있는 우주의 엄마와 인사까지 나누었다.
　우주는 음성 판정이 나오자마자 차를 렌트해 출발했다. 우주가 휴게소에 들를 때마다 뭘 먹었는지 찍어서 보낸 사진을 확인하며 다희는 여행을 가지 않고 우주를 보자마자 헤어지자고 하는 경우와 우주가 원하는 여행에 동행한 뒤 헤어지자고 설득하는 경우를 고민했다.
　어느 쪽이든 끝이 나쁠 게 뻔했고 하고 싶지 않은 경험이었다. 헤어지는 과정을 거치지 않고 헤어질 수 있으면 좋겠다고, 가볍게 끝이라고 말하면 끝나는 사이가 좋았을 거라고 우주에게 말하고 싶었다. 우주를 보고 나면 하지 못할 말이었기에 입술을 씹었다.

　집 앞에 왔다는 우주의 전화를 받고 원룸 건물 1층으로 내려갔다. 지금껏 알았던 우주 중 가장 야윈 우주가 다희를 가볍게 끌어안으며 말했다.
　"보고 싶었어."

다희는 코가 시큰해져 고개를 숙이고 우주를 밀어냈다.

"어디로 가?"

"잠깐 기다려봐."

우주가 뒷좌석에 다희의 짐을 싣고 보냉 가방을 꺼냈다. 먼저 냉장고에 넣고 오라고 했다. 방으로 들어가 보냉 가방을 열자 반찬통마다 '깻잎', '파김치', '묵은 김치'라고 쓴 포스트잇이 붙어 있었다. 우주가 현장으로 나가기 전, 집에 갔다 올 때마다 들고 왔던 반찬이었다.

우주와 다희는 일 년 정도 같이 살았다. 우주가 화장실 청소를 하지 않아서 자주 싸웠고, 혼자 있고 싶을 때 혼자 있을 공간이 없어 다희는 숨이 막힐 때가 많았다. 그때로부터 일 년 반이 흘렀다. 우주가 언제 한국으로 돌아올지 누구도 알 수 없는데 우주와 우주의 엄마는 시간이 흐르지 않은 것처럼 굴고 있었다. 완전히 다른 시간 감각에 다희는 도무지 적응이 되지 않았다.

반찬통을 열자 생선 삭은 냄새에 어지럼증이 몰려와 순식간에 눈앞이 까매졌다. 음식물 쓰레기 봉지를 꺼내 반찬을 전부 부었다. 봉지를 묶어서 냉동실에 넣고 손에 묻은 고춧가루를 씻었다.

건물 밖으로 나가자마자 우주가 수줍은 듯 고개를 숙이더니 차 트렁크 문을 열었다. 다희는 긴장한 채 트렁크 안을 들여다봤다. 천으로 된 이동 가방이 트렁크 안에 있었다. 낑낑거리는 작은 소리가 들렸다. 우주가 지퍼를 열고 주먹만 한 강아지를 손에 들었다.

"몰티즈야. 이름은 일단 우리라고 지었어."

"이게 무슨……."

다희가 말을 끝맺지 못하고 강아지와 우주를 번갈아 보았다. 우주는 아랑곳하지 않고 하얀 털이 보송하게 자란 강아지의 머리를 손가락으로 쓸었다.

"설마 트렁크에 실어 온 거야?"

"너 내려오기 전에 잠깐 있었어. 진이 이모 기억나? 석호 형이라고, 명동성당에서 결혼식 해서 같이 갔잖아."

한복을 입고 있던 우주의 엄마가 생각났다. 인사만 하고 우주와 성당을 나와 칼국수를 먹었다. 칼국수에 곁들여 나온 겉절이의 마늘 향이 입에 오래 맴돌았다. 우주 엄마가 남산타워에 가보고 싶다고 해서 택시를 타고 남산으로 가서 우주 엄마를 다시 만났다. 다희는 마늘 냄새가 날까 봐 같이 있는 동안 자주 손으로 입을 가렸다. 우주 엄마는 그런 다희가 귀여웠다고, 며칠 뒤 우주를 통해 얘기했다.

"진이 이모네 강아지가 새끼를 두 마리 낳았는데 더 작은 애로 데리고 왔어. 키우고 싶으면 키워. 아니면 내가 데려가고."

"어디로? 우즈베키스탄으로?"

우주가 눈살을 찌푸렸다.

"아니, 다시 엄마한테. 거긴 여우가 돌아다녀. 밤이 되면 컨테이너 앞으로 몇 마리가 모여드는지 모르겠어. 생각도 하기 싫다."

우주가 진짜 싫다는 표정을 지었다. 우주가 있다는 우즈베키스탄의 누쿠스를 찾아보면 초록색이 보이지 않는 황량한 사막 지대의 사진이 떴다. 시차가 여덟 시간밖에 나지 않는 북쪽 어딘가에 그토록 메마른 땅이 있다는 게 실감이 나지 않았다. 호수의 물이 말라 어딜 가나 모래만 보인다고 했다.

우주는 그곳에 세워진 간이 컨테이너 안에서 생활했다. 사무실도 컨테이너, 식당도 컨테이너였다. 우주가 무슨 일을 하는지 여러 번 들어도 머릿속에 잘 그려지지 않았다. 식당에 파견된 조선족 아주머니의 반찬은 너무 짜서 종종 모래가 씹히는 맨밥만 먹는다고 했다. 베트남 커피 G7을 마시고 일요일 아침엔 특식으로 라면이 나오는 것 외에 우주는 그곳 얘기를 되도록 하지 않았다.

차 안에서 손소독제 냄새가 났다. 우주는 운전석에 앉자마자 소독제를 들어 다희의 손에 짜주고 자기 손을 소독했다. 강아지는 다희의 다리 위에 자리를 잡고 누웠다. 솜뭉치처럼 작은 몸으로 쌕쌕 숨을 쉬는 게 신기해 다희는 강아지에게서 눈을 떼지 못했다. 우주가 물었다.

"수영복 챙겼지?"

"래시가드. 리조트 같은 데로 가?"

"아니, 수영장 있는 독채야. 운이 좋았어. 혹시라도 코로나 걸려 가면 현장 난리 나거든. 리조트나 호텔은 안 되겠고 독채가 좋은데 전부 예약 마감이잖아. 새로 고침 계속하다가 신규 숙소로 등록되자마자 잡은 거야."

우주는 흥이 올라서 고개를 여러 번 까딱거렸다. 내비게이션에 주소를 찍는 걸 보고 다희는 여주로 간다는 걸 알았다.

"여주? 여주에 뭐가 있지?"

"글쎄, 도자기? 한정식? 어디 가지 말고 숙소에만 있자. 알겠지?"

다희는 대꾸를 하지 않고 강아지를 살폈다. 이빨이 두 개밖에 없는 입, 분홍색 발바닥, 동그랗고 까만 눈, 흠 하나 없이 까맣게 빛나는 코. 같은 종이라도 강아지마다 얼굴이 다른데 다희가 지극히 사랑한 솜이가 살아 돌아온 것처럼 생김새가 똑같았다. 목을 간질여 주니 배를 보이고 눕는 것이나, 처음 보는 사람을 경계하지 않고 친근하게 구는 모습까지 비슷했다.

우주는 만족스러운 표정으로 노래를 자꾸 바꿔 틀었다. 처음 들어보는 신곡들 사이에서 「월량대표아적심」이 흘러나왔다. 우주가 가사를 따라 불렀다. '내 마음은 진짜예요, 내 사랑도 진짜예요' 다음의 '위에량 따이비아오 워더 신'의 '저 달빛이 내 마음을 보여줘요' 부분은 등려군처럼 목소리를 나직하게 떨었다.

여주로 들어서자 군데군데 도자기 체험장을 안내하는 표지판이 보였다. 논과 산 사이의 좁은 길을 따라 들어갔다. 포장되지 않은 시골길이 지루하게 이어진 다음에야 전원주택 단지가 보였다. 아래쪽의 평지에는 논이 펼쳐져 있었고 나지막한 산등성이에 서로 다른 모양의 주택이 10여 채 모여 있었다. 한 집 건너 한 집이 마감을 하고 있거나 이제 막 골조가 세워진 상태였다. 우주가 빌린 집은 가장 위쪽에 있어 바로 뒤가 산이었다. 나지막한 울타리 너머 잘 관리된 넓은 잔디밭이 보였다. 우주가 대문 앞에 차를 대고 벨을 눌렀다. 곧장 "나갈게요" 하는 목소리가 들렸다.

"주인이 있는 집이야?"

다희가 묻자 우주가 대수롭지 않은 일이라는 듯 대꾸했다.

"1층에 산대. 바비큐 준비를 해준다더라고."

우주의 말이 채 끝나기 전에 둥그스름하게 모양이 잡힌 린넨 재질의 바지에 같은 소재로 된 상의를 입고 넓은 챙이 달린 모자를 쓴 여자 주인이 밖으로 나와 대문을 열었다. 다희는 엉겁결에 고개를 숙여 인사했다. 주인이 다희의 품에 안겨 있는 강아지를 내려다보더니 혼잣말로 중얼거렸다.

"진짜 개를 데리고 왔네."

"거의 잠만 잡니다. 말씀드린 것처럼 깨끗이 쓰겠습니다."

우주가 싹싹하게 말하자 주인이 눈살을 찌푸린 채 물었다.

"이빨은요?"

"네? 이빨이…… 이빨이 났었나?"

우주가 강아지 입을 억지로 벌리려고 하자 다희가 얼른 대꾸했다.

"두 개 났어요."

강아지가 고개를 들어 잠깐 주위를 둘러본 뒤 다희의 품에 머리를 비비고 하품을 했다. 주인은 그제야 앞장서서 2층 문을 열어준 뒤 별다른 말 없이 1층에 쌍둥이처럼 달려 있는 문으로 들어갔다.

마당 안으로 들어서자 비료 냄새인지 가축 우리 냄새인지 어디선가 희미하게 코를 찌르는 악취가 났다. 마당 한편에 작은 밭이 있었다. 개를 기르거나 마당 냥이를 돌보는 것 같지는 않았다. 다희는 우주에게 냄새에 대해서 얘기하려다가 말을 삼켰다. 우주는 채팅으로 물어봤을 때는 개를 데려와도 된다고 해놓고 이제 와서 왜 저러느냐고 투덜거렸다.

2층 현관으로 들어가자마자 1층과 2층 사이의 내부 계단에 달려 있는 커튼이 눈에 띄었다. 계단 위 커다란 창으로 햇살이 쏟아져 들어오며 커튼을 비췄다. 홑겹의 흰색 커튼이 바람이 불 때마다 흩날리며 목조 계단에 그림자를 만들었다. 안이 이어져 있는데 밖에 문을 따로 만든 게 웃기지 않은 농담 같았다.

집 안 어딘가에서 같은 냄새가 맴돌아 다희는 강아지를 안고 한참을 현관에 우두커니 서 있었다. 우주가 빨리 들어오라고 재촉했다. 계단을 한 번 더 올라가고 난 뒤에야 2층 거실이 나왔는데, 층고가 높고 곳곳에 창문이 크게 나 있어 밝고 시원했다. 세심히 고른 듯한 패브릭 소파와 벽걸이로 걸려 있는 텔레비전, 짙은 고동색의 6인용 식탁까지 모두 새것 같아 보였다.

"우리가 첫 손님인가 봐."

우주가 창밖을 보며 한껏 찌푸렸던 표정을 풀었다. 소파에 앉으니 초록 잔디가 깔린 마당과 주택가 아래로 펼쳐진 초록색 논이 보였다. 눈이 편안해지는 풍경이었지만 다희는 어쩐지 허락받지 않은 집에 몰래 들어와 있는 것처럼 불편했다. 마당에 그늘 한 점 없이 뜨거운 햇빛이 내리쬐는 것도, 불쾌한 냄새가 계속 코끝을 맴도는 것도 참기 어려웠다.

우주는 창밖을 보고 서 있다가 차에 가서 아이스박스를 들고 왔다. 고기와 상추, 소시지, 떡 등 바비큐 할 음식을 냉장고에 옮겨놓은 다음 펌프와 튜브를 꺼냈다.

"수영부터 하자."

"수영하기엔 날이 너무 뜨겁지 않아?"

"수영복 챙겨 왔잖아?"

우주는 다희의 말을 더 듣지 않고 펌프를 발로 밟아 튜브에 바람을 넣기 시작했다. 유니콘 모양의 거대한 튜브였다. 삑- 삑- 소리가 요란하게 났다. 튜브에 바람이 하나도 들어가지 않았다. 예상치 못한 상황에 당황한 우주의 얼굴이 달아올랐다. 튜브를 들어 훑듯이 살피고 난 우주가 펌프의 호스에 미세한 구멍이 나 있는 걸 찾아냈다.

"뭐야, 불량이야. 왜 불량을 팔아?"

우주의 숨소리가 거칠어졌다. 다희가 강아지를 품에 안은 채로 엉거주춤 일어났다. 다희는 호스를 돌려 보다가 마감이 조악한 플라스틱에 손가락을 찔렸다. 우주는 스피커폰으로 고객센터에 전화를 걸었다. 통화 연결음이 영원히 계속될 것처럼 이어졌고 다희는 한동안 잊고 있었던 토할 듯 사나운 감정이 치솟아 배가 아팠다. 그럴 때면 우주에게 나쁜 일이 벌어지는 상상을 했다. 우주가 탄 비행기가 추락하는 모습을 머릿속에 그리고 나서야 다희는 입을 열었다.

"주말이잖아. 안 받겠지."

"그러니까 주말에는 왜 안 하느냐고!"

우주가 기다렸다는 듯 소리를 질렀다. 강아지가 다희의 품을 파고 들며 몸을 떨었다.

"제발 그만하고 나가자."

"아니, 기다려 봐."

우주는 입으로 튜브를 불기 시작했다. 튜브는 좀처럼 부풀어 오르지 않았다. 우주는 한쪽에 자리를 잡고 앉아 튜브와 싸우듯이 막무가내로 애를 썼다. 다희는 우주를 지켜보고 있기가 힘들었다. 다희가 반했던 스물둘의 우주는 이젠 완전히 없었다.

다희는 중국 하얼빈의 대학에 교환학생으로 있을 때 우주를 만났다. 외국 학생은 의무적으로 들어야 하는 중국어 수업에서 우주는 파키스탄에서 온 알리의 옆에 앉는 학생이었다. 한국 학생들이 알리를 두고 테러리스트라고 부르며 피해도 우주는 아랑곳하지 않았다. 군대를 갔다 온 남학생들이 우주에게 군대는 언제 갈 거냐고, 군대를 안 갔다 와서 겁이 없다고 비아냥거렸지만 우주는 그저 웃고 말았다.

여름이 되자 노상에 있는 식당에서 양꼬치와 하얼빈 맥주를 마시며 저녁 시간을 보내는 학생이 늘어났다. 중국 학생들은 기숙사에 통금 시간이 있었기 때문에 늦도록 떠들며 술을 마시는 무리는 대체로 한국인들이었다. 식당 위층에 사는 사람들이 험악한 말을 내질렀고, 그래도 새벽까지 술을 마셔대자 누군가가 아래로 유리병을 던졌다. 양꼬치를 먹고 있던 한국 학생의 발 옆에 유리병이 떨어져 산산조각 났다.

한국 학생들 사이에 소문이 퍼져 모두 그곳에 더 이상 가지 않을 때, 우주가 혼자 노상에 앉아 양꼬치를 먹고 있었다. 다희는 슈퍼에 갔다가 기숙사로 들어가는 길이었고 우주가 유리병 사건을 모르는가 보다, 어쩌지 망설이다가 말을 걸었다.

"여기 위험해. 위에서 유리병을 던져서 머리에 맞을 뻔했대."

우주가 슬며시 웃으며 대꾸했다.

"알아."

"아는데 왜 여기서 술을 마셔?"

"시끄럽게 안 하면 돼. 이 식당 양꼬치가 진짜거든. 먹어볼래?"

우주가 조용히 손을 들어 점원을 불렀다. 그러곤 점원의 귀에 대고 작은 목소리로 속삭이며 양꼬치와 맥주를 추가로 주문했다. 다희는 건물 위를 흘끔거리며 우주가 따라준 맥주를 마셨다. 양꼬치를 먹어본 다희는 저도 모르게 감탄했다.

"맛있다!"

우주가 괜찮지? 하고 웃으며 또 손만 들어 점원을 불렀다. 점원이 우주에게 귀를 가까이 대는 모습이 재미있어 다희는 숨죽여 웃었다. 그 후로 종종 우주와 다희는 노상에서 양꼬치를 먹었다. 여름의 하얼빈은 백야로 자정이 지나도 대낮처럼 밝았다. 고도가 높은 곳의 하늘은 조금 더 멀리 있어, 앉아 있든 서 있든 밖에서라면 가슴이 탁 트였다.

다희는 우주와 자주 숨죽여 웃었고 가끔 누구에게도 하지 못했던 이야기를 했다. 둘 다 외동이라거나 부모님이 이혼했다거나 하는 공통점을 알고 나서는 피할 수 없이 가까워졌다. 말을 하지 않고 각자 휴대전화를 보다가 하늘을 보다가 누군가 유리병을 던졌다는 건물 위층을 올려다보기도 했다. 한국에 돌아오자 그 시간이 많이 그리웠고, 우주와 사귀게 된 것도 그때를 잊지 못해서일 거라고 다희는 종종 생각했다.

우주가 먼저 한국으로 갔고 다희는 한 학기 더 하얼빈에 머물렀다. 육군으로 입대한 우주가 하얼빈으로 편지를 보냈다. 생활관에서는 작은 소리에도 잠을 깨게 된다고, 밤새 뒤척이다 겨우 눈을 붙이면 일어날 시간이고, 한 명이 제때 일어나지 못하면 다 같이 얼차려를 받는데 일어날 시간에 일어나지 못할까 봐 잠을 자지 못하고, 잠을 제대로 잔 날이 언제인지 기억나지 않는다고 했다.

우주가 춘빙과 꼬치에 끼워 팔던 파인애플이 먹고 싶다고 해서 다희는 춘빙을 먹으러 갔다. 우주가 좋아했던, 기름에 튀긴 밀전병에 돼지고기볶음과 새콤하게 양념한 채소를 싼 춘빙을 먹은 뒤 맛이 어땠는지 편지에 썼다. 날이 추워져 파인애플 꼬치는 구할 수 없었고 대신 탕후루를 먹었다. 다희의 답장 이후 우주는 제대할 때까지 연락을 하지 않았다. 군인이었던 티가 나지 않을 만큼 머리가 자란 뒤에야 다희에게 문득 전화를 걸어 그동안 잘 지냈는지 물었다.

유니콘의 둥근 몸체 부분이 조금 부풀어 올랐다. 다희의 품에 있던 강아지가 내려오고 싶어 몸을 틀었다. 바닥에 내려주자 우주의 주위를 맴돌며 꼬리를 흔들었다. 강아지가 튜브에 몸을 비비다가 튜브를 물자 우주가 가쁜 숨을 몰아쉬며 강아지를 발로 밀었다. 강아지는 힘없이 나뒹굴었다가 곧바로 일어나 우주에게 덤벼들었다. 다희가 얼른 강아지를 품에 안았다.

"먼저 내려가 있을게."

우주는 튜브에서 입을 떼지 않고 가라고 손짓했다. 좁고 긴 수영장이 뒤뜰에 있었다. 소독약 냄새가 나는 물엔 날벌레가 떠다녔다. 수영장에는 그늘이 져 있었지만 공기가 뜨거워 금세 온몸에 땀이 맺혔다. 오래된 배설물에서 나는 악취가 더 강하게 느껴졌다.

다희는 산 쪽을 쳐다보다가 강아지를 품에 안은 채로 수영장 가장자리에 걸터앉아 물에 발을 담갔다. 타일에 물이끼가 껴 있었다. 미적지근하고 미끈거리는 물에서 수영을 하니 더위를 먹더라도 밖에 있는 게 나을 것 같았다. 그때 주인이 찐 옥수수 두 개를 채반에 들고 왔다. 채반을 받을 손이 없어 허둥거리자 다희가 앉아 있는 자리 옆에 채반을 놓으며 주인이 말했다.

"이 집 양반 가고 나서 손님 안 받는데 우리 애들이 멋대로 등록했어요. 호스트인가 뭔가 무슨 말인지 모르겠지만 어쨌든 이렇게 된 거 쉬었다 가세요."

"아까 말씀해 주셨으면 좋았을 텐데……."

"두 사람 오기 삼십 분 전에 바비큐 숯 주면서 손님이 올 거라고 하잖아. 이미 오고 있는 사람들을 어떻게 가라고 하겠어요. 자꾸 손님 받으라고 해서 몇 번이나 싫다고 했거든. 집을 치우라는데 내 집을 가지고 왜 그러는지 모르겠어."

주인은 다희 옆에 무릎을 굽히고 앉아 강아지를 물끄러미 바라봤다.

"몇 개월 됐어요?"

"잘 모르겠어요. 두 달 정도?"

"물겠죠?"

주인이 강아지 입 앞으로 손가락을 내밀었다. 강아지가 물려고 하자 얼른 손을 움츠리고 주먹을 쥐었다. 처음 문을 열어줄 때보다 한결 표정이 부드러워졌지만 개를 좋아하지 않는 것 같아 다희는 주인 여자의 관심이 탐탁지 않았다.

"떠돌아다니는 개들이 불쌍한데 무섭기도 해요. 저 산에 주인 없는 개가 많아요. 한번 안아볼까?"

다희가 뭐라 대꾸하기 전에 주인 여자가 강아지를 들어 올렸다. 몸통을 붙잡고 공중으로 치켜들자 강아지가 애처롭게 울었다.

"그래, 내려와 봐. 얼마나 잘 뛰나 보자."

말릴 틈 없이 주인이 강아지를 내려놓았다. 강아지는 발이 땅에 닿자마자 잔디가 깔린 마당으로 뛰어갔다. 다희가 황급히 강아지를 뒤쫓아 갔다. 물이 마르지 않은 미끄러운 슬리퍼를 급하게 신다가 수영장 가장자리의 타일을 밟고 미끄러질 뻔했다. 햇빛이 내리꽂히는 뜨거운 마당에서 강아지는 멈춰 섰다 달아나며 다희의 손아귀에서 자꾸 빠져나갔다.

다희가 자리에 주저앉아 착하지, 이리 와, 하고 강아지를 불렀다. 강아지는 코를 킁킁거리며 잔디밭 가장자리에 있는 상추밭과 고추밭을 돌아다녔다. 주인은 뒤뜰의 그늘 아래에서 멀찍이 지켜보면서 아유, 저길 헤집으면 안 되는데, 했다.

다희는 고추밭 앞에 가서 허리를 숙이고 강아지를 잡으려고 애썼다. 밭을 밟지 않으려고 하다 보니 우스꽝스럽게 손을 허우적거리는 꼴이었다. 정수리가 뜨거웠고 래시가드는 땀으로 들러붙었다.

"뭐 해?"

우주가 흐물흐물한 유니콘 튜브를 팔에 끼고 뒤에 서 있었다. 눈살을 찌푸리고 있는 주인과 다희를 번갈아 보더니 강아지가 돌아다니고 있는 밭으로 갔다. 우주가 이리 오라고 사납게 말하자 겁에 질려 갈 데를 몰라 하던 강아지가 우주에게 붙잡혔다. 주인은 그제야 1층으로 들어갔다.

"잘 데리고 있었어야지."

우주가 강아지를 안은 채로 화를 냈다.

"그러니까 왜 말도 없이 데리고 와?"

"네가 키우고 싶어 했잖아."

"솜이 죽고 나서 다시는 못 키운다고 얘기했을걸?"

"아니, 다시 키워 봐야 돼."

다희는 숨이 막혔다. 애써 마음을 가라앉히고 말했다.

"헤어져."

"너 다른 사람 만나?"

"우주야, 제발······."

우주가 다희의 손목을 잡고 수영장 쪽으로 끌었다. 다희는 끌려가지 않으려고 버티다가 우주의 팔에 감겨 있는 강아지가 숨이 막혀 헐떡거리는 것을 보고 몸에 힘을 뺐다. 수영장에 이르자 우주가 튜브를 수영장에 던져 넣었다.

유니콘의 머리가 물에 잠기며 튜브가 비스듬하게 기울어졌다. 다희가 지지 않고 우주를 노려보자 우주는 팔을 치켜들었다가 화를 이기지 못하고 강아지를 튜브 위로 집어 던졌다. 튜브 위에서 한 바퀴 나뒹군 강아지가 안절부절못하고 돌아다니다 다희와 우주를 쳐다보며 울었다.

"북한 땅 구경한다고 압록강 간 적 있었잖아."

다희가 수영장 가운데로 떠내려가는 튜브에서 눈을 떼지 않고 말했다.

"강 건너에서 북한군이 나타나자마자 수호 오빠가 완전히 공포에 질려서 보트 바닥에 엎드렸어. 너랑 나랑 어리둥절해하면서 웃었지. 그때 오빠가 그랬어. 진짜 총이야. 웃지 마."

"수호 형이랑 연락하고 지내?"

"나는 다 큰 남자가 공황에 빠질 정도로 겁에 질린 걸 그때 처음 봤어. 진짜 총을 들고 있는 북한군보다 수호 오빠가 더 무서웠어. 쟤, 지금 겁에 질렸잖아."

구슬픈 울음소리를 내며 안절부절못하던 강아지가 튜브 가장자리로 기어오르더니 한순간 물로 뛰어들었다. 우주가 짧은 욕설을 내뱉고는 허우적거리는 강아지를 건졌다. 물에 젖어 분홍색 피부가 고스란히 보이는 강아지가 바들바들 떨며 다희에게 안겼다. 다희가 강아지를 품에 안고 일어서자 우주는 물에 젖은 머리를 쓸어 넘기며 대문 밖으로 나갔다.

"어디 가?"

거칠게 문을 닫는 소리가 났다. 다희는 2층으로 올라와서 드라이기를 꺼내 강아지의 털을 말렸다. 뜨거운 드라이기 바람을 맞으면서 강아지는 계속 몸을 떨었다. 사료를 한 줌 꺼내 물에 불려서 줬다.

샤워를 하는 동안 우주가 들어오는 소리가 났다. 서른한 살의 다희가 스물여섯이 될 수 없는 것처럼 우주도 그랬다. 다희는 래시가드의 물기를 몇 번이나 눌러 짜며 우주는 없다고 중얼거렸다. 엄마는 할머니와 아빠의 폭언에 메말라 버렸다. 메마른 사람이 사랑한다는 사람에게 주는 건 날카롭게 벼려진 가시로 찌르는 상처뿐이었다.

우주가 거실 바닥에 앉아 소주병을 늘어놓고 병째로 마시고 있었다. 다희가 가방을 들고 우주 앞에 섰다.

"갈게."

"저녁만 먹고 가."

"아니, 그만해."

"엄마가 삼계탕 끓여서 보냈어. 엄마는 우리 결혼하는 줄 아는데 다 버릴까, 그러면?"

우주가 현장으로 떠나기 전에 우주와 다희는 크게 다퉜다. 우주를 보러 온 우주 엄마 앞에서 싸운 기색을 감출 수 없었는데, 우주가 자리를 비운 사이 우주 엄마가 다희의 손을 잡고 말했다. 우주가 속 썩이면 헤어지라고, 우주 아빠하고 더 빨리 이혼하지 못하고 우주 중학교 때까지 같이 살았던 게 우주한테 내내 미안했다고. 그런 말을 듣고 나자 우주와 더 헤어질 수 없었다.

"너네 엄마가 언제든 헤어지라고 했어."

우주가 울컥한 목소리로 "알아" 하고 대꾸했다. 우주도 그러면 안 된다는 걸 알았다. 언제부턴가 화가 나면 다른 사람이 되어버리는 것 같다고 했다. 다희는 온화했던 우주를 알아서, 우주가 군대에서 힘든 시간을 보냈다는 걸 알아서 이해하려 애썼고 원래의 우주로 돌아올지 모른다고 기대하기도 했다.

우주는 소주 두 병을 비우고 소파 아래에 몸을 웅크리고 잠이 들었다. 차라리 다행이었다. 우주는 술에 취하면 별다른 주정 없이 잠을 자는 편이었다. 다희는 주인에게 불을 피워달라고 말하고, 녹아서 국물이 생기기 시작한 삼계탕을 전자레인지에 데웠다. 삼계탕 냄새를 맡고 강아지가 다희 주위를 맴돌았다. 강아지를 바비큐장 식탁에 묶어놓고 우주를 깨웠다. 술이 오른 우주는 갈게, 하더니 다시 웅크리고 누웠다.

소고기 등심과 돼지고기 삼겹살, 양갈비가 먹기 좋게 소분되어 있었다. 반찬 통에 담아 온 양송이버섯과 소시지를 화로에 올리고 고기를 종류별로 다 구웠을 때 우주가 휘청거리면서 내려왔다.

"치즈 있어, 츠지 구어."

발음이 뭉개져 아무렇게나 말하는 우주가 강아지를 발견하곤 안아 들었다.

"그냥 그만두고 올까? 현장에 있다고 전부 정규직 되는 게 아니래. 너랑 나랑 엄마도 없고 엄마가 진 빚도 없고 소장 새끼도 없는 데 가서 살까? 응?"

강아지가 몸을 틀며 우주의 품에서 빠져나오려고 낑낑거렸다. 우주가 고기 하나를 집어 강아지 앞에 내밀었다. 강아지가 허겁지겁 입에 물었다가 씹지 못하고 뱉어내자 우주가 소리를 질렀다.

"먹어, 먹으라고! 금 같은 고기를 누가 뱉어! 먹어!"

우주가 고기를 강아지 입 안으로 억지로 밀어 넣었다. 다희는 겁에 질린 사람이 되고 싶지 않았다. 겁에 질리면 누구를 해치게 될지 알 수 없었다.

"우주야."

우주가 대답을 하지 않아서 다희는 울었다.

"우주야, 누가 너한테 그랬을까?"

시뻘겋게 달아오른 우주는 다희의 말을 듣지 못했다. 숨을 쉬지 못하는 강아지의 입에 고기를 쑤셔 넣기만 했다. 다희가 강아지를 빼앗아 안았다. 우주가 식탁 위로 고꾸라졌다. 고기 접시에 코를 박고 입으로 고기를 물더니 소리를 질렀다. 욕을 하다가 웃다가 노래를 불렀다.

니 원 워, 아이 니 요 뚜어 션, 워 아이 니 요우 지 편.

왕가위 감독 영화를 좋아해서 중국어를 배우러 하얼빈에 갔던 우주는, 공대생이었지만 낮게 울리는 목소리로 중국어의 2성과 3성을 누구보다 잘 발음했던 우주는 팔을 휘두르며 걸어가다 뜨거운 화로 위로 넘어질 뻔했다.

다희는 우주의 팔을 어깨에 둘러멘 채 2층으로 끌고 올라갔다. 우주를 겨우 소파에 눕힌 다음 다희는 차 키와 가방을 챙겼다. 거울을 보고 흐트러진 머리를 다시 묶었다. 우주의 팔꿈치에 맞은 광대뼈 부근이 시큰거렸다.

바비큐장으로 가자 식탁 아래에 가슴 줄만 남아 있을 뿐 강아지가 없었다. 삼계탕 국물과 찹쌀 덩어리가 식탁에서 바닥으로 흘러내리고 있었다. 다희는 마당을 살피고 수영장을 돌아보았다.

깜깜한 수영장에 바람이 빠진 튜브가 떠 있었다. 유니콘의 머리 부분과 몸통의 절반이 가라앉아 머리가 잘린 동물의 사체가 떠다니는 것 같았다. 열기가 식지 않은 후덥지근한 바람에 악취가 실려 왔다. 어딘가에서 오물이 썩고 있었다. 1층 현관을 한참 두드리고 불러도 주인은 나오지 않았다.

마당으로 가 1층 창문을 봤다. 불이 전부 꺼져 있었다. 인기척이 전혀 없었다. 문을 다시 두드리다가 다희는 2층으로 올라갔다. 2층 현관의 불빛이 1층과 연결된 목재 계단을 어스름하게 밝혔다. 아래층에서 나지막한 신음소리가 들렸다. 커튼을 걷고 1층으로 내려갔다. 계단을 다 내려가선 작게 헛기침을 했다. 코를 찌르는 듯한 악취가 1층을 떠돌고 있었다. 속 깊은 곳에서 짐승이 그르렁거리는 소리가 들렸다.

짧은 복도를 손으로 더듬어 지나가자 주택가 가로등 불빛이 거실을 희미하게 비추고 있었다. 거실 불을 켰다. 가구 하나 없이 텅 빈 거실 바닥에 똥이 널려 있고 말라붙은 오줌 자국이 있었다. 부엌의 냉장고 옆에 커다란 사료 포대가 기대어져 있었다. 거실 옆 방문을 열었다. 검은색 자개장이 놓인 방에 이불이 깔려 있었는데 물어뜯기고 해진 이불에도 똥이 말라붙어 있었다. 위층과 다르게 부엌 옆에 방이 하나 더 있었다.

방문을 열자 번뜩이는 눈동자들이 달려들었다. 비쩍 마른 개들이 안전망이 설치된 문으로 사납게 몰려들어 짖는 시늉을 했다. 열댓 마리의 개가 한꺼번에 달려들었는데 제대로 소리를 내는 개가 없었다. 진돗개의 품종이 섞인 것처럼 보이는 개 한 마리가 안전망에 머리를 들이박다가 이빨로 철망을 갉았다. 눈동자가 희게 변한 개가 다른 개의 얼굴을 물어뜯었다. 푸들의 품종이 섞인 갈색 개는 꼬리를 흔들었다. 소형견들이 종이 박스가 깔려 있는 구석에 모여 있었다.

그 가운데 우주가 데려온 몰티즈가 귀에서 피를 흘리고 있었다. 잠깐 사이에 털이 엉키고 피가 묻어 전혀 다른 강아지처럼 보였다. 강아지가 다희를 알아보고 울기 시작했다. 다희는 안전망에 손을 댔다가 커다란 개가 이빨을 드러내며 사납게 들이박는 바람에 뒤로 물러섰다. 다리를 저는 녀석과 빼빼 마른 몸에 배만 풍선처럼 부풀어 오른 녀석들이 소형견 주변을 어슬렁거렸다. 다희가 어쩌지 못하고 문을 닫으려고 하자 강아지가 고개를 들고 다희를 쳐다봤다.

"아니야, 오지 마!"

다희가 소리를 지르자 흥분한 개들이 안전망으로 달려들었다.

강아지가 조심스럽게 걸어 나오다가 다희를 향해 달렸다. 다희는 차마 볼 수가 없어 눈을 가리고 방문 앞에 주저앉았다. 다희의 품에 숨을 헐떡이는 작은 몸이 뛰어들었다. 강아지는 가쁘게 숨을 쉬며 낮게 울었다. 다희는 손가락으로 강아지의 머리를 쓰다듬으며 울음을 참았다. 괜찮다는 말을 함부로 할 수 없어서 그저 강아지를 단단히 끌어안았다.

다희는 2층으로 올라가 온몸을 떠는 강아지를 수건으로 싸서 끌어안았다. 우주가 간간이 잠꼬대를 하며 소리를 질렀는데 누구에겐가 자꾸 용서를 빌었다. 1층 문이 열리고 닫히는 소리가 들렸다. 다희는 강아지를 이동 가방에 넣고 잠깐만 기다려 달라고 속삭였다. 숨을 가다듬고 1층 현관 앞에 섰다. 문을 두드리자 주인이 나왔다.
"필요한 거 있어요?"
"강아지 못 보셨나 해서요."
주인이 설핏 미소를 지었다.
"강아지? 못 봤는데."
"어디로 갔는지 없는데 같이 찾아봐 주시면 안 될까요?"
"밖으로 나갔으면 못 찾아요. 제 발로 나간 걸 왜 찾아요?"
다희는 입이 바싹 마르는 것을 느끼며 물었다.
"돌아오면요?"
주인이 조금 망설이다 말했다.
"내가 돌봐 줄게요. 애들이 싫어하고 병원 가자는 소리를 해도 어쩔 수가 없네."

"개를 좋아하세요?"

"요즘 같은 때엔 사람보다 낫지. 병들지 않은 사람이 없으니까. 아, 바비큐장은 그대로 둬요. 보여주고 나면 이제 손님 받으라고 안 하겠죠. 리뷰 쓰는 데가 있다면서요? 개가 없어졌다는 것도 꼭 써줘요."

주인이 문을 닫으려고 할 때 다희는 그제야 주인의 팔이 베이고 긁힌 상처투성이인 걸 봤다. 다희가 문을 잡으며 말했다.

"위에 있는 남자가 강아지를 찾으면 없어졌다고 말씀해 주시겠어요?"

주인이 영문을 모르겠다는 표정을 지었다.

"먼저 가 보려고요. 부탁드려요."

주인이 천천히 고개를 끄덕였다. 자애로운 얼굴 같기도 하고 불만에 가득 찬 얼굴 같기도 했다. 다희는 주인이 어떤 마음인지 짐작하기 어려웠다.

2층으로 올라가 이동 가방을 들고나왔다. 튜브가 가라앉은 수영장에서 검은 물이 출렁였다. 바람이 불 때마다 악취가 코끝을 스쳤다. 달 없는 밤이었다. 이제 정말 돌아갈 수 없다는 걸 알 수 있었다. 휴대전화 번호를 바꾸고 이사를 해야 했다. 새로운 직장을 알아보고 SNS를 탈퇴하고 우주와 공통으로 알고 지내던 지인들과 연락을 끊고, 말끔하게 사라지고 난 뒤의 생활을 떠올려 봤다. 우주에 대해 어느 누구에게도 말하지 않게 된 때에도 종종 튜브가 잠긴 수영장의 서늘함이 느껴질 것 같았다.
 강아지가 이동 가방 안에서 작게 울었다. 다희는 강아지가 우는 게 마음이 아팠고 마음이 아파서 다행이라고, 어디든 같이 가자고 중얼거렸다.

| 작가의 말 |

집 근처에 북한산이 있어 산에서 내려오는 떠돌이 개를 자주 만난다.

개는 멀찍이서 가만히 나를 바라보고, 나는 개가 다른 곳으로 갈 때까지 움직이지 않는다.

개가 꼬리를 흔들며 고개를 숙일지, 나를 물어뜯고 공격할지는 서로 충분히 가까워지기 전까지 알 수 없다.

그 알 수 없음의 서늘함이 나를 오래도록 사로잡았고, 이 이야기를 쓰도록 했다.

이 세상에 어떤 종류의 사랑이라도 남아있기를 바란다.

박유경
2017년 한국경제신문 신춘문예 장편소설 부문에 당선되어 작품활동을 시작했다. 2022년 장편소설 『바비와 루사』를 출간하고 2023년 소설집 『여분의 사랑』을 출간했다.

스탠다드맨

-

이상욱

-

스탠다드맨이 죽었다.

나는 의사로서 그의 죽음을 목격하고 선고했다. 원하던 바는 아니었다. 선택의 여지가 있었다면 어떻게든 피했을 것이다. 인간의 의지란 강대하면서도 허약하다. 하나의 선택은 하나의 포기를 의미했고, 기쁨과 고통은 늘 동전의 뒷면처럼 따라왔다.

그는 나에게 무엇이었을까.

스탠다드맨의 죽음을 알게 된 사람은 모두 같은 질문을 던졌다. 나도 예외는 아니었고 그것이 이 글을 남기는 이유가 되었다. 나는 이 글을 유리병에 담아 손닿지 않는 곳에 숨겨둘 생각이다. 운이 좋다면 시간에 마모되지 않은 기억이 이 세상 작은 구석을 차지하게 될지도 모른다. 마치 사춘기 소녀의 비밀스러운 일기처럼. 하지만 그걸로 괜찮은 걸까? 작은 점에서 시작된 두통이 물속에 떨어진 잉크처럼 번져갔다.
　나는 얼굴을 쓸어내렸다.
　시야가 흐릿했다.

*

　우리가 지난 백 년 동안 스탠다드맨이라 불렀던 남자의 본명은 박지우다. 가장 신뢰할 만한 기록에 의하면, 그는 2061년 3월 9일 수원에서 태어나 그곳에서 유년을 보냈다. 수많은 천재가 그랬듯 박지우 역시 범상치 않은 유년의 에피소드를 갖고 있었다. 아홉 살 때 여덟 자리 숫자의 사칙연산 암산이 가능했다거나, 고등학교 때 수학 난제를 해결했다는 식이다. 물론 대부분이 근거 없는 낭설에 불과하다.
　박지우의 유년에 대한 기록은(대부분의 2065년 이전 기록들이 그랬듯) 〈제1차 아시아 전쟁〉으로 유실되었다. 신뢰할 수 있는 최초의 공식기록은 2078년 대학 입학에 관한 행정기록이었다. 당시 박지우는 열여덟이었다. 본격적인 기록은 2084년, 대학에서 발표한 「진화에 관여하는 미생물」이라는 논문에서 시작되었다. 논문은 중국 학술지 『天地』에 게재되면서 당시 정체 중이던 진화생물학 분야에 센세이션을 일으켰다.
　서른한 살이 되던 해, 박사과정을 마친 박지우는 뮌헨(München) 대학에서 교수직을 초청받았다. 박지우는 독일 생활 육 년째 되던 2097년 4월 「생명근원이론」을 발표했다. 그의 이론은 본격적으로 학계 주류에 편입되었다.

그의 이론 핵심은 단백질 덩어리에 불과한 유기체를 생명으로 이끄는 집합적 기억의 증명이었다. 얼마 지나지 않아, 그가 주장했던 것과 유사한 성질의 수학적 규칙이 물리학계에서 발견되면서 이론은 더욱 신빙성을 얻게 되었다. 안타깝게도 집합적 기억과 질량소의 연관성은 현재까지도 증명된 바가 없다. 하지만 당시 관련 분야 과학자들은 집합적 기억의 증명은 시간문제라고 생각했다. 학계는 박지우라는 이름만으로 술렁거렸다.

그때, 그는 삶의 절정에 있었다. 아내인 미란을 만난 것도 그해였다. 고용인과 고용주로 만난 두 사람은 짧은 열애 끝에 결혼했다. 독일 국립 과학기념관에서 열린 결혼식은 언론의 소소한 화젯거리가 되었다.

2102년 3월, 유전공학자였던 필립 아서는 집합적 기억에 대한 반박이론을 퓨처지에 발표했다. 학계는 다시 혼란에 휩싸였다. 당시 필립이 지적한 오류는 타당한 것이었다. 하지만 학문적인 논란과 별개로, 박지우라는 거인의 몰락은 언론에게 흥미로운 먹잇감이었다.

박지우에게 비우호적이었던 대륙 계열 학계가 비난에 가세했다. 몇몇 학자들이 박지우를 옹호하는 성명을 내기도 했지만, 이미 달리기 시작한 열차를 멈추기란 쉽지 않았다. 박지우는 다시 일어설 수 없을 때까지 학계와 언론에 찢기고 또 찢겼다.

박지우는 십 년의 독일 생활에 종지부를 찍고 한국으로 돌아왔다. 그는 어느 대학에도 적을 두지 않고 유랑생활을 이어갔다. 한국 생활은 평탄치 않았다. 평생 연구로 살아온 박지우는 갑작스럽게 변한 세상의 시선을 견디지 못했다. 그는 전문 분야에서 한 발짝만 벗어나면 오믈렛 하나 제대로 못 만드는 무기력한 인간이기도 했다. 결국 2104년 3월 2일, 박지우는 마흔네 번째 생일을 일주일 앞두고 죽음을 맞이했다.

죽음.

나는 이 단어 앞에서 잠시 망설였다. 하지만 한 인간의 삶이 종결되었다는 의미에서 죽음이라는 표현을 쓰기로 했다. 그렇다. 찬란한 업적 위에 서 있던 생물학자이자, 한 여인의 남편이었던 박지우는 그날 죽음을 맞이했다. 당시 만취 상태였던 그는, 저곳에 진리가 있다고 소리치며 8차선 도로를 향해 달려들었다. 그가 진리라고 말했던 곳에 무엇이 있었는지는 지금까지도 밝혀진 바가 없다.

*

스탠다드맨이 죽던 날, 나는 외과 병동에서 투신자살을 시도한 여성을 치료하고 있었다. 그녀가 병원에 도착할 때까지 살아 있었던 건 기적에 가까웠다. 중추신경계가 치명적인 손상을 입었고, 폐는 걸레처럼 찢어져 있었다. 양팔의 분쇄골절과 우측 다리 부분 절단까지, 환자는 어린아이가 옥상에서 던진 인형처럼 망가져 있었다.

의료팀은 신속하게 그녀를 조절 용액에 담근 뒤, A부터 E타입 벌레를 주입했다. 벌레 투입과 동시에, 각 타입의 벌레를 관장하는 AI가 그녀를 스캔했다. A타입 벌레들은 혈관으로 들어가 찢어진 조직에 달라붙어 출혈 부위를 막았다. 동시에 불연속적인 혈관 절단면과 손실된 혈관 벽을 그물처럼 메우며 조직 전반을 회복시켰다.

B타입은 A타입 벌레들이 만든 도로를 따라 혈액 공급이 가능토록 움직이면서 치명적인 뇌 손상을 억제했다. 그것들은 응고된 혈액을 희석시켜 즉시 자신들의 체부로 빨아들인 뒤 외부로 배출되었다. 그렇게 뇌를 압박하는 출혈이 멈춰지고, B타입은 곧 세포로 흡수되어 점막과 배설기관을 통해 배출되었다.

그 사이 C타입 벌레들은 조직 사이의 유기적인 결합을 유지했다. 마지막으로 D부터 E타입 벌레들은 분쇄된 뼈를 고정하거나 손상된 조직을 대체하며, 조직이 자연 재생하는 걸 도왔다. 이제 필요한 건 시간뿐이었다.

수술은 아침 9시가 돼서야 끝났다. 손상된 왼쪽 안구는 재생할 수 없었지만, 회복 후 인공으로 맞추면 될 것이다. 긴장이 풀리면서 피로가 몰려왔다.

얼마나 걸릴까요?

8주 정도면 회복될 겁니다.

레지던트가 소모된 벌레 양을 보고했다.

이거야 원, 보험이 없으면 곤란하겠네요.

보고를 마친 레지던트가 고개를 저으며 수술실을 나갔다. 나는 자리에 남아 큐브에 담긴 환자를 가만히 지켜봤다.

의학은 외상을 완전히 극복했다. 어떠한 외상 환자라도 살아서 큐브(Cube)에 담기기만 하면 거의 완치에 가까운 회복이 가능하다. 그 중심에 의료용 로봇 나노벅스(Nanobugs)와 인공지능이 있었다. 나노벅스는 수술을 단순 보조하던 초창기 형태에서 목적에 맞는 다양한 소재로 분화되었다. 타입별로 혈관, 조직, 신경 등에 관여하며, 인간의 힘으로는 불가능한 초정밀 수술과 치료, 대사조절 등을 가능하게 했다. 인공지능은 전 과정을 조율해 작은 변수까지 통제했다. 이론적으로 $12000 Lim/mm^3$의 벌레만 있으면 죽은 사람마저 살릴 수 있다. 물론 이는 이론에 불과하다. 아무리 의학이 발전해도 죽음을 이길 수 있는 건 없다. 생명은 오직 생명으로만 이어진다.

잠들어 있던 기억이 수면 위로 떠올랐다. 누군가 조금만 더 일찍 발견했더라면, 발견 후 심폐소생술만이라도 했다면, 10분, 아니 5분이라도 일찍 병원에 도착했더라면, 만일 그랬다면……

나는 자리에서 일어나 수술실을 빠져나갔다. 무표정한 사람들을 지나쳐 화장실에 도착했다. 나는 변기를 붙들고 토했다. 형체를 알 수 없는 더러운 것들이 입에서 쏟아져 나왔다. 식도가 불에 덴 것처럼 뜨거웠다. 구토가 끝나고, 나는 변기 속을 응시했다. 물 위를 부유하는 것들은, 오래전 내가 억지로 삼킨 그 무엇처럼 보였다.

주머니에서 벨이 울렸다. 병원장이었다.
지금 병원장실로 와주게. 손님이 와있어.
손님이요?
자세한 용무는 모르겠군. 30분 전부터 기다리고 있었네.

알겠다고 대답한 뒤 몸을 일으켰다. 세수한 뒤, 소매로 얼굴에 묻은 물기를 닦아냈다.
병원장실에는 검은 정장 차림을 한 남자가 소파에 앉아있었다. 병원장은 굳은 얼굴로 나와 시선을 교환했다.

무슨 일이죠? 나는 병원장과 남자를 번갈아 보며 물었다.
유영원 선생님이십니까?
남자가 자리에서 일어나며 내게 말했다.
그렇습니다만.
반갑습니다. 저는 나인이라고 합니다. 정보부 소속입니다.

뭐라 대꾸할 새도 없이, 나인이 서류 봉투를 내밀었다. 겉면에

굵은 고딕체로 〈비밀소집장〉이라고 적혀 있었다. 국립법의학회원은 부검이나 의학적인 자문을 위해 정부 요청에 따를 의무가 있었다. 그중 안보나 사회적 파장 등을 이유로 극비리에 회원을 소집하는 경우가 있다. 그럴 때 제시되는 법적 근거가 바로 〈비밀소집장〉이다. 아무리 그래도 종이 문서라니. 기분이 묘했다.

비밀소집장은 처음입니까?
나는 고개를 끄덕였다.
가시죠.
바로 출발하나요?
죄송하지만 시간이 별로 없습니다. 자세한 사항은 도착하면 알게 될 겁니다.

나는 병원장을 힐끔 쳐다봤다. 그는 내일까지 휴가 처리를 해놓겠다고 말했다. 남자를 따라 병원 옥상에 주차된 검은색 드론에 올라 나인과 함께 뒷좌석에 앉았다. 운전석에 앉은 사람이 목적지 입력을 음성이 아닌 타이핑으로 대신했다. 드론이 조용히 떠올랐다. 방음이 너무 완벽해서 통조림이 된 기분이었다.

안 좋은 일인가요? 내가 물었다.
좋은 일이라면 이런 식으로 진행하지는 않겠지요.
높낮이 없는 목소리가 모래처럼 건조했다.

이걸 읽어보시고 다른 점이 있는지 확인해 주십시오.

그가 허공에 포터블 모니터를 띄웠다. 모니터에는 나의 신상이 자세히 적혀 있었다. 이름, 나이, 거주지, 전공, 가족관계……

전부 맞습니다.

긴장하실 거 없습니다. 형식적인 절차니까요. 공무라는 게, 아무래도 이런 절차에 집착하는 면이 있어서요. 신원 인증을 위해 모니터를 5초간 바라봐 주십시오.

인증 절차가 끝나자 허공에 떠 있던 모니터가 사라졌다.

제가 할 일에 대해서는 전혀 알 수 없는 건가요?

나인은 잠시 뜸을 들이다가, 스탠다드맨과 관련된 일이라고 대답했다.

스탠다드맨이요?

예, 문제가 발생했습니다. 선생님은 지금 스탠다드맨을 만나기 위해 가고 있는 겁니다.

어떤 문제가 발생한 거죠?

말로는 길어지는 이야깁니다. 하지만 스탠다드맨을 만나면, 무슨 일이 벌어졌었는지 금방 알 수 있을 겁니다.

대화는 여기까지였다. 불편한 침묵이 공기 속에 녹아들었다.

*

평전에 실린 김미란의 모습을 기억한다. 첫 번째는 그녀가 스물여섯 살 때 병원에서 찍은 사진이다. 머리칼을 어깨까지 늘어뜨리고 정면을 향해 웃었다. 사람의 마음을 따듯하게 만드는 미소였다. 두 번째는 결혼사진이다. 웨딩드레스를 입은 미란이 턱시도 차림의 박지우와 나란히 서 있었다. 몇 년 뒤 찾아올 비극을 모르는 부부의 미소가 해맑았다. 세 번째 사진은 그녀가 국제과학진흥협회로부터 〈명예로운 과학자상〉을 수상했을 때다. 여인은 일흔을 훌쩍 넘긴 할머니가 되었다. 검은 머리칼은 백발이 되었고, 새겨진 주름에 그녀의 시간이 고스란히 담겨 있었다. 그래도 미소에 담긴 따스함은 여전했다.

박지우가 비극적인 천재의 삶을 살았다면, 김미란의 삶은 그와 정반대 쪽에 있었다. 박지우보다 일곱 살 연하였던 그녀는 부산에서 태어나 어머니와 단둘이 살았다. 그녀의 유년은 비극적인 사건으로 점철되었다. 최초의 비극은 그녀가 열여섯 살 때 당한 성폭행이었다. 가해자는 학교 선배였다. 그녀는 임신했고, 고민 끝에 약을 먹었다. 그녀가 복용했던 약은 안전성이 증명되지 않았지만, 수소문하면 어렵지 않게 구할 수 있는 것이었다. 유산은 성공적이었다. 일을 마치고 돌아온 어머니는 의식을 잃고 방에 쓰러져있는 미란을 발견했다. 바닥에 피가 흥건했다. 의식이 돌아온 건 이틀이 지나서였다. 의사는 앞으로 임신이 어려울 거라고 말했다. 어머니는 울었다. 미란은 어머니의 눈물을 이해하지 못했다.

퇴원하고 얼마 후, 미란을 강간했던 남자가 그녀의 집을 찾았다. 남자는 공포에 떨고 있는 그녀에게, 자신의 사랑과 그렇게 행동할 수밖에 없었던 처지를 전했다. 학교를 그만둔 미란은 자신을 성폭행한 남자와 동거를 시작했다. 미란이 스무 살이 되던 해, 남자는 미란의 몸에 타박상과 몇 개의 화상 자국을 남기고 떠났다. 그 뒤로 미란은 새로운 남자를 만나고 헤어지는 일을 반복했다. 떠나는 건 언제나 남자 쪽이었다. 무의미한 반복임을 알았음에도 멈추지 못했다.

저에겐 공백이 있습니다. 처음 그 공백과 마주한 건 중학교 때였습니다. 그전까진 막연한 어떤 것에 불과했지요. 그 공백은 노력으로 메울 수 없는 것이었습니다. 생각하면 당연한 일입니다. 노력으로 메울 수 있는 걸 우리는 공백이라 부르지 않으니까요. 그 공백은 절 남자들에게 집착하도록 만들었습니다. 결핍? 혹은 보상심리? 정확히 설명할 말을 찾기 어렵군요. 남자들은 제 집착에 질려 떠나갔고, 이야기 끝에는 언제나 슬픈 결말이 기다리고 있었습니다.

그녀에게 결정적 상처를 남긴 남자는 스물다섯에 만난 중년의 치과의사였다. 영리한 남자는 그녀가 원하는 걸 정확히 알고 있었다. 그는 자상했고, 미란을 향한 격려와 질책을 아끼지 않았다. 그는 연인이자 아버지였다. 미란의 삶에 처음 찾아온 충족감이었다. 공백은 채워지고 있는 듯했다. 미란은 이 소중한 남자를 잃고 싶지 않았다. 그녀의 집착은 버려진 아이의 울음을 닮아갔다. 가벼운 관계를 원했던 남자가 그녀에게 질리는 데까지는 오랜 시간이 필요하지 않았다. 그와 헤어지던 날, 미란은 따듯한 욕조에 몸을 담근 채 과도로 팔목을 그었다. 직장동료가 우연히 연락하지 않았다면, 미란은 차가운 시체로 발견됐을 터였다.

병원에서 깨어난 미란은 벽에 걸려있던 시계를 베개로 감싸 깨뜨린 뒤 유리 조각으로 다시 팔목을 그었다. 상처는 어제보다 깊었다. 이번에 그녀를 발견한 사람은 간호사였다. 삶이 자꾸 자신을 붙잡는 이유를 그녀는 알지 못했다. 환청과 환각이 그녀를 괴롭혔다. 미란은 정신병원으로 옮겨졌다. 중증장애인과 정신질환자, 연고가 없는 부랑자까지, 말이 병원이지 수용시설이나 다름없었다. 전쟁의 상처가 아직 아물지 않은 혼란의 시기였다. 미란은 그곳에서 2년 가까이 머물렀다.

생활은 단순했다. 기상과 동시에 인원 파악을 하고, 간단하게 씻고 아침을 먹는다. 치료 명목으로 몇 가지 프로그램이 있었지만 효과는 거의 없었다. 때가 되면 약이 나왔다. 약은 거의 모든 환자에게 지급되었다. 약을 먹은 이들은 몽롱한 표정으로 젖은 수건처럼 늘어졌다. 대개는 한나절 동안 아무것도 하지 못했다. 미란은 약을 피해 5층 도서관으로 도망쳤다. 미란은 거기서 책과 만났다. 대부분 전쟁 전에 출간된 것으로, 꺼낼 때마다 뽀얀 먼지가 일었다. 처음 읽은 책은 『인간 실격』이었다. 앉은 자리에서 단숨에 읽었고, 마지막 페이지를 덮으며 눈물을 흘렸다.

미란은 오전에는 홀로 독일어를 공부하고, 남은 시간을 모두 독서에 할애했다. 독일어를 선택한 건 친하게 지내는 환자 한 명이 독일어 선생이었기 때문이었다. 일 년 동안 미란에게 독일어를 지도했던 그 환자는 증상 악화로 다른 병원에 옮겨졌다. 미란은 도서관에 있던 교재로 독일어를 독학했다. 몰두할 게 필요했다. 그게 영어든, 수메르어든, 몽골어든, 러시아어든 상관없었다.

도서관에 있는 책은 장르를 가리지 않고 그녀의 손에 쥐어졌다. 심리학과 진화 이론, 폭풍의 언덕과 오만과 편견, 버지니아 울프, 데카르트와 칸트, 로마 흥망사와 루소, 제자백가, 아이작 아시모프, 무라카미 하루키, 조지 오웰, 프란츠 카프카, 도스토옙스키…….

얼핏 무질서해 보이는 독서였지만, 그녀는 그 시절 독서에는 '인간'이라는 분명한 목적이 있었다고 말했다. 시간이 지남에 따라 '인간'이라는 주제는 '나'로 바뀌었고, '나'는 다시 '왜'로 바뀌었다. 그리고 어느 순간 '왜'는 다시 '인간'이라는 종착점에 닿았다. 그녀는 출구 없는 미로를 헤매고 또 헤매었다. 끼니를 거르는 일도 다반사였다. 보다 못한 담당의가 독서 금지 처방을 내렸지만 소용없었다.

미란의 병적인 독서는 퇴원과 함께 끝을 맞이했다. 그녀는 평생 손에서 책을 놓지 않았지만, 이토록 광적인 독서는 이때가 마지막이었다. 껑충 자란 지성과 독일어를 간직한 채 미란은 병원에서 나왔다. 그녀의 어머니가 죽은 건 미란이 퇴원하고 한 달이 채 지나기 전이었다. 위암이었다. 당시에도 6개월 정도만 치료하면 나을 수 있던 암을, 그녀의 어머니는 싸구려 진통제로 버티며 악화시켰다. 크리스마스를 일주일 앞둔 새벽, 일을 나가던 미란의 어머니는 인적 드문 길 위에 쓰러졌다. 새벽 운동 중이던 노인이 신고했지만, 시신은 이미 싸늘하게 식어있었다. 공식 사인은 저체온으로 인한 심장마비였다.

어머니는 저와 당신의 육체에게 거짓말을 했습니다. 그 거짓말은 오래가지 못했고 저는 무거운 죄책감이라는 대가를 치러야 했습니다.

어머니의 장례를 마친 미란은 얼마 되지 않는 재산을 모두 정리했다. 자신을 아는 이가 없는 곳으로 떠나고 싶었다. 그녀는 유일하게 할 줄 아는 외국어를 무기로 독일행을 결정했다. 만일 병원에서 공부한 언어가 중국어였다면 중국으로 떠났을 것이다.

미란은 집시처럼 떠돌았다. 몰락해 버린 과거의 영화가 희미하게 남아있는 도시, 빈민들이 넘쳐나는 대륙. 유럽은 여자 혼자 여행하기에 적합하지 않았다. 굶기와 노숙은 다반사였고, 이방인이라는 이유로 폭행을 당했으며, 스웨덴에서는 납치당할 뻔하기도 했다. 그녀는 포기하지 않고 싸구려 등산화 밑창이 닳아 없어지도록 걷고 또 걸었다.

삼 년에 걸친 미란의 여행은 북해와 마주한 어느 작은 마을에서 끝났다. 그녀는 차가운 비를 맞으며 넘실대는 바다를 바라봤다. 옷은 누더기였고, 몸은 젖은 솜처럼 무거웠다. 미란은 눈을 감고 바다가 던지는 침묵에 귀를 기울였다. 바다의 공허와 그녀의 공허가 심연 속에서 만났다. 그녀는 바다와 심연에 약속했다. 힘이 닿는 한 계속 살아가겠다고.

미란은 뮌헨(MÜNCHEN)의 하우프트반호프역(Hauptbahnhof Station) 근처 식당에 일자리를 잡았다. 그녀 나이 서른이었다.

*

거리에는 아무도 없었다. 가지런한 보도블록, 정비된 가로수, 고층 빌딩. 모든 게 어제와 같았다. 조용했다. 마치 소리 자체가 사라진 것처럼. 귀에 대고 손가락을 튕겼다. 적어도 귀에 문제가 생긴 건 아니었다. 인도에서 도로를 바라봤다. 회색 도로가 망망대해처럼 펼쳐졌다. 건너편은 보이지 않았다. 애초에 건너편이라는 게 존재하는지조차 알 수 없었다.

지평선 끝에서 무언가 반짝 빛났다.
나는 미간을 찌푸렸다.
다시 반짝.

인도에서 내려와 도로를 가로질렀다. 반짝이는 간격이 점점 짧아졌다. 그 빛을 따라 걸었다. 그사이 반짝임은 온전한 빛이 되었다. 발걸음을 멈추고 뒤돌아보니 내가 서 있던 인도가 보이지 않았다. 거리를 가늠하고 있을 때, 자동차가 달려왔다. 차와 충돌한 몸이 도로에 나뒹굴었다. 하지만 차와 추돌한 건 내가 아닌 아들이었다. 차에 치인 아들이 비틀거리며 몸을 일으켰다. 목구멍이 막혀 소리가 나오지 않았다. 아들이 손가락으로 빛을 가리키며 나를 응시했다. 영원과도 같은 시간이 흘렀다. 자리에서 일어난 아들이 피를 흩뿌리며 다시 걸었다. 따라가려 했는데 발이 떨어지질 않았다. 내려다보니 늪처럼 흐물거리는 아스팔트에 발목까지 잠겨있었다. 그제야 목소리가 터져 아들의 이름을 불렀다. 아들의 뒷모습이 빛에 가려 점점 흐려졌다. 마침내 몸 전체가 바닥에 잠겨 어둠에 박제되었다.

나는 벌레처럼 꿈틀대다가 눈을 떴다.
괜찮으십니까?
나인이 물었다. 손이 축축했다. 나는 손가락으로 미간을 누르며 괜찮다고 대답했다.
피곤하셨나 보군요.
잠을 못 자서요.
수술이 있었나요?
예, 아주 위험한 환자가 있었어요. 이제 얼마나 남았죠?

십 분 후면 도착할 겁니다.

정확히 십 분이 지나고, 드론은 낯선 건물 앞 공터에 착륙했다. 건물은 회색의 정육면체였다. 창문과 장식이 전혀 없어 시멘트로 만든 상자처럼 보였다. 우리는 건물 중앙에 위치한 출입문으로 걸어갔다. 〈관계자 외 출입금지〉라는 경고문이 걸려있었다. 출입문 안쪽은 엘리베이터 내부였다. 나는 나인과 함께 엘리베이터에 들어갔다. 함께 왔던 젊은이가 할 일이 끝났다는 듯 정중히 고개를 숙였다.

엘리베이터 벽에는 버튼도 스크린도 없었다. 나인이 아무것도 하지 않았음에도 엘리베이터는 낮은 기계음을 내며 움직이기 시작했다. 수직으로 움직이던 엘리베이터가 방향을 꺾어 횡으로 움직이는 느낌을 받았다. 미로에 던져진 기니피그가 된 기분이었다.

엘리베이터가 멈추고 문이 열렸다. 정면에 거대한 실린더가 있었다. 주변으로 생체징후 모니터를 비롯한 낯익은 제어 장치들이 보였다. 실린더를 향해 걸어갔다. 내부가 푸른색 액체로 채워져 있었다. 체외순환 4세대라 불리는 심(SIM)이라는 용액이었다. 너무 고가여서 일반에는 아직 상용화되지 못했다. 지난 백 년의 문명을 이끌었던 스탠다드맨의 숨결이 눈앞에 있었다. 의사이자 과학자로서, 그의 정신을 계승한 한 명의 인간으로서 경이를 느꼈다.

나는 조심스럽게 실린더를 만져봤다. 36.6℃의 따스함이 전해졌다. 하지만 정작 스탠다드맨은 보이지 않았다. 나는 나인의 얼굴을 바라봤다. 그가 기다렸다는 듯 입을 열었다.

곧 만나게 될 겁니다.

*

2097년 스탠다드맨, 그러니까 박지우는 바쁜 나날을 보내고 있었다. 위에서 언급한 것처럼, 그 해에 박지우는 과학자로서 본격적인 유명세를 타기 시작했다. 연구와 교수 업무를 하면서 대학 측에서 잡아놓은 행사에 모두 참석해야 했다. 문제가 되었던 건 계약 관계에 있던 한국의 한 과학저널잡지였다. 박지우는 바쁜 일정 속에서도 꾸준히 칼럼을 번역해 잡지사로 보내야 했다. 인지도가 낮았던 시절, 생활을 위해 시작한 일이 발목을 잡은 것이다.

박지우는 사무실에서 쓰러지고 말았다. 한나절 만에 눈을 뜬 그는 휴식이 절실하다는 걸 깨달았다. 다른 일은 몰라도 번역만은 누군가에게 맡기고 싶었다. 하지만 AI나 대학에 적을 둔 인물은 피해야 했다. 자신의 글을 다른 이가 번역하는 건 보수적인 학계에서 비난받을 우려가 있었다. 특히 AI 번역은 획일적이고 비인간적이라는 이유로 터부시되기까지 했다. 박지우는 전자신문에 구인 광고를 냈다.

미란이 박지우의 사무실을 찾은 건 광고가 나가고 이틀이 지나서였다. 그녀는 사무실 앞에서 숨을 깊이 들이마셨다. 돈 문제만 아니라면 그녀는 이 일이 내키지 않았다. 독일어 실력도 그렇고, 학문적 영역은 아직 접해본 적이 없었기 때문이다. 하지만 식당 일을 하면서 또 다른 육체노동을 하는 건 현실적으로 불가능했다.

그녀는 노크하고 대답을 기다렸다. 하지만 들어오라는 소리가 들리지 않았다. 미란은 일정을 확인했다. 시간도, 장소도 틀림없었다. 문 앞을 서성이던 미란은 조심스럽게 문고리를 돌렸다.

그녀를 맞이한 건 낯선 세계였다. 이해할 수 없는 기호로 채워진 칠판, 몇 대의 대형 컴퓨터, 두꺼운 책들이 사무실에 말 그대로 널려있었다. 박지우는 소파 위에서 물개처럼 자고 있었다.

미란은 잠든 그를 가만히 들여다보았다. 좀 더 권위적인 얼굴을 상상했는데 막상 보니 너무 젊어서 깜짝 놀랐다. 만일 여기가 한국이었다면 맹세코 이런 무례는 저지르지 않았을 것이다. 하지만 박지우는 실로 오랜만에 만나는, 한국어로 대화할 수 있는 사람이었다. 미란은 소파 앞에 놓인 의자에 앉아 그가 깨기를 기다리며 책을 펼쳤다. 박지우가 깨어난 건 삼십 분 정도가 지나서였다.

Guten tag(안녕하세요).
그 소리에, 잠이 덜 깬 박지우가 소파에서 굴러떨어졌다.
Alles O·K(괜찮으세요)?

Gute(괜찮아요).

박지우는 안경을 고쳐 쓰며 침착한 표정을 지어 보였다. 미란은 그 모습을 보며 미소를 지었다.

Wer ist Sie(누구시죠)?

박지우가 난처한 표정으로 물었다.

미란은 'Ich Finden dir in Zeitung(신문광고를 보고 왔어요)'라고 대답했다.

한국인인가요?

그녀를 유심히 쳐다보던 박지우가 물었다. 그 한마디에 가슴 속에 뭉쳐있던 딱딱한 덩어리가 가늘게 풀어졌다.

어제 인터뷰 약속을 했죠.

아, 그랬죠. 죄송합니다. 깨우지 그랬어요.

너무 피곤해 보여서 그럴 수가 없었어요. 허락도 없이 들어와서 죄송해요.

잠을 거의 못 잤거든요. 괜찮으니 일단 앉으시죠.

박지우는 자신이 누워있던 소파를 정리하며 말했다. 그리고 책장에서 책 하나를 꺼내 아무렇게나 펼쳤다.

여기 첫 문단을 한국어로 번역해 보세요. 혹시 컴퓨터가 필요한가요?

그냥 펜으로 할게요.

죄송하지만 전 일이 있어서 나가봐야 해요. 번역이 끝나면 여백에 이름과 연락처를 적고 책상 위에 두시면 됩니다.

　인터뷰는요?

　글쎄요, 번역만 할 줄 안다면 국적 같은 건 상관없는데…….

　독일어랑 한국어 가능해요.

　그럼 그냥 그렇게 해주세요. 문은 잠글 필요 없어요. 이름과 연락처 잊지 마시고요.

　박지우가 촌스러운 코트를 걸치고 나갔다. 중심을 잃은 시소처럼 어색한 공기가 사무실에 맴돌았다. 그녀는 펜을 꺼내 첫 번째 문단을 번역했다. 그리고 여백에 이름과 전화번호를 적었다. 박지우의 연락을 받은 건 일주일이 지나서였다. 박지우는 연락이 늦었다며 사과했다. 그는 내일부터 사무실로 출근해달라고 요청했다.

　메신저를 쓰지 않고요?

　그게…… 다소 보안을 요하는 내용이라…… 다른 사람이 알면 곤란하거든요. 대신 급여를 높여 드릴게요.

　그는 말을 더듬거렸다. 미란은 알겠다고 말한 뒤 전화를 끊었다.

　끊어진 전화기를 바라보던 박지우는 미란이 남긴 메모를 다시 읽었다. 그는 수십 번 읽어 모서리가 닳아버린 메모지를 조심스럽게 책 사이에 끼워놓았다.

　여담이지만, 이 메모는 미란의 사후 십 년 뒤 뮌헨 대학 도서관에서 우연히 발견되어 지금은 퍼가몬(Pergamon) 박물관에 전시되었다. 아래는 메모 전문이다.

Die Familie von Hemingways gab es einige Geisteskrankheiten. Sein Vater hat sich beim US-amerikanischen Bürgerkrieg mit der Pistole Selbstmord begangen. Seine zwei Schwestern und sein Bruder nahmen sich auch das Leben. Zwei seiner drei Soehne wurden wegen der psychischen Erkrankungen mit einer Elektroschocktherapie behandelt.
헤밍웨이 가문에는 정신병의 피가 흐르고 있었다. 그의 아버지는 미국 남북전쟁 때 권총을 머리에 쏘아 자살한 바 있다. 그의 두 누이와 남동생도 스스로 목숨을 끊었으며, 그런가 하면 세 아들 중 두 명은 정신질환으로 전기충격 치료를 받기도 했다.

미란은 식당 일을 끝내고 박지우의 사무실로 출근했다. 그녀는 박지우가 마련해준 작은 책상에 앉아 주어진 논문을 번역했다. 작업은 기대 이상이었다. 그녀의 글에는, 설령 그것이 단순 번역임에도 아주 독특한 감성이 있었다. 미란이 돌아가면 박지우는 소파에 앉아 번역된 원고를 흥미롭게 읽었다.

둘은 한 달이 지나서야 처음으로 저녁을 먹었고, 그 뒤로는 간단한 부탁도 부담 없이 들어주는 사이가 되었다. 함께 있는 시간이 많아지면서 박지우는 이 말 없고 글재주가 뛰어난 여자에게 호감을 느꼈다. 미란이 일을 시작한 지 두 달째 되던 날, 박지우는 미란에게 교제를 요청했다. 미란은 거절하지 않았다. 적극적인 의미의 허락은 아니었다. 고백을 받았던 날 미란은 자신의 일기장에 이렇게 적어놓았다.

'나를 영원히 사랑해 줄 남자는 어디에도 없다. 이 남자는 좋은 사람인 것 같으니, 헤어질 때 크게 상처 주지 않을 것이다.'

교제가 시작되었지만, 따로 데이트를 하지는 않았다. 박지우는 바빴고 미란 역시 그런 일에 흥미가 없었다. 대신 두 사람은 자주 걸었다. 해가 지고 도시에 어둠이 깔리면, 둘은 자연스럽게 마을을 산책했다. 산책로는 적막했다. 고요히 빛나는 가로등과 그 빛에 반짝이는 나무들을 볼 때마다, 미란은 자신이 이상한 세계에 던져진 소녀처럼 느껴졌다.

그날, 두 사람은 버스 정거장에서 비를 피하고 있었다. 낡은 무인 버스가 짜증스러운 소리를 내며 시야에서 멀어졌다. 도로 저편에서 작은 아이가 호루라기를 불며 달려갔고, 창문으로 얼굴을 내민 노인이 아이를 향해 주먹을 흔들며 욕설을 퍼부었다.

한국은 어때요? 박지우가 물었다.
뭐가요?
눈, 아직도 오나요?

그 말에 미란은 한국의 겨울을 떠올렸다. 2052년 대폭설이 서유럽에서의 마지막 눈이었다.

가끔요.

요즘 기억이 좀 옅어지는 기분이에요. 머릿속에 안개가 낀 것처럼. 한국에 좋은 기억은 없지만, 그래도 가끔 그리워지는 건 어쩔 수 없는 것 같아요.

어쩔 수 없다고 말하는 그의 마음을 이해할 수 있었다. 바다 위를 날던 갈매기와 검은 바다, 어둠 속에서 빛을 밝히던 오징어잡이 배, 좁은 언덕과 남루한 살림살이, 그곳에서 언제나 자신을 기다리던 엄마.

아무리 기다려도 비는 그치지 않았다. 미란과 지우는 비를 맞으며, 미란의 아파트로 들어갔다. 축축하고 싸늘한 체온 속에서 둘은 입술을 포갰다. 지우의 뜨거운 체온이 그녀의 공백을 잠시나마 채워주었다. 입맞춤이 끝나고, 미란은 더 다가오려는 박지우의 가슴을 밀어냈다. 그는 머리를 긁적이며 아파트를 떠났다. 그녀는 창가에 서서 그의 뒷모습이 아주 작아질 때까지 바라봤다. 욕조에 들어가 몸을 웅크리고 손가락을 더듬어 입술을 매만졌다.

둘의 첫 관계는 폭염으로 베를린에서만 열일곱 명이 사망하던 6월 중순에 이루어졌다. 미란은 피할 수 없는 일이었다고 생각했다.

무슨 생각을 하나요?

지우가 미란의 뺨을 어루만지며 물었다. 미란은 아무것도 아니라고 답했다. 지우도 더는 묻지 않았다. 그의 침묵에, 미란은 고마움과 서운함이라는 모순된 감정을 느꼈다.

박지우와 이별을 결심했던 건 어느 주말 오후였다. 그녀는 거실에서 티브이를 보고 있었다. 화면 속에서 박지우가 대중강연 중이었다. 그의 목소리는 확신과 자신감으로 차 있었다. 미란은 평면 영상을 입체로 전환했다. 지우의 모습이 홀로그램이 되어 거실 중앙에 떠올랐다. 수신 상태가 좋지 않아 영상이 계속 흔들렸다. 그녀는 소파에서 일어나, 흔들리는 지우의 얼굴을 바라봤다. 쏟아지는 박수 소리를 들으며, 미란은 자신이 얼마나 이 남자를 사랑하는지 깨달았다.

미란은 30분 일찍 약속 장소에 나와 주변을 배회했다. 나무마다 잎사귀가 무성했다. 12월이 되면 낙엽이 지고 짧은 겨울이 찾아올 것이다. 겨울은 순식간에 봄이 되고, 다시 길고 긴 여름이 시작되면 그때는, 그때는…….

다가오는 박지우를 향해 미란이 손을 흔들었다. 두 사람은 예약한 레스토랑으로 들어갔다. 마주 앉아 담소를 나누는 내내 미란은 어떻게 말을 꺼내야 할지 몰라 망설였다. 떠나보내기만 했지 떠나기는 이번이 처음이었다.

나와 결혼해줄래요.
박지우가 말했다.
뭐라고요?
결혼이요.
왜 갑자기 그런 말을…….
갑자기가 아니라 오래전부터 생각했던 거예요.

미란은 그가 진심이라는 걸 깨달았다. 마음 한구석이 얼음처럼 식어갔다. 전 당신과 결혼할 수 없어요, 라는 말로 시작된 이야기는 아주 긴 시간을 거슬러 올라갔다. 성폭행과 불임, 그녀가 집착했던 남자들과 자살 시도, 정신병원에 입원했던 일들까지. 미란은 무감정한 목소리로 그 모든 과정을 조목조목 나열했다. 그녀의 이야기가 끝나고 지우는 잠시 말을 잃었다. 미란은 그의 대답을 기다렸다. 어떤 말에도 상처받지 않도록 마음에 무거운 철문을 드리웠다.

청혼을 거절하는 건가요?
내 말을 이해하지 못하는군요.
전 누군가를 좋아해 본 적이 없어요. 박지우가 어두운 표정으로 말을 이었다. 어쩔 수 없다. 변하지 않는다. 괴로운 일이 있거나 힘들 때면, 이 두 문장을 주문처럼 외우곤 했어요. 아주 오래전에, 죽은 뒤에도 세상이 나를 조금 기억해 준다면, 이런 삶이라도 의미가 있지 않을까 하고 생각한 적이 있었죠. 그래서 공부했어요. 원하는 성과를 냈지만 늘 충분하지 않았어요. 지금 하는 연구나 논문도 그 연장선에 불과할지도 몰라요. 내 삶은 이게 전부니까.

그는 잠시 말을 멈추고 멋쩍은 듯 창가로 시선을 돌렸다. 미란도 그의 시선을 따라 창가를 바라봤지만, 바람에 흔들리는 작은 나무가 있을 뿐이었다.

당신을 만나고 나서 생각이 바뀌었어요. 처음에는 좀 혼란스러웠지만, 당신의 이야기를 들은 지금에야말로 저의 선택을 확신할 수 있겠네요. 전 당신을 사랑해요. 이야기를 듣기 전보다 더.

미란은 울며 레스토랑에서 뛰쳐나갔다. 돋보기로 응집한 것 같은 빛이 머리 위로 쏟아졌다. 지나가는 자동차와 파란 하늘, 마천루의 직선이 흐물흐물 녹아내렸다. 그녀는 비틀거렸다. 자신을 부축하는, 수없이 살을 맞댄 이 남자가 낯설게 느껴졌다.

두 사람은 3개월 뒤 결혼식을 올렸다.

*

나인은 건물 깊은 곳으로 나를 데려갔다. 깊어질수록 소리도 사라졌다. 바다에 던져진 돌멩이가 된 기분이었다.

아들의 장례식장도 병원 지하였다. 벽과 천장에 울려대던 발소리가 기억난다. 나의 모든 게 사라지고 발소리만 남겨진 것 같았다. 생각보다 많은 사람이 장례식장을 찾았다. 슬픔을 대하는 사람들의 반응은 다양했다. 오열하는 사람, 끝없이 울먹이는 사람, 씁쓸한 얼굴로 안타까워하는 사람, 침묵하는 사람……. 침묵하는 사람이 제일 고마웠다. 우는 사람을 마주할 때마다 나는 벙어리처럼 입을 다물었다.

본의 아니게 아들에 대해 많은 것을 알게 되었다. 6반이었고 좋아하는 과목은 역사였으며, 취미로 유화를 그렸다는 것. 동그란 눈을 가진 아이가, 아들의 영정 앞에서 눈물을 흘렸다. 아들은 소수의 친구들과 깊은 관계를 맺고 있었다.
 인간은 이런 것도 닮는단 말인가.
 밖이 어두워질수록 장례식장은 공허로 채워졌다. 웃고 있는 아들의 영정 뒤로, 시간이 소리 없이 바스러졌다.

*

인체는 여러 계통의 유기적인 조합으로 구성된다. 고전적으로 운동, 순환, 신경, 소화, 호흡, 비뇨, 생식, 림프, 내분비, 외피계통으로 구분되며, 인공지능이 의학 전면에 나서기 전까지 의사들은 이 계통을 중심으로 자신의 전공을 결정했다.

위에서 언급한 계통에 비해 정신 계통이 체계화된 건 매우 최근의 일이다. 불과 150년 전만 해도 정신이란 뇌 기능의 일부이며 극히 제한적인 화학적 조절만이 가능하다고 믿어졌다. 바로 그런 이유로 오정수 박사가 〈정신 계통〉에 대해 처음 언급했을 때, 주류학자들은 관념적 영역을 어떻게 실존적 영역과 동일선상에 놓을 수 있냐며 반발했다. 주류에서 계속 외면당했음에도 정신 계통 연구는 꾸준히 진행되었다. 한쪽이 정신 계통의 증거를 발표하면, 다른 쪽에서는 바로 반론을 제시하는 식이었다. 그 혼란을 틈타 독설로 유명세를 탄 사람과 조용히 학계를 등진 사람이 속출했다.

찬성하는 학자들에 따르면(정신 계통이 정식 계통으로 자리 잡기 전), 정신 계통 역시 타 계통과 유기적으로 결합한다. 그리고 그것은 단순히 물리적, 화학적 작용이 아니라, 외부 환경의 자극과 그에 따른 내부 조직의 밸런스를 조율하는 영역을 의미한다. 여기서 언급한 외부 환경이란 단순히 물리적인 환경에 한정된 것이 아니다. 지역과 개인이 갖는 고유한 특징, 그러니까 문화나 유대감 같은 추상적인 개념까지도 포함된다. 이러한 외적 환경에 반응하여 정신 계통은 육체를 사회나 환경에 적응시키고, 한 인간의 인격과 자아를 만든다. 얼핏 그럴듯해 보이는 정신 계통은 사실 그 자체로도 많은 모순점을 갖고 있었다. 이와 관련한 문제는 밤하늘을 밝히는 별만큼이나 많았지만, 대표적인 문제는 두 가지였다.

첫 번째는, 당시 정신 계통 학자들이 주장하는 외부 환경을 정확하게 정의할 수 없다는 점이다. 이란 출신 의사 모메이니는 '주관은 주관이라고밖에 부를 수 없다. 이런 걸 어떻게 과학이라 부르겠다는 건가'라며 정신 계통 자체를 부정했다. 당시에는 슬픔이나 기쁨, 재능처럼 개인마다 지표가 다른 수치를 객관적으로 통일할 수 있다는 생각 자체가 난센스였다.

두 번째는 좀 더 근원적인 질문이었다. 정신이라는 것이 결국 육체와 어떤 차이가 있냐는 것이었다. 정신 계통에서 말하는 외부 환경을 인정한다고 해도, 그것을 유물론에서 독립시킬 수 있는가, 라는 질문에 누구도 확정적으로 대답하지 못했다. 데카르트가 주장했던 정신과 육체의 접점 문제가 수백 년 만에 다시 논란거리가 되었다.

정신 계통의 존재는 물리학의 통합이론처럼 가능성을 꿈꿀 수는 있지만, 해결은 쉽지 않다는 것이 당시 학계의 일반론이었다.

이 모든 예상을 뒤엎고 논란의 종지부를 찍은 사건이 발생했다. 2110년, 스탠다드맨이 탄생한 것이다.

*

2104년 3월 2일 22시 36분. 박지우는 만취 상태로 8차선 도로에 뛰어들었다. 술에 취해있었고, 진리가 저곳에 있다고 외쳤다.

병원 로비에는 익숙해지기 힘든 소독약 냄새와 사람들의 불안한 표정이 침전물처럼 낮게 깔려있었다. 태양이 아무리 들볶아도, 이끼처럼 자리 잡은 슬픔과 우울은 쉽게 벗겨지지 않았다. 미란은 대기실에서 고개를 숙인 채 팔목의 상처를 문질렀다. 로비에 놓인 티브이에선 드라마가 나왔다. 미란이 티브이를 본 건 딱히 시선 둘 곳 없어서였다. 그녀 앞에는 앙상하게 마른 노인과 머리를 파랗게 염색한 한 청년이 거리를 두고 앉아있었다. 사진을 찍어 삶과 죽음이라는, 다소 거창한 제목을 붙여보면 어떨까 싶었다.

의사는 모니터에 뜬 남편의 뇌 사진을 가리키며 이해하기 어려운 말들을 늘어놓았다. 남편의 머리에는 나비처럼 생긴 하얀 공백이 존재했다. 그것은 가난한 화가가 검은 도화지에 그린 낙서처럼 보였다. 그 공백은, 적어도 미란의 눈에 위협적으로 보이지 않았다.

남편은 진리를 꿈꿨다. 하지만 생과 열정을 바쳐 찾았던 진리는 어디에도 없었다. 허상이 다만 허상임이 밝혀졌을 때, 남편이 겪어야 했던 절망을, 그 고통을, 그녀는 이해할 수 있었다. 삶이 인간에게 절망을 가르치는 방식은 늘 비슷했다.

그날 밤 박지우는 미란의 뺨을 때렸다.
두 번 다시…… 나를 이해한다고 말하지 마.

박지우는 도망치듯 집에서 뛰쳐나갔다. 미란은 소파 아래 앉아 갑작스레 찾아온 정적을 가만히 지켜봤다. 병원에서 전화가 온 건 11시가 조금 넘어서였다. 간호사가 차가운 말투로, 박지우 씨의 보호자시냐고 물었다. 소란스러움이 화면을 통해 고스란히 전해졌다. 미란은 외투를 걸치고 병원으로 내달렸다. 박지우는 응급외상실에 누워있었다. 생명을 감시하고 유지하는 기계들이 기생충처럼 남편 몸에 덕지덕지 붙었다.

위험한 고비는 넘겼어요. 물론 좀 더 검사하고 지켜봐야겠지만, 의료진이 최선을 다하고 있으니 기다려 주세요.
그날 희망을 이야기했던 의사는, 일주일이 지나자 같은 목소리로 절망을 이야기했다.
현행법상 박지우 씨는 죽은 사람이에요. 물론 그걸 결정할 권리는 보호자, 그러니까 부인에게 있지요. 유감스럽게도 소생할 가능성은 거의 없어요. 다른 장기와 다르게 뇌는 교체가 불가능해요. 혹시 남편 앞으로 가입된 보험이 있나요?
현행법, 결정할 권리, 보험, 소생할 가능성, 뇌는 다른 장기와 달라서 교체 불가능. 미란은 이 단어들을 소리 내지 않고 차분히 외워봤다.

조금만 더 지켜보겠어요.
그렇게 하시죠.

2년이 지났다. 가산은 탕진되고, 일상의 색은 변질되었다. 희망을 기다린 건 아니었다. 그저 잠시 지켜봤을 뿐이다. 남편의 몸을 닦을 때도, 주변에서 포기하라는 재촉 아닌 재촉을 받을 때도, 그녀는 그저 잠시 더 지켜보고 싶었다. 얼마나 더, 라는 질문에 그녀는 아무 대답도 갖고 있지 못했다.

그녀는 남은 돈을 다닥다닥 긁어 마지막 입원비를 송금했다. 병원으로 돌아가는 길에 귤을 사서 공원에 들렀다. 공원은 한산했다. 미란은 그늘이 드리워진 벤치에 앉아 입안 가득 퍼지는 달콤함을 음미했다. 강아지와 산책 나온 아이가 공원을 몇 번이나 가로질렀다. 아이가 있었다면 어땠을까. 부질없는 생각이 들었다.

한서영이 병원으로 찾아온 건, 미란이 병원에서 지낸 지 나흘째 되던 날이었다. 작은 키에 네모난 얼굴을 한 서영은, 박지우가 독일에서 교수로 재직할 당시 제자였다. 미란은 그를 파티와 수다를 좋아하던 사람으로 기억했다.
안녕하셨어요.
서영은 봉투를 침대 옆에 내려놓았다. 봉투 안에는 남편이 좋아하던 와인이 들어있었다. 미란은 의자를 가져와 그에게 내밀었다. 그는 미동도 없는 남편을 한동안 바라봤다. 서영의 눈이 삽시간에 젖어 들었다.
지난달에 입국했습니다. 소식은 독일에서 들었지만, 선뜻 찾아뵐 용기가 없었습니다. 늦어서 죄송합니다. 그가 울먹이며 말했다.

건강해 보이셔서 다행이네요.

덕분에요.

안경을 매만지던 서영이 작은 목소리로 말을 꺼냈다.

대학에서 연구를 기획했습니다.

미란이 홍차를 타다 말고 고개를 돌렸다. 요지는 이랬다. 대학에서 정신 계통의 증명을 위해 연구를 기획했다. 뇌와 외부 환경, 각 기능의 분해 그리고 통합이 이 실험의 목적이다. 한 개인이 가진 경험을 분리 통합할 수 있다면, 그것이 정신 계통이 실존한다는 근거가 될 수 있다는 것이 그의 설명이었다.

왜 우리 남편이죠?

대학은 이 실험이 상징적으로 대단히 중요하다는 걸 알고 있습니다. 그래서 실험자 역시 그 점을 강조할 수 있는 인물이길 원했습니다. 선생님의 연구 일부가 정신 계통이론과 상통하는 부분이 있었고, 한때 대학을 대표하는 교수였다는 사실이 실험자 선정에 영향을 미쳤습니다.

하지만 남편은 이제 아무것도 할 수 없는 몸이에요.

대학 측도 이미 선생님의 상태를 알고 있습니다. 의식이 있는 정상적인 사람에게 이 실험을 할 수 없습니다. 뇌의 계통은 다양한 기관으로 나뉘는데, 그 각각의 기관들이 물리적으로 유지되면서, 의식의 통제가 없어야만 가능한 실험입니다.

뇌사자라서?

뇌사자. 미란은 자신의 입에서 이 단어가 나왔다는 걸 믿을 수가 없었다.

……그렇습니다.

서영은 에두르지 않고 솔직히 답했다. 그의 태도에서 단호함이 느껴졌다. 과거 남편의 눈에서 봤던 확신이었다. 미란은 반지를 매만지며 대답을 망설였다.

당장 대답하실 필요는 없습니다.

서영은 자신의 연락처를 전송한 뒤 자리에서 일어났다. 미란은 떠나는 서영을 배웅했다.

연구는 한국에서 실행되었다. 실험 전반에 걸친 지원을 한국 기업이 했다는 이유도 있지만, 초반 연구 목적이 정신 계통 증명에 국한되어 있었기 때문이다. 만일 누군가 스탠다드맨의 탄생이라는 결과를 예측할 수 있었다면(그것이 가져올 이익까지 포함해서), 대학은 타국에서의 실험을 이토록 쉽게 결정하지 않았을 것이다. 실제로 한국 정부는 심각한 외교 마찰을 감수하면서까지 스탠다드맨과 관련된 모든 사항을 자국의 소유로 했다.

팀은 독일인과 한국인으로 구성되었다. 그들은 박지우의 뇌를 반복적으로 분해 조립했다. 연구진은 축적된 데이터를 베이스로, 인간의 인지와 감정, 학습 능력, 경험의 축적 등을 분석하고 또 분석했다. 이 모든 과정이 혹독한 인내심을 요구했다. 기업은 걸핏하면 지원을 끊겠다고 협박했고, 연구원들 사이에서 심각한 의견 대립이 빈번하게 표출되었다. 그 와중에 모든 걸 원점으로 되돌리게 하는 문제가 3, 4개월 단위로 터져 나왔고, 그때마다 말단 연구원들이 대거 교체되었다.

가장 큰 위기는 2108년에 터졌다. 당시 실험은 완전히 막다른 골목에 부딪혔다. 그들은 정신 계통의 각 기관을 나눌 수는 있었지만, 다시 통합하여 인지 가능한 수준으로 만들 수는 없었다. 통합이 불가능하다는 건, 결국 정신 계통이 물리적이고 화학적인 작용에 불과하다는 걸 의미했다. 설상가상으로 퇴진한 전 팀장이 기자회견을 통해 관련 자료를 언론에 공개했다. 연구원들은 허탈한 표정으로 티브이 앞에 모여 기자회견을 지켜봤다. 언론의 효과는 우려 이상이었다. 자금줄이었던 기업은 분노했고 프로젝트에 참가했던 연구원들은 언론의 조롱거리로 전락했다.

*

아들의 장례식이 끝나고 나와 아내는 한동안 대화가 없었다. 아내는 식사도 거의 하지 않고, 온종일 아들 방에서 시간을 보냈다. 매일 하던 피아노 연주와 달리기도 멈췄다. 아이의 가방을 껴안고 거실을 서성이거나, 아들이 쓰던 베개에 얼굴을 묻고 흐느끼는 게 그녀의 유일한 일과였다.

잠이 오질 않아.
어느 새벽 아내가 침대 옆에 서서 말했다. 나는 자리에서 일어났다. 아내의 어깨를 감싸려 했지만, 그녀가 거부했다. 아내는 거실로 나가 공간재생기를 작동시켰다. 아들이 수학여행 가던 날 남긴 기록이었다. 아이는 청바지에 야구 모자를 쓰고 허공에 모습을 드러냈다. 한 손에 공간 기록기를 든 아들이, 잘 다녀올 테니 걱정하지 말라며 손을 흔들었다.

아내가 정지 버튼을 눌렀다. 그녀는 정지된 아들에게 손을 내밀었다. 손이 닿은 부분에 노이즈가 일었다. 그녀의 손이 허우적거리며 아들의 영상을 움켜쥐려 했다. 나는 보다 못해 재생기 전원을 껐다. 아이의 모습이 허공에 흩어졌다. 아내는 바닥에 주저앉았다.

우리 헤어지자. 아내가 말했다.
대답하지 않았다. 하지만 결국 그녀의 말대로 될 것임을 알았다.
나는 서재로 들어가 밤을 지새웠다.

*

실험이 진행되던 삼 년 동안, 미란은 연구팀이 제공한 숙소에서 기거했다. 주변은 몰락한 시골 마을로 이웃이라 할 만한 사람이 없었다. 연구진이 미란의 실험실 출입을 통제한 탓에, 그녀는 낮 동안 숙소 앞에서 작은 텃밭을 일구며 시간을 보냈다. 그녀가 가꾼 토마토나 호박은 고스란히 연구진 식탁 위로 올라갔다. 수요일이 되면, 버스를 타고 시내 도서관에서 책을 빌려왔다. 외출이 자유롭지 않아, 같은 책을 일주일 동안 반복해서 읽었다. 미란은 전자책을 좋아하지 않았다. 책은 눈과 손으로 읽는 거라고 입버릇처럼 말했다.

며칠 동안 내린 비로 공기가 깨끗했다. 미란은 토마토 줄기를 막대에 묶고 있었다. 그때 서영이 지저분한 수염을 매달고 그녀를 찾아왔다.
연구는, 프로젝트는, 그러니까 실패했습니다.
미란은 자리에서 일어나 흙으로 더러워진 장갑을 벗고 그에게 다가가 물었다.
이제는 남편을 볼 수 있나요?
현 시간부로 모든 연구가 중단되었습니다. 사모님의 실험실 통제도 함께 해제되었습니다. 지금이라도 가면…….
서영은 말을 끝내지 못하고, 자리에 쓰러지듯 주저앉았다. 죽어버린 새처럼 서영은 아무 말도 하지 못했다. 그런 그를 미란은 조용히 안아주었다. 그녀의 손길이 닿자 서영은 아이처럼 울었다.
8차선 도로 같은 데 뛰어들면 안 돼요.
울고 있는 서영을 홀로 남겨두고, 미란은 실험실로 발걸음을 옮겼다.

지금부터 들려줄 이야기는 뉴턴의 사과만큼이나 유명한 일화다. 다른 게 있다면, 뉴턴의 일화는 지어낸 거지만, 이것은 데이터와 함께 남아있는 역사적 사실이라는 점이다. 하지만 조금이라도 의학적 지식이 있는 사람이라면, 이 데이터라는 게 얼마나 허무맹랑한 것인지 알 수 있을 것이다. 이미 삼십 년 전, 흩어진 정신 기관의 통합이 불가능하다는 게 이론적으로 증명되었다. 정신 기관의 통합은 위와 식도를 연결하는 것과는 전혀 다른 차원의 문제였다. 정신 계통을 각 기관으로 나눈 이유는 그것이 설명과 이해가 쉽기 때문이지, 실제로 정신 계통이 여러 기관으로 나누어져 있기 때문이 아니었다. 정신은 그 자체로 정신이고, 그 자체로 기관이자 계통이었다. 예를 들면, 소화계통은 구강, 식도, 위, 십이지장, 소장, 대장, 항문 그리고 그에 관여하는 부속들로 구성되어 있다. 각 기관은 음식의 섭취, 저장, 소화, 배설의 기능을 수행하고, 우리는 이를 소화계통이라 부른다. 하지만 정신 계통에서는 위라고 이름 지어진 기관이 음식물의 섭취와 저장, 소화, 배설의 기능을 모두 수행한다. 다소 적절하진 않지만 굳이 비유하자면 그렇다. 그런데 바로 이날, 이론적으로 불가능한 정신 계통의 통합이 처음이자 마지막으로 이루어졌다.

미란은 텅 빈 실험실로 들어갔다. 장치들이 내뿜는 열기 중심에 남편이 누워있었다. 그녀는 가슴에 손을 얹고 박지우에게 다가갔다. 남편의 육체는 처참하게 말라 있었다. 미란은 뼈처럼 앙상한 그의 손을 쓰다듬었다. 거칠고 따듯했다. 미란은 미소를 지었다.

잘 지냈어?
미란의 손이 길게 자란 박지우의 수염을 쓰다듬었다.

나는 저 뒤에 있는 건물에 살고 있어. 토마토나 상추를 키우면서 지내. 작년에는 수박을 키웠는데 먹기 미안할 정도로 잘 자랐지 뭐야. 밤이 되면 책을 읽어. 당신이 쓴 책도 읽어봤어. 너무 어려워서 난 도무지 무슨 소린지 알 수가 없었지만, 그래도 몇 번이고 되풀이해서 읽었어.

미란은 눈을 길게 감았다 떴다.

오늘 서영 씨가 찾아와서 실험이 실패했다고 말해줬어. 이제 당신이 필요 없다고, 아무도 그렇게 말하지 않았는데…… 나에겐 꼭 그렇게 들리네.

그녀는 마른 가슴에 얼굴을 묻었다. 그의 가슴도 손처럼 따듯했다. 기억조차 희미한 그의 체취가 빛바랜 시간을 되돌렸다.

사는 게 힘들어. 당신이 없어서 그런가 봐. 그래서 원망스러워. 그녀는 박지우 가슴에 뺨을 문질렀다. 미안해, 원망해서.

미란은 그렇게 남편의 손을 잡고 가만히 머물렀다. 짙은 그림자가 그녀의 등에 드리웠다. 하지만 그런 건 아무래도 좋았다. 미란은 시간을 잊은 채 계속 이 자리에 머무르고 싶었다.

서영이 들어온 건, 미란이 연구실에 들어오고 한 시간이 지났을 때였다.

그만 일어나시죠.

이제 우리는 어떻게 되나요?

그녀의 입에서 나온 '우리'가 더없이 무거웠다.

그건, 저도 잘 모르겠네요. 운명이 더는 우리의 편이 아니라는 것 정도밖에는.

그는 몸을 돌려 밖으로 나가려고 했다. 그리고 그 순간 서영의 시선이 계측기 앞에서 멈췄다. 모니터가 그리는 영상을 확인한 뒤 3D로 전환했다. 그는 내부망에 갇혀있는 5세대 AI에게 몇 가지 질문을 했다. 답변이 수식과 문자 형태로 모니터에 올라왔다.

거짓말.

그는 자신이 한 말에 스스로 놀랐다. 손이 떨렸다. 심장 소리가 들린다는 건 과장된 표현이 아니었다. 그는 바로 다른 스텝들을 소집했다. 허공에 다섯 개의 블랭크 화면이 떴다. 서영은 떨리는 목소리를 겨우 추스르며 블랭크를 향해 말했다.

서영입니다. 어서 실험실로 와주십시오.

미란은 갑작스러운 서영의 변화를 주시했다. 지금, 이 실험실에서 뭔가 중요한 일이 발생했다는 걸 직감적으로 알 수 있었다. 서영이 떨리는 숨을 고르며 힘겹게 입을 열었다.

통합이 이루어졌습니다.

*

나인과 나는 209라는 번호가 적힌 문 앞에 섰다. 그는 선글라스를 벗고 뒤돌아섰다. 위압적일 거라 상상했던 것과 달리 부드러운 인상의 소유자였다. 평온한 갈색 눈동자가 내 눈을 마주했다.

아무 설명도 없이 여기까지 모셔 온 걸 사과드립니다.

여기가 어딘가요?

스탠다드맨이 머무르는 방입니다.

더 자세한 설명을 요구했다.

지난달, 스탠다드맨이 돌연히 사라지는 사건이 발생했습니다. 관리국이 발칵 뒤집혔지요. 막대한 인력을 투입한 끝에 우리는 그의 신병을 확보했습니다. 바로 어제였습니다. 사건과 관련된 세부 사항은 기밀이라 알려드릴 수 없음을 이해해주시기 바랍니다.

남자는 문 쪽으로 시선을 돌리며 말을 이었다.

스탠다드맨은 이제 곧 죽습니다.

뭐라고요?

그는 지난 백 년 동안 무균상태로 격리되어 있었습니다. 우리가 발견했을 땐, 이미 손쓸 수 없을 정도로 감염이 진행되어 있었습니다.

큐브에 넣으면 될 겁니다.

나인이 고개를 흔들었다.

그가 원하지 않습니다.

나는 나인의 얼굴을 뚫어지게 쳐다봤다.

치료를 위해 온 것이 아니군요.

그는 지금 자신을 설명할 수 있는 사람을 찾고 있습니다.

자신을 설명한다?

우리 기관에는 정신 계통 전문가가 없습니다. 선생님을 모시게 된 이유입니다. 자세한 건 직접 들어가서 확인하십시오. 전 여기서 기다리겠습니다.

그는 카드를 꺼내 문을 열었다.

나는 심호흡을 한 뒤 방으로 들어갔다. 스탠다드맨은 침대에 누워있었다. 움푹 들어간 볼우물과 주름진 얼굴, 창백한 피부와 새하얀 눈동자. 숨 쉴 때마다 오르내리는 가슴을 제외하면 작은 미동도 보이지 않았다. 죽음이 그의 깊은 곳까지 장악하고 있음을 알 수 있었다. 그의 머리맡에는 미란의 자서전이 놓여있었다. 나는 그의 옆에 앉아 지난 백 년의 역사를 이끈 남자를 가만히 바라봤다.

잠시 후, 그가 눈을 떴다. 그의 눈동자가 갈피를 못 잡고 위아래로 움직였다.

누구요?

낮고 탁한 목소리였다.

당신을 설명해 줄 사람입니다.

바로 당신이군요. 와줘서 고마워요. 이름이 뭡니까?

유영원입니다.

당신은 내가 누군지 알고 있나요?

그렇습니다.

사람들이 나를 스탠다드맨이라고 부르더군요. 난 내가 왜 이런 이상한 이름으로 불리고 있는 건지 알지 못해요. 아내의 자서전을 읽어봤지만, 거기엔 내가 스탠다드맨이 되는 과정만 있지, 정작 스탠다드맨이 무엇인지는 나와 있지 않더군요. 그래서 전 죽기 전에 나를 알고 싶었습니다.

그는 의식을 집중하려는 듯 눈을 길게 감았다 떴다. 그리고 물었다.

도대체 나는 누구입니까?

나는 잠시 머릿속을 정리한 뒤 입을 열었다.

정신 계통의 통합으로, 인류는 당신의 경험과 의식, 감각을, 물질처럼 이용할 수 있게 되었습니다. 덕분에 기억이란 개념 자체가 바뀌었지요. 단일한 개체에 적용되는 인식이 아닌, 집합적이고 통합적인 것으로 말이죠. 기억이란 세포로 시작해, 개인, 집단, 전 인류, 더 나아가 유기체와 무기물까지 아우릅니다. 개인의 기억은 집합적 기억에 속하고, 집합적 기억은 다시 개별적 기억으로 분화됩니다. 반복되는 이 과정이 작게는 역사를 길게는 진화를 결정하기도 합니다.

나는 숨을 고른 뒤 말을 이었다.

초기에는 치매 환자를 대상으로 당신의 인지와 사고를 이식했습니다. 결과는 놀라웠습니다. 어제까지 자식 이름도 못 외우던 노인들이 갑자기 기하학을 이해할 수 있게 되었으니까요. 환자들이 독일어로 수다 떠는 걸 본 사람들은 기적이라는 단어를 사용했습니다. 과학으로 받아들이기에는 이 모든 게 너무 충격적이었습니다. 그러던 중 누군가 이 시스템을 교육에 적용하자는 아이디어를 제시했습니다. 당신이 지금까지 익숙하게 해왔던 과학적 사고, 수학과 과학의 기초, 기타 필요한 기초 지식을 학생들에게 이식하자는 이야기였습니다. 결과는 마찬가지로 놀라웠습니다. 아이들은 초중고에 걸쳐 배워야 할 지식을 단 일주일 만에 습득했습니다. 치매 노인의 변화를 떠올려 보면 이미 예상된 결과였습니다. 더 중요한 건 이러한 이식이 아이들의 인격이나 개성에 거의 영향을 주지 않았다는 겁니다. 물론 이 문제는 여전히 논란거리지만, 적어도 당시에는 그렇게 인식되었습니다. 지식을 주입받은 1세대 아이들은 곧바로 대학 과정에 투입되었습니다. 그리고 몇 년 뒤, 각 분야에서 놀라운 성과들이 쏟아져 나오기 시작했습니다. 수학, 화학, 물리학, 천문학, 심지어 인문학까지 아이들이 활약하지 않은 분야가 없었습니다. 아이들은 겨우 십 대 중반이었습니다. 물론 모든 아이가 성과를 낸 건 아니었습니다. 그래도 충분했습니다. 게다가 범죄율이 40퍼센트 가까이 떨어졌는데, 이는 당신의 준법성이 작용해서라는 게 정론입니다.

나는 잠시 그의 표정을 살폈다. 아무런 동요도 없는 평온한 얼굴이었다.

시스템 도입 삼십 년 후, 인류 대부분이 당신의 정신을 계승하였습니다. 사회는 급속도로 발전했습니다. 합리성으로 무장된 새로운 인류는 무한의 지식을 축적할 수 있는 AI를 억제하기까지 했습니다. 유기체와 무기체가 지적으로 동등했던 유일한 시기로 평가됩니다. 사실상 지금의 발전과 풍요는 모두 그 시기에 만들어진 것이라 해도 과언이 아닙니다. 선생님은 인류의 새로운 표준이라는 의미로 〈스탠다드맨〉이라는 이름을 갖게 되었습니다. 선생님을 계승한 세대는 자연스럽게 스탠다드맨 키즈라 불렸고요.

 반대는 없었나요?
 소수였지만 당연히 존재했습니다. 당신의 정신을 계승한 사람이 과연 과거와 동일한 인물인가, 라는 존재론적인 논란은 지금도 계속되고 있습니다. 하지만 선생님은 기업과 정부에 막대한 이익을 가져다주었죠. 이익 앞에서 관념적 논란은 무의미했습니다. 무엇보다 스탠다드맨의 가장 큰 장점은 무해함이었습니다.

 무해함이라. 그는 지그시 눈을 감고 생각에 잠겼다. 다른 스탠다드맨은 어떻게 되었나요?
 선생님이 처음이자 마지막 스탠다드맨입니다. 만일 스탠다드맨을 양산할 수 있었다면 무서운 일들이 벌어졌을 겁니다. 과거 몇몇 독재자는 국민을 생산할 목적으로 이 연구에 천문학적인 돈을 쏟아붓기도 했습니다. 하지만 모두 실패했지요.

 저의 죽음은 이 세계에 어떤 영향을 미칠까요?
 나는 잠시 망설였다. 하지만 진실을 말하는 게 옳다는 결론을 내렸다. 그가 원하는 것도 결국 진실일 테니까.

아무 영향도 없을 겁니다. 과거 놀라운 세계를 창조했던 스탠다드맨의 정신은 지금 막 태동한 세계와 대립하고 있습니다. 그들은 변화를 원하고 획일성을 거부합니다.

당신도 그 생각에 동의합니까?

동의합니다. 저는 당신의 정신을 계승한 마지막 세대에 속합니다. 우리 세대가 사라지고 나면 스탠다드맨은 비로소 역사가 될 겁니다.

하지만 나는 스탠다드맨 키즈가 공통적으로 겪어야 했던 문제들, 과도한 몰입과 내면세계에 갇혀 죽음을 맞이한 이들에 대해 함구했다.

얼마 전 석양을 봤습니다. 아름다웠어요. 붉은빛이, 대지를, 하늘을 녹일 것처럼 타오르더군요. 마치 처음 보는 광경처럼 느껴졌지요. 마지막으로 본 석양을 떠올리려 해봤는데, 도대체 언제, 어디서 이 광경을 마지막으로 봤는지 기억해 보려 했지만, 아무리 노력해도 기억이…… 기억이 나지 않아서, 저는 두려웠어요. 두려움의 대상을 알지 못해 더 그랬는지도 모르죠.

스탠다드맨이 떨리는 손으로 머리맡을 더듬어 미란의 자서전을 가리켰다.

석양을 본 직후 시력을 잃었어요. 지금도 당신의 윤곽만 희미하게 보이지요. 그래서 책의 마지막 장을 읽지 못했어요. 당신이 읽어주었으면 해요.

나는 책을 펼쳤다. 마지막 장은 미란이 남편에게 보낸 편지였다. 언젠가 남편이 세상으로 나올 거라 믿었던 미란은, 그때를 위해 자서전 마지막을 남편에게 보내는 편지로 마무리했다.

나는 편지를 낭독했다. 평범한 내용이었다. '사랑한다'와 '그립다'는 말이 자주 눈에 띄었다. 첫사랑에 빠진 열여섯 살짜리 여자애의 연애편지를 보는 듯했다. 스탠다드맨 앞이라 그랬을까. 나는 미란의 마음을 들여다보는 것 같은 착각에 빠졌다. 스탠다드맨, 아니 박지우는 눈을 감고 가만히 내 목소리에 귀를 기울였다. 그 탓에, 나는 편지의 어느 부분에서 그가 죽었는지 알지 못했다. 내가 마지막 장을 모두 읽고 책을 덮었을 때, 그는 이미 숨을 거둔 상태였다.

잠시 그의 얼굴을 바라봤다. 그 얼굴 위로 죽은 아들의 얼굴이 겹쳐졌다. 갈 수 없는 미래와 끝낼 수 없었던 과거가 나의 의식 속에서 어지럽게 뒤엉켰다.

나인에게 스탠다드맨의 죽음을 전했다. 이미 예상했다는 듯 사망확인서를 내밀었다. 나는 모니터 구석에 기계적으로 서명했다.

이렇게 끝나는군요. 나인이 사망진단서를 바라보며 말했다.
모든 건 끝나기 마련이니까요.
내 대답에 그는 나와 눈을 마주쳤다.
그는 우리 모두의 아버지였습니다.

그렇습니다. 그는 우리 모두의 아버지였습니다.

남자의 질문과 나의 대답이 종소리처럼 가슴을 울렸다.

스탠다드맨의 죽음은 공식 발표가 있을 때까지 비밀로 해주셔야 합니다.

나는 고개를 숙이고 알겠노라 대답했다.

*

사고 일 년 전, 아들은 스탠다드맨의 정신을 계승하겠다고 말했다. 그로 인한 문제점과 한계를 전부 말해줬음에도 고집을 꺾지 않았다. 더는 말릴 길이 없었다. 3주 뒤 아들은 스탠다드맨을 계승했다. 이미 겪은 일임에도 아들의 변화는 생경하고 놀라웠다. 아들의 눈동자에 호수처럼 깊은 침묵이 서렸다. 장난감을 전부 버렸고, 그 시간을 독서와 산책에 할애했다. 좋아하던 간식을 끊고 적당량의 음식을 먹었다.

비가 오던 어느 밤, 아들은 마당에 나가 한 시간 넘게 비를 맞았다. 아내가 억지로 끌고 와 수건을 내밀었다. 도대체 무슨 짓이냐고 다그치는 아내에게, 비가 너무 천천히 내리는 게 신기해서, 라고 아들은 대답했다. 나와 아내는 경험하지 못한 일이었다. 병원에 데려가 정밀 진단을 해봤지만, 특이한 사항은 발견되지 않았다.

일 년이 지나고 아들이 죽었다. 그날 밤 나는 경찰서를 찾았다. 경찰이 CCTV 영상을 재생했다. 수요일 오후 3시 40분. 아들과 친구들이 함께 길을 걷고 있었다. 아이들은 수다 떨고, 웃고, 장난쳤다. 아들의 얼굴에도 웃음이 가득했다. 평소와 다를 바 없는 풍경이었다. 아들이 갑자기 걸음을 멈췄다. 시선이 도로 건너편을 향했다. 함께 걷던 친구 하나가 다가와 아들 어깨에 손을 올렸다. 아들이 도로 건너편을 가리켰다. 친구가 고개를 갸웃하자 아들이 도로 건너편을 가리키며 뭐라고 말했다.

뭐라고 하는 건가요?
녹음 기능이 없어서 뒤돌아선 장면은 확인이 어렵습니다. 측면 노출 장면을 확인해 보겠습니다.
경찰이 음성 확인 프로그램을 실행했다. 짧은 로딩이 끝나고, 아들의 입 모양에 따라 모니터 위로 문자가 떴다.

저기 있잖아, 저게 안 보여?

경찰은 같은 시간, 아들이 가리키던 도로 건너편을 보여주었다. 키 작은 가로수와 무인 카페가 전부였고 사람은 없었다.
아들이 도로로 뛰어들었다. 유인 운전 중이던 자동차가 미처 피하지 못하고 아이와 충돌했다. 통나무처럼 바닥을 구른 아들이 곧바로 몸을 일으켰다. 건너편을 바라보며 다시 걸음을 옮겼다. 쩔뚝거리던 아들은 몇 걸음 떼지도 못하고 다시 바닥에 쓰러졌다. 달리던 차들이 일제히 멈췄다. 쓰러진 아들을 포함해, 아무도, 아무것도 움직이지 않았다. 시간이 멈춰버린 것처럼.

*

드론이 전쟁기록관 근처를 지날 때, 나는 여기서 내려달라고 부탁했다. 나인은 목적지까지 30킬로미터도 넘게 남았다고 했지만 상관없다고 말했다.

드론에서 내려 나인에게 물었다. 왜 하필 나였냐고.
당신이 작성한 정신 계통이론에 관한 논문을 읽은 적이 있습니다. 논문 마지막 장에 이런 문구가 있더군요. '우리 세대에게 지워진 문제 혹은 한계가 스탠다드맨의 영향임을 부정할 수 없다. 하지만 그것이 우리 세대의 면죄부가 될 수 있다는 의미는 아니다. 누구도 여기에 이의를 제기할 수 없을 것이다.' 라고요. 그게 당신을 선택한 이유입니다.
그게 전부입니까?
나인은 선글라스를 고쳐 쓰며, 그게 전부라고 말했다. 다른 말은 없었다. 나인이 내게 악수를 청했다. 처음으로 그의 얼굴에서 미소 비슷한 것을 볼 수 있었다. 드론이 떠올라 작은 점이 되어 사라졌다.

이 행성에서 겨울이 사라지던 그때, 사람들은 겨울과 함께 인류의 미래도 함께 사라질 거라 했다. 하지만 겨울이 사라지고 백 년이 지난 지금까지도 인간의 삶은 계속되고 있다.

저는 도대체 뭡니까?

스탠다드맨의 질문이 머릿속에 맴돌았다. 나는 그의 질문을 제대로 이해하고 있었던 것일까? 그가 원했던 대답은 혹시 다른 것이 아니었을까? 나는 넥타이를 풀어 주머니에 넣었다. 걸을 때마다 그의 목소리가 반복적으로 들려왔다.
저는 도대체 뭡니까? 저는 도대체 뭡니까? 저는 도대체…… 뭡니까.
멈춰서 두 손으로 얼굴을 감쌌다.
하늘이 조금씩 어둠에 잠겼다.

|작가의 말|

언젠가 친구들과 술자리를 가졌다. 어쩌다 보니 대화 주제가 여자와 연봉에서 아버지로 넘어갔다. 그때 나와 친구들은, 각자가 각자의 아버지에게서 유사한 관계성을 강요받았다는 사실을 깨달았다. 넓게 보면 그것은 한 세대가 한 세대를 다뤘던 방식(혹은 태도)이기도 했다.

집단과 개인은 끊임없이 영향을 주고받는다. 인간은 부모라는 지극히 개인적인 관계를 통해 사회의 가치를 학습하고 강요받는다. 바로 이 지점에서 나의 질문은 착상되었다.

우리 세대의 가치는 어디서 기원하는가.

아버지 세대의 가치는 어디서 기원하는가.

우리는 서로에게 어떤 존재가 되기를 바랐는가?

이 질문에 답을 찾지 못해 소설을 썼다.

초고를 쓴 게 벌써 십이 년 전이다. 여전히 저 질문에 대한 답은 찾지 못했다. 다만 확실한 건, 이 모든 것이 지금도 여전히 이어지고 있으며, 그 이어짐에서 누구도 자유로울 수 없다는 것이다.

이상욱
2013년 『문학의 오늘』 소설 신인상에 당선되어 작품활동을 시작했다. 2015년 「경계」로 한국문화예술위원회 차세대 문학 공모에 선정되고 2021년 소설집 『기린의 심장』을 출간했다.

그래도 되는 사이
-
정무늬
-

당시 나는 돈까스 김밥 대신 야채 김밥을 골라야 할 정도로 돈이 없었다. 출판사를 관두고 북튜브를 시작했으나 조회 수가 처참했다. 사람들은 앨리스 먼로의 신작보다 낮잠 자는 고양이나, 코 피지 짜는 여중생에게 관심을 가졌다.
"좀 밋밋해요. 임팩트가 없달까?"
외솔의 지적에 동의했다. 그렇다고 기분 나쁘지 않았던 건 아니었다.
"네가 잘나면 얼마나 잘났다고 평가질이야?"
나는 야심 차게 도전한 분야에서 좌절한 사람 특유의 적개심과 공격성을 숨기지 못했고, 그 말을 내뱉은 후 패배감에 휩싸였다. 수긍하는 척이라도 했으면 덜 쪽팔렸을 텐데.
외솔은 심드렁한 얼굴로 배를 벅벅 긁다가 "우리 집에 갈래요? 술 많아요"라고 말했다.
그런 것들을 어디서 구해오는지 모르겠지만 외솔은 스팽글이 달린 티셔츠와 통 넓은 비로드 바지를 즐겨 입었다. 심지어 양말 속에 바짓단을 집어넣었다. 21세기를 온몸으로 거부하는 독보적인 스타일 때문일까, 호주 JMC Academy에서 배웠다는 편집 기술 덕분일까. 외솔의 브이로그 채널은 꽤 인기였다.

나도 외솔의 채널을 구독했다. 뜬금없이 눈동자를 클로즈업하거나, 손끝의 움직임을 끈질기게 따라가는 특유의 시선이 좋았다. 외솔이 활동하는 유튜브 카페에 가입했다. 영상에서 얼굴을 보여 주지 않는 그녀가 오프 모임에 나온다는 점이 흥미를 끌었다.

외솔은 폐가나 다름없는 작업실에 살았는데 인심만은 후해서 술이나 밥, 혹은 인기척이 고픈 사람들을 닥치는 대로 초대했다. 내게도 두부새우젓찌개와 테킬라를 내줬다. 외솔이 먼저 다가왔다는 것에 우쭐하면서도 내 목적을 꿰뚫어 본 건가 싶어서 민망했다. 그걸 들키고 싶지 않아서 술을 많이 마셨다. 토한 건 기억난다. 하지만 외솔이 만들었다는 퀼트 담요 위에 했을 줄은 몰랐다.

"언니 진짜 귀여웠는데. 자주 놀러 와요. 응?"

너그러운 주인과 공짜 술. 짜고 매운 찌개. 외솔과 가까워지지 않을 수 없었다.

"북리뷰를 노브라로 하는 건 어때요?"

비파주를 따라주며 외솔이 말했다. 외솔이 주워온 잡종 개를 긁어주다가 이맛살을 찌푸렸다.

"뭔 개소리야?"

"언니 노브라 좋아하잖아요."

"좋고 말고가 어디 있냐? 귀찮아서 안 입는 거지."
"2백 뷰가 말이 돼요? 구독자가 3천인데."
"그래서 꼭지를 보여주라고?"

외솔은 대놓고 보여줄 필요는 없다고 했다. 오히려 보일 듯 말 듯 섬세하게 접근해야 한다고 했다.

"양질의 영상을 꾸준히 올리는 게 중요하다며?"
"솔직해지면 좋을 것 같아서 한 말인데."
"내 영상은 가식적이다? 거짓으로 똘똘 뭉쳤다?"
"있는 그대로의 언니가 더 매력적이라는 뜻이에요."

외솔의 엷은 갈색 눈동자에 고집스러운 빛이 스몄다. 어쩔 수 없이 하현이 떠올랐다. 할 말과 하지 말아야 할 말도 구분할 줄 모르면서 신념에 가득 찬 고집쟁이. 대놓고 날 싫어하는 사람보다 더 폭력적이고 때론 돌이키지 못할 상처를 남기는 여자. 멋대로 떠드는 외솔보다 그런 여자에게만 끌리는 나 때문에 기분이 더러웠다.

"아무 데서나 벗지 않아. 카메라 앞에서는 더더욱."
"그냥 젖꼭지일 뿐이잖아요."
"그게 예의잖아?"
"누구에 대한 예의인데요?"
"보기 흉해. 요즘은 남자들도 니플패치 하는 거 몰라?"
"그러니까 흉하다는 걸 누가 정한 건데요?"

외솔이 한 번도 의심하지 않았던 경계를 건드릴 때면 내가 남이 짠 틀에 길든 인간인 것만 같아서 처량해졌다. 이윽고 화가 났다. 흥하다는 건 누가 정한 걸까? 라는 의문과 별개로.

"다들 그러고 살아."

"왜 그러고들 사는지 모르겠다고요."

외솔이 웅얼거렸다. 안타까움과 반발심이 반씩 섞인 말투였다.

"니가 선택할 수 있는 게 많을 것 같지? 따져보면 별거 없어. 선택지는 소주를 마실까, 맥주를 마실까, 소맥을 마실까, 그 정도뿐이라고."

"오늘은 비파주잖아요."

"아주 특별한 날이지. 술맛 떨어뜨리지 말고 마셔."

"와, 옛날 사람."

외솔이 입을 삐죽거리며 내 어깨에 기댔다. 외솔에게서 피죤 냄새와 이름 모를 풀 냄새, 버림받은 개와 집에 가기 싫다고 떼쓰는 어린애 눈물 냄새가 났다. 외솔의 동그란 머리통을 쓰다듬고 싶었다. 집먼지진드기 때문에 생겼다는 뒷목의 아토피 자국도 만져보고 싶었다. 남아메리카 대륙이 이런 모양이었던 것 같은데.

목선이 드러나는 짧은 머리칼과 500원짜리 동전만 한 붉은색 남아메리카 대륙을 가진 외솔을 밀어냈다. 이건 선택의 문제가 아니니까. 외솔은 날 모르고, 앞으로도 몰라야 하고, 언젠가 알 수도 있지만. 가끔은 알아줬으면 싶지만 그래도.

비파주를 원샷하고 일어났다. 외솔과 개가 동시에 고개를 들었다.

"내가 보여주고 싶은 건 젖꼭지가 아니야."

외솔의 작업실을 빠져나왔다. 그럼 뭘 보여주고 싶은데? 라는 질문엔 답하지 못했다.

가방이 무거웠다. 하현이 보낸 청첩장 때문이었다. 한 달 전부터 어딜 가든 청첩장을 가지고 다녔다. 열어보기 전에 잃어버렸으면 좋겠다는 기대와 잃어버리기 전에 확인해야 한다는 강박 때문에 이중으로 머리가 아팠다.

개가 작업실 밖까지 따라 나왔다. 외솔은 왜 개에게 이름을 붙여주지 않는 걸까? 왜 그날 기분에 따라 멍멍아, 까꿍아, 개새끼야, 하는 걸까?

잠시를 못 참고 배를 뒤집은 개를 긁어주다가 일어났다. 여름밤 공기가 눅눅하게 들러붙었다. 티셔츠 위로 튀어나온 한 쌍의 젖꼭지가 고독해 보였다.

노브라로 마시면 숙취가 덜하다고 하현이 말했다. 조심스레 브라를 벗었다. 처음에만 어색했다. 숙취에서 완전히 벗어날 순 없었으나 아무래도 상관없었다. 노브라가 더 불편하다느니, 가슴 밑에 땀이 찬다느니, 그런 푸념도 B컵을 넉넉하게 채우는 글래머들이나 하는 소리였다.

기모 내의에 패딩 점퍼를 껴입는 겨울이 좋았다. 재킷이나 카디건을 걸치는 봄, 가을도 그럭저럭 괜찮았다. 얇은 티셔츠 한 장으로 버티는 여름이 오자 문제가 생겼다. 이럴 필요까진 없잖아? 싶을 정도로 크고 두툼한 유두 때문이었다.

"란주야. 실리콘 패치 붙여볼래?"

"금방 떨어져."

"접착력 좋은 것도 있어."

"나도 알아. 살점도 같이 뜯겨나갈 것 같더라."

볼 테면 보라지! 호기롭게 가슴을 펴기엔 존재감이 지나친 유두였다. 사람들이 쳐다보는 것 같았다. 착각은 아니었다. 눈살을 찌푸리거나, 얼굴과 유두를 번갈아 보는 이들과 자주 마주쳤다. 멀어지고 나서도 달라붙는 시선. 잡히지도 않고 쫓아지지도 않는 파리 같았다. 아니, 내 어깨를 짓누르던 5학년 담임 같았다.

담임은 먼지가 날린다는 이유로 걸핏하면 체육 수업을 빼먹는 중년 여자였다. 계집애가 부끄러운 줄도 모르고. 니네 엄마는 집에서 뭐 하니? 수치와 분노를 구분할 줄 몰라도 모욕당했다는 것쯤은 눈치챌 나이였다. 부당하다고 말하는 법은 배우지 못했다. 내가 할 수 있는 최대치의 저항은 울지 않는 것과 허락을 구하지 않고 교실을 빠져나오는 것뿐이었다.

여름날이었다. 신발주머니를 놓고 왔다는 걸 깨달았지만 돌아갈 순 없었다. 땀으로 끈끈해진 피부에 면티가 찰싹 달라붙었다. 있는 줄도 몰랐던 유두가 도드라졌다. 티셔츠 자락을 앞으로 팽팽하게 잡아당겼다. 아무리 생각해도 부끄러움은 아니었다.

두려웠다. 어쩌면 억울했을까. 집에 도착할 때까지 땅만 보고 걸었다. 오그린 어깨가 욱신거렸다. 엄마에게는 아파서 조퇴했다고 둘러댔다. 원망하는 마음이 없지 않았지만, 엄마를 원망하는 건 우리를 싸잡아 모욕한 담임이 진심으로 바라는 일처럼 느껴졌다.

"남의 몸에 관심들 참 많아. 자기들도 한 쌍씩 가졌으면서."

옷을 벗으며 하현에게 푸념했다. 하현이 손끝으로 내 유두를 살살 쓰다듬었다. 말린 장미와 동지팥죽 사이 어딘가의 색채. 콩이나, 바둑알 형태가 아닌 짧은 분필 같은 독특한 모양새. 딱히 미울 것도 없고 그다지 소중하지도 않았던 살점이 내가 여자라는 걸, 그래서 가려야 하고 적어도 부끄러워해야 한다는 걸 일깨웠다.

"란주 네 건 워낙 튀니까."

"문명인이면 문명인답게 시선도 갈무리할 줄 알아야지."

"문명인답게 속옷이나 챙겨 입으라고 할걸?"

"벗는 건 내 자유야."

"보는 것도 자유라잖아."

"남의 젖꼭지 보고 수치심 느끼는 소리 하고 앉았네."

여름이 다가오자 하현은 브라를 입기 시작했다. 눈총을 받으니 그쪽이 편하다는 거였다. 내가 무도한 시선과 만연한 탄압에 대해 떠들면, "편한 대로 다 하려면 무인도에서 혼자 살아야지"라고 말하며 소름 끼치는 방식으로 받아쳤다. "어떤 면에선 진보적이다 못해 선동적이면서. 왜 젖꼭지만 보수야? 선택적 보수냐?" 하고 묻자, "사회적 타협"이라는 싱겁고 떫은 말로 날 질리게 만들었다.

나도 가끔 브라렛을 입었다. 그래야만 하는 자리였다. 깃털이니, 마약이니, 편하다고 광고하던 브라렛도 가슴을 조이긴 마찬가지였다. 조여지고 가려진 건 가슴만이 아니었다. 오히려 그 안쪽 문제였다.

"좋게 좋게 생각해. 젖 먹일 때 얼마나 편하겠니?"

하현이 킥킥거렸다. 원래 실없이 웃는 여자였다. 그래서 좋아했다. 녹은 아이스크림처럼 부드럽게 내려앉은 하현의 유두를 손가락으로 튕겼다. 몸을 동그랗게 말고 비명을 지르던 하현이 내 유두를 향해 돌진했다. 가슴팍을 가리고 옆으로 굴렀다. 카랑카랑한 웃음소리가 귓가를 간지럽혔다.

내 몸, 내 살점. 오직 너에게만 허락하는 한 쌍의 작은 등대. 나는 잠시 우리를 우리로 만드는 모든 것에 감사했다. 하현과 함께 있을 때 가장 나다울 수 있었고, 착각인지 착란인지 가끔은 그 무엇도 두렵지 않았다. 아주 잠깐은 말이다.

"우리 결혼하자."

하현이 헐렁한 금반지 한 쌍을 꺼냈다. 하현의 엄마가 운영하는 금은방에서 훔친 물건이 분명했다.

"아기도 갖자. 임신은 내가 해올게."

뭘 어떻게 해온다는 건지 모르겠지만 하현은 진지했다. 하현은 아기를 좋아했다. 저를 닮은 아기를 낳는 것이 소원이라고도 했다. 정자 증여에 대해서도 신중하게 알아봤다. 비혼 여성과 동성 부부의 체외수정을 허용하는 프랑스와 달리 현실적인 문제가 한둘이 아니었다.

"그래도 낳을 거야. 내 꿈이니까."

하현은 가질 수 없는 것을 더 간절히 바라는 몽상가였다. 희망을 놓지 않는 것만으로 뜨거워질 수 있다면 하현처럼 사는 것도 나쁘지 않다고 생각했다. 동시에 그녀와 내가 얼마나 다른지 곱

씹었다. 끝없이 불화하다 영영 멀어질지도 모른다고 예감하면서.
"좋은 말로 할 때 갖다 놔. 걸리면 뒈져."

하현의 엄마는 우리를 둘도 없는 친구로 알았다. 외동딸 옆에 붙어 있던 내게 줄곧 다정했던 것도 그 덕이었다. "너희끼리만 어울려 다니지 말고 결혼할 생각을 해야지. 똘똘한 사위한테 가게 물려주는 게 소원이다." 그녀는 하현과 내게 먹일 비빔국수를 무치고, 동그랑땡을 부쳤다. 그때마다 죄책감에 시달렸다. 우리의 취향 혹은 선택이 그녀를 괴롭히리라는 것과 내 가족을 보고 싶다는 하현의 부탁을 거절한 것에 대해.

"란주야. 내가 부끄럽니?"
"그럴 리가 있겠냐?"
"왜 팔짱도 못 끼게 해?"
"선택의 문제야."
"믿음의 문제가 아니고?"
"너한테 일방적으로 맞추는 게 네가 생각하는 믿음이야?"

내가 남자를 만난 적이 있다는 것 때문에 하현은 늘 불안해했다. 딱 한 번뿐이었고, 성 정체성이 뭔지도 모른 채 마냥 부정하려던 시기였다. 하현은 언젠가 버림받게 될 거라고 확신했다. 말없이 출판사로 찾아오기도 했다. 내 반응을 보고 진심을 확인할 수 있다고 믿는 것 같았다.

"내 생활을 지켜달라니까."
"우리 관계를 망가뜨리면서까지 지켜야 할 만큼 중요한 생활이 뭔데?"

"우리 망가지고 있어?"

"적어도 나는 착실하게 망가지고 있지."

하현은 매번 비슷한 방식으로 날 시험했다. 그것만으로 우리 관계는 위아래로 나뉘었다. 참 이상한 일이었다.

"란주 넌 감추는 게 너무 많아. 남의 시선을 의식하느라 감춰지지 않는 것도 있다는 걸 받아들이지 않아."

하현은 날 탓하는 것으로 제 행동을 정당화했다. 그런 건 사랑도 뭣도 아니라는 걸 알면서도 멈추지 못했다. 이 정도쯤은 용인될 수 있을 거라 착각하는 것 같기도 했다. 우리는 서로를 설득해 보려다가 상처받기 일쑤였고, 상처를 숨기지 않음으로써 관계를 소모했다.

같은 바에서 술을 마시는 여자들은 내가 하현을 이해해줘야 한다고 했다.

"우리가 우릴 이해 안 해주면 누가 이해해 주겠니?"

그때마다 나는 "그 우리에 저도 포함되나요?"라고 묻고 싶었다.

물론 진짜 물은 적은 없었다. 소수의 인권을 보장하지 않는 사회에서 소수 안의 소수가 되는 건 체념하기도 저항하기도 힘든 처지에 놓인다는 뜻이었다. 나는 그걸 오랜 시간에 걸쳐 익혔는데 그 때문에 하현과 헤어진 건 아니었다. 남자를 만난 적이 있기 때문도 아니었다.

그럼 왜였을까. 깜짝 놀랄 만큼 사소한 이유를 곱씹다가 가슴 한쪽이 서늘해지곤 했다. 하찮고 알량한 슬픔이 흩어지면 기이할 정도로 커다래진 그리움이 불쑥 솟아올랐다. 그리움의 얼굴은 왜 항상 찬란하게 웃고 있을까. 한 번도 상처받거나 훼손된 적 없다는 듯이.

영상 촬영은 그리 어렵지 않다. 삼각대 위에 휴대폰을 올려놓고 지향성 마이크를 연결한다. 쿠팡에서 2만 5천 원을 주고 산 물건인데 성능이 제법 괜찮다. 책에 대해 떠들다 보면 시간이 훌쩍 지난다. 본문을 줄줄 읽거나 한 권을 통째로 요약하는 건 금물이다. 고소당할 수 있기 때문이다. 저작권자에게 허락을 구하는 것이 가장 좋다지만 작가는 바쁘고, 북튜버는 셀 수 없이 많다.

몇 안 되는 시청자의 눈길을 붙잡으려면 편집에 기를 써야 한다. 시청 지속 시간이 길어야 노출이 는다. 노출이 늘어야 채널이 성장한다. 책을 고를 때도, 좋았던 점이나 아쉬운 부분을 짚을 때도, 항상 누군가의 시선을 생각한다. 지루할까 봐, 그래서 떠나가 버릴까 봐.

30프레임으로 쪼갠 1초를 이리저리 이어 붙이다 보면 21세기 삯바느질이란 말에 절로 고개가 끄덕여진다. 10분짜리 영상에 48시간을 쏟아붓는 경우도 부지기수다. 그렇게 만든 영상 수익은 너무 알량해서 신비스러울 지경이다.

가끔 내가 왜 북 튜브를 선택했을까 생각한다. 남의 문장을 뜯어보는 것 말고, 내 이름이 박힌 무언가를 생산하고 싶었을까. 생산할 재주는 없으니까 이러쿵저러쿵 떠들고 싶은 걸까. 어차피 눈치 보는 건 똑같은데. 고유한 건 어디에도 없는데.

불안감 때문에 여기까지 밀려온 걸지도 모른다. 서른이 되면 뚜렷한 목표 하나쯤은 생길 줄 알았다. 먹고살 걱정까지 해야 할 줄은 몰랐다. 가끔 궁금했다. 먹고사는 것에 매몰된 삶도 진짜 삶일까. 그런 삶 속에서 날 지키는 게 가당키나 할까. 다들 그러고 산대. 사는 게 원래 그렇대. 위로랍시고 그런 말을 하는 사람이 있다면 명치를 팔꿈치로 찍어버려야지.

외솔이 강릉에 가자고 했다. 5성급 호텔을 홍보하는 브랜디드 영상을 찍어야 한다고 했다. 새로 산 책 중에 『아무도 찾지 않는 강릉』이라는, 강릉관광공사에서 보면 뒷목 잡을 만한 책이 끼어 있었다. 인적 드문 명소를 소개하며 뉴노멀 패러다임을 제시하겠다는 기획이었는데 제목부터 망뻘이 역력했다.
"강릉 여행기를 강릉 바다 배경으로 리뷰하면 좋잖아요?"
외솔이 은근히 물었다.
나는 "현장감이 살면 좀 낫겠지?"라며 진지하게 고민하는 척했다. 석식 뷔페가 포함된 공짜 숙박권에 솔깃했다는 걸 감추고 싶었다.
"운전은 내가 할게. 서울-양양 고속도로는 과속 단속이 심하니까."
외솔을 배려하는 시늉도 했다. 외솔은 "오션뷰 보면서 위스키 따요. 쟁여둔 거 있어요"라는 말로 나를 한 번 더 흥분시켰다.
"누가 보낸 거예요?"
렌터카 안에서 외솔이 빛바랜 청첩장을 발견했다. 하도 오래가지고 다녀서 가방에 있다는 것조차 잊으면 좋으련만. 나는 보름 앞으로 다가온 하현의 결혼과 괜스레 무거워지는 마음을 매일 새롭게 확인하고 있었다.

"전 애인."

졸음 방지 껌을 씹으며 대답했다. 지난 이야기인데 숨겨서 뭣 하나 싶었다.

"그걸 한 달이나 가지고 다녔다고요?"

"어쩌다 보니."

"언니도 제정신은 아니에요."

"고마워. 너한테 그런 말 들으니까 안심이 된다."

"청첩장 보낸 인간이나 언니나 똑같은 또라이라고요."

"고맙다니까."

"절대 가지 마요."

"내가 거길 왜 가?"

매운 껌 때문에 자꾸 침이 흘렀다. 침을 흘리는 건 나인데 외솔은 쓰디쓴 뭔가를 삼키는 사람처럼 인상을 찌푸렸다. 질투하는 건가? 아무랑 강릉에 가고, 꿍쳐놓은 위스키를 함께 나눠 먹는 사람은 없잖아? 비파주를 따라줬을 때 알아봤어야 했나? 외솔이 예상보다 날 더 많이 좋아할지도 모른다는 시시한 가능성 덕분에 목에 힘이 들어갔다.

"청첩장까지 받은 마당에 축하해 주는 것도 괜찮겠네. 할리우드 스타일로."

"언니 의정부 출신이잖아요."

"너도 같이 가자. 잠원역 사거리 알지? 밥 맛있기로 유명한 웨딩홀이래."

"그런 것까지 알아봤어요?"

"축의금도 두둑이 내야겠다. 걔네 엄마한테 밥 많이 얻어먹었거든."

"나도 언니 밥 많이 해 먹였거든요?"

"돈 많이 벌어야겠네. 너 결혼할 때 축의금 내려면."

그 뒤로 외솔은 말이 없었다. 침묵하는 게 아니라 경직된 것 같았다. 외솔을 마구 흔들어 본심을 드러내게 하고 싶었는데 애초에 감춘 본심이 없고 나 혼자 착각한 걸까 봐 망설여졌다. 외솔의 호감을 모르는 척 시치미 떼면서 반응을 떠보는 편이 안전했다. 비겁한 게 아니라 조심성이 많은 거라고 믿고 싶었다. 하현에 대한 감정이 정리되지 않은 채 또 상처받고 싶지 않았다. 역시 비겁하네. 인성 참 더럽네. 그러는 사이 강릉에 도착했다.

외솔의 촬영 도우미를 자처했다. 실버버튼 유튜버의 기술을 조금이나마 빼먹으려는 의도였다. 촬영에 들어가자 외솔은 무시무시하다 못해 기가 죽을 정도로 집중하기 시작했다. 카메라 앵글을 조정하고, 콘티에 맞춰 동선을 확인했다. 로비를 걷는 자신의 뒷모습, 체크인 키오스크 버튼을 누르는 손가락, 강문해변을 바라보는 좌측면, 우측면, 반측면을 찍고 다시 찍었다. 보조배터리를 들고 얼쩡거리던 나는 금방 나가떨어졌다. 내 쪽을 보지도 않고 외솔이 중얼거렸다.

"언니 먼저 쉬어요. 운전하느라 피곤했을 텐데."

해가 떨어진 뒤에도 외솔은 돌아오지 않았다. 15층 오션뷰 디럭스 룸에서 휴대폰을 켰다. 뭉개진 발음을 우물거리다가 맥락 없는 구절을 읽어내렸다. "아무도 찾지 않는다는 것은 누구도 발견하지 못했다는 뜻이다. 발견은 마음에 담는 행위고, 찾아간다는 건 마음을 확인하는 과정이다." 올드하고 겉멋이 지나치다고 느꼈던 문장이었다.

겨드랑이에 맺힌 땀을 닦으며 영상을 확인했다. 낯이 벌겋게 달아오른 여자가 잘 모르는 책에 대해서 떠들고 있었다. 외솔을 지나치게 의식한 탓일까. 말투는 과장되고 동작은 산만했다. 눈빛만은 절망적이도록 간절해서 곤혹스러웠다. 영상을 지웠다. 외솔의 가방을 뒤져 위스키를 꺼냈다. 룸서비스로 얼음도 주문했다. 외솔이라도 그랬을 거였다.

"북리뷰를 선택하지 말아야 했어. 왜냐? 책을 별로 안 좋아하거덩."

알코올에 찌든 목소리가 튀어나왔다. 목이 칼칼했다. 하지 말아야 할 말부터 해서는 안 될 말까지 골고루 떠든 모양이었다. 샤워 가운을 걸친 외솔이 얼마 남지 않은 위스키를 따라줬다.

"책도 좋아하지 않으면서 출판사에 다녔다고요?"

"문과가 원래 그래! 망해버려라, 문과."

이런 푸념쯤은 얼마든지 받아줄 수 있다는 듯 외솔이 어깨를 으쓱했다. 아까와 달리 입가에 웃음이 번져 있었다. 무릎을 세우고 앉아 리듬을 맞추듯 발을 까딱거렸다. 짧은 머리칼을 옆으로 기울일 때마다 남아메리카 모양의 아토피 자국이 보였다.

외솔이 짤막한 손톱으로 그 자국을 긁었다. 남아메리카 대륙이 조금 더 붉게 달아올랐다. 순간 웃음이 걷히고 침울해진 아이 같은 표정이 슬쩍 드러났다. 내가 최초로 발견했을지도 모를 외솔의 얼굴이었다.

"영상에서 얼굴도 보여주고 그래. 나는 그런 게 좋더라."

"얼굴은 진짜 내가 아니에요. 날 담지 못해서 보여줄 수 없어요."

"진짜 너는 어떻게 보여주는데?"

"빛, 움직임, 관점으로요. 거기엔 의도가 들어가니까 나도 얼마쯤은 담겨 있잖아요."

몹시 취했지만, 취하지 않은 상태에서 들었어도 개소리였다. 하지만 그게 외솔이었다. 개소리라 하든 말든 제멋대로 떠드는 사람. 넝마 쪼가리를 걸쳐도 스타일리시해 보이고, 구형 아이폰으로 작품을 만들어내는 사람. 자신만의 세계를 가진 몇 안 되는 사람. 그 세계가 불완전하고 때론 몹시 허접하다는 걸 인정하고, 그래서 더 고유해지는 사람.

나는 그런 외솔에게 매료당했다. 외솔도 얼마쯤은 내게 빠져들었는지도 몰랐다. 그렇다고 질투가 나지 않는 건 아니었다.

"너는 뭐가 그렇게 잘났는데?"

"내가 언제 잘났대요?"

"그게 대단히 잘났다는 증거야. 너 없는 동안 내 영상 전부 다시 봤거든? 근데 전부 나더라. 똑똑한 나, 세련된 나, 말 잘하는 나, 있어 보이는 나. 보여주고 싶지 않은 모든 걸 싹 뺀 내가 거기 있더라고. 웃긴 게 뭔 줄 알아?"

외솔은 대꾸가 없었다. 아랑곳하지 않았다. 나도 한 번쯤은 솔직해지고 싶었다.

"그럼 잘나야 하잖아? 보기 싫은 걸 다 뺐는데. 근데 아니더라고. 여전히 나는 어설프고, 어색하고, 주눅 들어 있더라고. 나도 알아. 그게 나란 걸. 안 취하고 배기겠니?"

외솔은 알까? 능숙하거나 여유로운 척하지 않고 속내를 털어놓는 게 나 같은 사람에게 제일 어렵다는 걸. 죽기보다 어려워서 상처받거나 오해당하는 쪽을 택해왔다는 걸. 위스키를 들이켰다. 식도가 뜨끈해지면서 술기운이 휭 돌았다. 외솔이 맛동산 봉지를 뜯었다. 제 손가락처럼 짧고 오동통한 과자를 입에 넣어줬다. 달고 짜고 고소했다.

"언니는 어떤 엄숙함에 둘러싸여 있어요. 그것만 풀면 언니의 매력이 드러날 거예요."

"그 엄숙함이 왜 브라니? 젖꼭지가 대체 뭐라고?"

"젖꼭지는 아무것도 아니에요. 아무것도 아닌 거로 고민하는 게 엄숙함이라고요. 언니의 본질이 훼손되는 게 싫어요."

"본질 같은 건 별로 보여 주고 싶지 않은데."

"일단 찍어봐요. 뭐가 그렇게 무서워요?"

나는 왜 계속 무서울까. 5학년도 아니고 누가 내 어깨를 붙잡고 꾸짖지도 않는데. 숨기는 것도 보여주는 것도 제대로 못 하고, 본질까지 훼손되었다면 어쩌지? 하현이나 외솔 같은 여자들 옆에서 관심인지 도 넘은 간섭인지 모를 것들에 귀 기울여야 하나?

애는 정말 뭘 알고 떠드는 걸까. 아님 내가 만만한 걸까. 만만해서 좋아하는 걸까. 좋아하니까 만만해진 걸까. 어느 쪽이든 무례한 것 아닌가. 왜 나는 그 무례함이 싫지 않은 걸까. 네가 뭐라고. 우리가 또 뭐라고.

"내가 찍어줄게요. 편집도 해주고. 채널 홍보도 해 줄게. 그러니까 한번 믿어 봐요. 응?"

"나한테 왜 이렇게까지 하는데?"

외솔이 골똘히 생각에 잠겼다. 잡종 개를 주워 왔을 때처럼, 주워 와 놓고 이름도 붙여주지 않았을 때처럼 "그냥 그랬어요. 별생각 없이" 할까 봐 마음이 불편했다. 그런 대답을 들으니 잠들어 버리는 게 나을 것 같았다. 어지럽고 울렁거렸다. 주인 없는 위스키라고 너무 빨리 들이켠 게 문제였다.

"사람들이 언니를 알아봐 줬으면 좋겠어요. 언니의 귀여움, 생각의 방향 같은 거. 나 혼자 보기엔 아깝다는 생각이 들어요. 유명해지면 아쉬울 것 같은데. 그래도 빛 봤으면 좋겠어."

울렁거림이 심해졌다. 서프보드에 엎드려 팔을 휘젓는 서퍼가 된 기분이었다. 뒤집히진 않으리란 안정감이 날 떠받쳤다. 혹시 모른다는 의심까지 지운 것은 아니어서 일렁거림은 점점 더 심해졌다.

"파도가 밀려온다."

외솔은 그게 분수토를 뿜으며 침대 밑으로 굴러떨어지기 직전 내가 한 마지막 말이라고 했다.

영상 속 나는 노브라였다. 인사불성으로 취해서 떠들고 있으니, 진정한 의미의 나라고 할 수 있었다. 조회 수가 삽시간에 올랐다. 3만 뷰가 넘으니 추천 영상으로 뜨기 시작했다. 한 번도 본 적 없는 반응이었다. 낯설었다. 스스로에 대해 떠드는 나와 그걸 바라보는 외솔의 시선이.

"작가들 비위 맞추는 거 재수 없지. 교정지만 봐도 토 나와. 그래도 참을 수 있거든. 참기 싫어도 참는 게 참 직장인 아니겠니? 월급 따박따박 나오는데. 노동법 좋지. 하지만 회사가 마음먹으면 일개 직장인은 버틸 수가 없어요. 나라도 닭장에 오리가 끼어 있으면 싫을 거야. 닭인 척하면 더 재수 없겠지? …… 이 때문은 아니야. 찾아오지 않았더라도 결과는 똑같았을 거야. 감춘다고 감췄지만, 한순간도 내가 아닌 적 없거든. 나는 나일 뿐인데 사회에서 다른 건 틀린 거고, 틀린 건 나쁜 거잖아. 그 나쁜 게 약하기까지 하면 얼마나 쉽겠니? 다들 왜 그러고 사냐고? 다르고 약한 건 소리소문없이 사라져 버리니까. 그래서 하나같이 꼬꼬댁 꼬꼬 하는 거야."

외솔은 오디오 클립을 잘 다뤘다. 하현의 이름은 들리지 않았다. 책을 싫어하는 독서가가 북튜브를 하게 된 경위가 이어지면서 닭이든 오리든 성적 취향과 무관한 비유처럼 들렸다. 드러난 것도 감당해야 할 것도 없었다.

외솔은 약속대로 내 채널 링크를 첨부했다. 내가 민망해서 내뱉지 못했던 구독과 좋아요를 강조했다. 외부 유입이 늘면서 구독자 그래프가 치솟았다. 낭독하는 목소리가 좋다고, 책 추천해

줘서 고맙다는 댓글이 영상마다 달렸다.

  기뻐야 하는데 공공장소에서 발가벗은 것처럼 무안했다. 때론 창문 밖으로 무겁고 날카로운 것들을 마구 집어던지고 싶었다. 왜일까. 동의하지 않은 촬영이라서? 북리뷰가 아니라서? 젖꼭지가 보여서?

  모든 이유에도 불구하고 외솔의 눈에 담긴 나는 매력적이었다. 내 표정이 저렇게 유연하구나. 웃을 때 보이는 분홍색 잇몸이 그리 흉하지 않구나. 어떤 부분에선 아름답기까지 하구나. 하지만 그건 보이고 싶지 않은 나였다. 들키고 싶지 않은 나. 적나라한 시선 틈에 내놓고 싶지 않은 나. 오직 너에게만 허락한 나.

  "언니 화났어요?"

  보이지 않을 권리를, 어쩌면 내보일 자유보다 더 조심스레 지켜야 하는 무언가를 훼손하고서 외솔이 주눅 든 척했다. 너는 다를 줄 알았는데. 조금 고집스러워도 일방적으로 짓밟는 사람은 아닐 줄 알았는데. 내가 손 내밀면 잡아줄 거라고, 너와 함께 한 번도 가보지 못한 외딴곳으로 떠날 수 있을 거라 믿었는데. 이번에도 나 혼자 착각하고, 설레고, 깊어졌다.

  "지워. 나도 지울 테니까."

  "뭘 지울 건데요?"

  전화를 끊었다. 유튜브에 접속했다. 모든 영상을 내렸다. 채널도 삭제했다. 차라리 후련했다. 외솔이 쉴 새 없이 전화를 걸어왔다. 카톡도 문자도 페메도 씹었다. 몇 시간 후 그 영상이 사라졌다.

일주일이 지나자 외솔은 다른 번호로도 전화를 걸지 않았다. 열흘쯤 지났을까. 외솔의 채널에 새 영상이 업로드되었다. 강릉 호텔에서 찍은 브랜디드 영상이었다.

그림자 한 뼘 나오지 않았지만 나는 거의 모든 장면에 외솔과 함께 있었다. 삭제된 신과 카메라 밖에서 웃는 외솔의 얼굴을 기억한다. 옅은 갈색 눈동자. 바람에 흩날리는 머리칼과 잠깐씩 드러났다 사라지는 목덜미. 한 번도 만져보지 못했던 붉은 남아메리카 대륙. 남들은 모르는 외솔을 좀 더 많이 찾고 싶었다. 찾으면 견고해질 것 같았다. 모두 환상이었다.

멍하니 스프링 노트에 외솔의 이름을 쓰다가 새삼 창피하고 짜증스러워서 볼펜으로 북북 그어버렸다. 그 페이지는 찢어버렸지만 뒷장에도, 그 뒷장에도 패인 자국이 남았다. 외솔도, 외솔을 지우려 했던 나도 결코 사라지지 않았다.

가끔 구질구질해졌다. 이렇게 끝나면 안 되는 거 아닌가. 적어도 외솔은 좀 더 끈질기게 사과해야 하는 거 아닌가. 외솔에게 나는 그 정도 사람밖에 아니었던가, 따위의 생각을 하다가 이력서를 썼다. 한 출판사 편집장과 화상 면접을 보고 나서야 아무도 노브라에 대해 지적하지 않았다는 게 떠올랐다. 물론 이제 나와 상관없는 이야기였다.

"신랑 잘생겼더라."

하현이 인조 속눈썹을 깜빡거렸다. 날 초대하긴 했지만 진짜 올 줄은 몰랐던 모양이었다. 청첩장 보낸 걸 잊었거나, 수신인 목록에 내가 있다는 것조차 몰랐을 수도 있었다.

"와줘서 고마워."

하현은 등받이도 없는 벨벳 의자에 꼿꼿하게 앉아있었다. 케이크를 장식하는 설탕 인형처럼 하얗고 반짝거렸다. 덕분에 묵은 피로와 지우지 못한 상념이 도드라졌다. 입술은 메말랐고 스프레이로 고정한 머리카락은 어색하게 굳어 있었다.

신부대기실은 적막했다. 가방을 맡아주는 지인도, 한복을 차려입은 어른도, 포토그래퍼도 없었다. 예식장 포토그래퍼들은 손가락 하트를 만들라는 둥, 사랑의 총알을 쏘라는 둥 시답잖은 주문을 하는데.

어리둥절한 채 어깨를 긁었다. 가슴통부터 겨드랑이, 등까지 근질거렸다. 숨 쉴 때마다 갈비뼈가 조였다. 어쩌자고 와이어 브라에 쉬폰 블라우스까지 챙겨 입은 걸까? 입안이 텁텁했다. 헤어진 연인과 재회하기에 복합적으로 껄끄러운 장소였다.

"어머니 많이 좋아하시겠다."

"나 시집보내는 게 우리 엄마 소원이었잖아."

"효도하려고 결혼하는 거야?"

"겸사겸사 내 소원도 푸는 거지."

언제부터 하현의 소원이 결혼이었을까. 몇몇 남자들이 신부대기실 밖에서 곁눈질하다가 사라졌다. 그들의 세련된 옷차림과 비밀스러운 눈빛에서 모종의 결탁이 느껴졌다. 설마. 아무리 그래도 그렇지. 입을 떡 벌린 내게 하현이 오래 고르고 골랐을 단어를 내놓았다.

"사생활은 최대한 존중하기로 했어. 신랑은 금은방에서 일 배우고 있고."

나는 하현이 확신에 찼을 때 어떤 표정을 짓는지 알고 있었다. 적어도 이런 얼굴은 아니었다.

"다음 달에 배아 이식할 거야."

"…… 힙하네."

"문제가 생기더라도 양육권은 내가 가질 거고."

"할리우드 스타일이야? K-드라마에서는 어림없는 스토린데."

하현과 하현의 엄마, 하현의 신랑에게 골고루 이익이 돌아간다는 걸 알면서도 불쑥 항의하고 싶었다. 이러면 안 되는 거잖아. 무인도에서 혼자 사는 것도 아닌데. 왜 항상 네 멋대로야? 이것도 일종의 타협이니? 분노라고 하기에는 뜬금없고, 질투라고 하기에도 석연치 않은 감정이었다. 내가 뭐라고 하현의 인생에 발 끈한단 말인가.

"너는 이해할 수 없을 거야."

그래. 나는 너랑 다르고, 너도 나랑 다르고, 그래서 우리 선택도 조금씩 달랐던 거지. 그 선택들이 궤적을 틀어놓고, 우리는 이건 아니다 싶으면서도, 어어 하는 순간에 이만큼 멀어져 버린 거야. 누가 누굴 버리고 버려지고 할 새도 없이. 뭐가 맞고 틀렸는지 정의하기도 전에.

"유튜브 왜 지웠어?"

하현이 봐줬으면 좋겠다고 생각했는데 막상 봤다니까 멋쩍었다.

"오리랑 닭 이야기 좋았는데."
"불편했니?"
"지난 일인데 뭐."

하현에게 나는 지난 사람이고, 그래서 너그러워질 수 있는 상대였다. 몇 가지 비밀을 알려줄 수 있지만, 함께 견디거나 헤쳐 나갈 사이는 아닌 사람. 나는 하현에게 그런 사람이 되어버렸다.

브라 끈이 어깨를 파고들었다. 간지럽다 못해 따가울 지경이었다. 와이어 아래로 손가락을 집어넣어 잡아당겼다. 별 소용없었다. 와이어든 노와이어든 모달이든 스판덱스든 브라는 브라였다. 누구에겐 생필품이자 패션이고 누구에겐 타협이고 억압이라 영원히 만날 수 없는 한 쌍의 젖꼭지처럼 따로 존재할 뿐이었다.

"밥 맛있으니까 먹고 가. 그거 하나 보고 골랐어."

하현도 드레스를 고쳐 입으며 말했다. 드레스 위로 볼륨업 패드가 삐죽 튀어나왔다. 패드를 원래 위치에 돌려놓으며 하현이 민망해했다. 나는 고개를 옆으로 돌렸다. 젖꼭지를 비틀며 깔깔거리던 여자들은 이제 없었다.

흰 봉투에 축의금을 넣었다. 하현의 친척이 봉투를 열기 전에 식권을 챙겼다. 오랜만의 뷔페였는데 식욕이 돌지 않았다. 그래도 2만 원어치는 먹어야지. 뭘 먹든 2만 원은 넘겠지만. 축의금 액수를 확인하며 어이없어할 하현을 떠올리며 웃었다. 웃고 싶어서 웃었는데 쉽진 않았다.

8인용 원형 테이블을 독차지하고 소주와 맥주를 주문했다. 종이컵에 만 소맥처럼 맛없는 술이 있을까. 더위 때문인지, 브라 때문인지 속이 뒤집혔다. 높은 확률로 폭탄주 때문이겠지만 참기 어려웠다.

화장실로 뛰어들어갔다. 한바탕 토한 후 와이어 브라를 벗었다. 짓눌린 살에 벌건 발진이 올라와 있었다. 브라를 벗었는데도 브라 모양대로 자국이 남았다. 결국은 사라질 사소함이 씁쓸하고, 그까짓 사소함에 이토록 휘둘렸다는 게 한심했다. 하현의 결혼식장까지 와서 한 짓이 고작 폭탄주 먹고 토하는 거라니. 나는 내가 아는 나보다 더 구질구질하고 한심한 인간일지 모른다고 생각하니 조금은 개운해졌다.

문득 외솔이 보고 싶었다. 함께 개를 긁다가 짜고 매운 찌개를 숟가락으로 떠먹고 싶었다. 브라를 가방 안에 쑤셔 넣고 밖으로 나왔다. 술에 취해 비틀거리는 여자를 사람들이 쳐다봤다. 모든 시선의 주인을 꼼꼼히 바라봤다. 눈을 돌리지 않은 것뿐인데 사람들은 흠칫 놀라거나 무표정한 얼굴로 비켜나갔다.

무서울 건 없었다. 안심할 수 있는 것도 아니었다. 홀가분하지 않았고 후련한 것도 없었다. 나는 여전히 당당함이나 솔직함과는 무관했다. 다만 가끔은 있는 대로 살고 싶었다. 남들처럼 말고 그냥 생겨먹은 대로. 그거면 됐다고 고개를 끄덕이는데 누군가 어깨를 붙들었다.

"언니 죽여버릴 거예요."

그것은 내가 들었던 그 무엇보다 과격하고 기이한 고백이었다. 어떻게? 왜? 뭐라 입을 떼기도 전에 외솔이 날 끌어안았다.

"내 전화 안 받으면, 진짜로 날 버리면. 끝까지 쫓아가서 언닐

죽일 거예요."

외솔이 울먹이며 살의를 불태웠다. 날것으로 부딪혀 오는 갈망이 아득하면서도 안쓰러웠다. 외솔은 기어코 날 죽이겠다고 몇 번이나 다짐했다. 놀라움은 희미해지고 가벼워졌던 마음이 다시 익숙한 무게로 가슴을 짓눌렀다. 어떤 선택은 뜻밖의 결과를 낳기도 한다는 걸 너무 오랫동안 잊고 있었다.

망설이다 외솔의 동그란 머리통을 쓰다듬었다. 땀이 축축이 밴 머리통과 그 아래 숨겨진 아토피 자국을 만지며, "그래그래 네 맘대로 해"라고 대답했다. 그 순간은 정말이지 외솔에게 죽어도 괜찮을 것 같았는데 외솔은 대단한 약속 혹은 용서를 받아낸 사람처럼 눈물을 뚝뚝 흘렸다.

오늘 우는 사람이 내가 아니라 다행이야. 외솔의 눈물이 마르면 같이 개 이름을 지어야지. 몇 가지 우연이 겹쳐져 혀끝에 미묘한 맛이 맴돌았다. 소맥보단 비파주 같았다.

| 작가의 말 |

   시선 틈에서 나는 늘 불안했다. 뻔하디뻔한 행동과 과장되고 부자연스러운 웃음, 딱딱하게 굳어버려 어디로도 흐르지 못하는 사고. 내밀한 곳까지 무참히 파고드는 시선들에 몸서리쳤다. 외딴곳으로 떠나면 나아질까? 정말 나를 짓누르는 것이 시선일까? 그 의문을 담아보고 싶었다. 꽉 죄는 속옷 한 장이 그 모든 걸 은유한다고 믿지 않는다. 나는 여전히 드러내길 망설이고 파묻힐까 봐 겁에 질린다. '보이지 않을 권리, 어쩌면 내보일 자유보다 더 조심스레 지켜야 할 무언가'를 이야기했다는 것에 아주 조금 안도할 뿐이다.

   이별보다 쓰라린 건 영원 같던 다툼도 작렬하던 미움도 다 지나버린 일임을 받아들이는 것이다. 화자는 그걸 덩그러니 남겨진 채 깨닫는다. 그리곤 한 번도 상처받지 않은 사람처럼 새로운 이를 끌어안는다. 그런 면에서 이 소설은 사랑 이야기다.

정무늬
2016년 첫 웹소설 「세자빈의 발칙한 비밀」로 〈카카오페이지×동아 공모전〉 우수상을 수상하면서 작품활동을 시작했다. 2011년 〈올레 e북 공모전〉 우수상 수상, 2019년 〈대한민국 창작소설대전〉 작품상 수상, 2020년 세계일보 신춘문예에 「터널, 왈라의 노래가 당선되었다. 웹소설 주요 작품으로 「시한부 황후의 나쁜 짓」(2021), 「같이 목욕해요, 공작님」(2020) 등이 있고 현재 유튜브 채널 '웃기는 작가 빵무늬'를 운영 중이다.

전두엽 브레이커

-

허성환

-

아주 오래전에 소설은 죽었다. 문인들은 중환자실에 누워있는 소설(무생물, 나이 측정 불가)의 시체를 붙잡고 아직 호흡이 붙어 있다고 우기는 중이다. 이 상황에 분노한 나는 내 사부 S급 문예지 등단 작가 L에게 대들고 있었다.

"아니, 형, 문장 노동자 노릇 해서 등단하면 뭐 해요. 독자도 없는데. 이제 빠르고 쉬운 글을 써야 해요."

"네가 등단하려는 곳이 어디지?"

"신춘문예요."

전화기 너머로 L의 한숨 소리가 들려왔다.

"그럼 거기에 맞는 소설을 써야지. 판타지 쓸 거면 장르문학도 공모전이 많으니까 거기 응모하면 되잖아. 며칠 전에 순문학×장르문학 강연 갔다 왔어. 판타지 작가가 포르쉐 타고 왔더라. 137억 벌었다는데. 부럽냐? 그러면 너도 포르쉐 타고 한강뷰 오피스텔에 살면서 판타지 써."

토라진 나는 당분간 다른 사부님을 모시기로 했다. 인터넷 구글링으로 새로 찾은 예비 사부는 월 29만 9천 원에 강의 영상+무제한 피드백을 주는 S급 플랫폼 판타지 작가였다. 과외 구인 글부터 범상치 않았다. '이 세계에서 잠시 낮잠 때리고 일어났더니 내가 S급 플랫폼 연재 작가?'라는 입질이 심하게 오는 제목으로 클릭을 유도하고 있었다.

결제에 앞서 새로 모실 사부의 글을 살펴봤다. 제목부터 범상치 않았다. 「내가 존나 쎈데 너희가 어디 감히 깝침? 마왕이건 드래곤이건 내 밑으로 다 집합!」이라는 도발적인 제목의 판타지 소설이었다. 1년 내내 장르 소설 1등 자리를 지키며 유료 결제 3억 뷰를 넘기고 있었다. 성층권까지 뚫을 기세로 베스트셀러 인기 1위를 유지 중인데 그를 추종하는 사람들은 그의 수입을 달에 최소 7천만 원 이상으로 추측하고 있었다.

그가 쓴 소설 내용은 다음과 같았다.

나는 존나 쎄다. 지나치게 쎄기 때문에 나와 옷깃만 스쳐도 상대방의 쇄골이 파손된다. 스파토이같이 골격으로 이루어진 생명체는 나와 스치기만 해도 사망이기 때문에 던전의 몬스터들이 나에게 쫄 수밖에 없다. 나는 스파토이 대장에게 가서 영화 '범죄와의 전쟁'의 하정우처럼 말했다.
"어이, 아그야, 여기 담배에 불 좀 붙여봐라."
"예, 형님."

스파토이 대장은 척추관협착증 악화로 사망했다.

뭐지? 이 미치다 못해 돌아버린 소설은? 이제 텍스트는 진짜 종말의 시대를 맞이한 것인가. 내일 당장 외계인이 32개월 할부로 산 UFO(에어백 옵션 없음)를 타고 와서 지구를 침략해도 이상하지 않을 것만 같았다.

나는 이 미친 판타지 소설의 독자층을 알고 싶어졌다. 어떤 이들이 보는지 몹시 궁금해졌고 3억 뷰를 넘겼다면 출, 퇴근 시간에 휴대폰으로 이 텍스트를 읽고 있는 사람이 분명히 있을 거라 추측했다. 이미 탄탄한 자본력을 지닌 S급 플랫폼이 딱히 조회 수를 조작할 필요는 없어 보였다. 곧장 근처의 지하철역으로 달려서 개찰구를 지나 지하철을 탔다.

피곤한 표정의 사람들이 휴대폰으로 음악을 듣거나 유튜브 영상을 시청하고 있었다. 뉴스는 인터넷으로 봤고 신문을 들고 있는 사람은 보이지 않았다. 종교인이 종교신문을 자리에 놓고 갈 뿐이었다. 그나마 e북으로 세계문학 전집을 보는 사람이 있어 조금 안심됐다. 나는 자리에 앉지 않고 일부러 지하철 안을 돌아다니며 사람들의 휴대폰 액정을 슬쩍 쳐다봤다.

나는 집으로 돌아와 울었다. 저따위 쓰레기 같은 소설을 읽는 사람이 서울대 공대 박사과정에 있는 사람이었기 때문이었다. 그 사람의 시선이 머문 곳의 텍스트를 읽었는데 가관이었다.

내용은 다음과 같았다.

다시 말하지만 나는 존나 쎄다. 나는 나의 강함을 주체하기가 힘들었다. 그래서 힘을 컨트롤할 필요가 있다고 생각했다. 나는 이 세상의 나약한 용사들과 밸런스를 맞추기 위해서 내 힘의 25% 이상은 잘 꺼내지 않는다. 실수로 내가 내 힘의 47% 정도 꺼내는 날에는 하늘을 날던 드래곤도 추락해서 즉사하기 때문이다.

신림역이나 봉천역에서 별 징조를 못 느꼈는데 지하철이 서울대입구역에 도착했을 때, 서울대 과잠을 입은 남자가 교수님에게 아부성 멘트를 날리면서 그 판타지 소설에서 시선을 떼지 못했다. 지하철이 역에 완전히 정차하자 못내 아쉬운 표정으로 읽다가 그만두고 자리에서 일어났다. 얼핏 들리는 통화 내용을 추측해 보니 교수가 냉장고에 코끼리를 넣으라고 해서 인도에서 코끼리를 운반해 올 계획을 짜다가 돌아버린 것 같았다. 공부하다가 맛이 가서 저런 글을 읽는 것인가.

안경을 쓴 인텔리전트한 모습의 학생이라 문학상 수상 작품집을 읽는 모습을 기대했는데 기대를 완전히 저버리고 저따위 글쪼가리나(쪼가리라고 하자) 읽고 있었다. 박사과정 남자도 휴대폰으로 화면을 넘겼다. 둘은 같은 연구실 선후배 사이 같았다. 둘 다 그의 글을 읽으며 낄낄거리고 있었다. 심지어 한 남자는 중간에 배를 붙잡고 웃고 있었다. 더는 없을 행복한 표정이었다.

나는 원룸으로 돌아와 책장에 꽂힌 현대문학과 관련된 서적을 하염없이 쳐다보았다. 눈물이 차올랐다. 문학상이 뭐고 등단 작가들의 작품집이 무엇인가. 문학 잡지들은 가만히 침묵을 지킨 채 진열되어 있었다. 멍하니 천장을 쳐다보고 있다가 탄식 같은 혼잣말이 나왔다.

"도대체 이게 무슨 날벼락이지?"

휴대폰을 만지작거리면서 웃음 짓는 서울대 박사과정 남자의 얼굴이 자꾸만 떠올랐다. 판타지 소설이 없으면 살 수 없는 표정. 다음 화를 못 보면 죽을 것 같은 표정이었다. 나는 거의 패닉 상태에 빠졌다. 서두를 쓰기 위해서 날밤을 지새우며 첫 문장을 고민하던 과거가 떠올랐다. 근 한 달간 붙잡으며 매달렸던 내 서두와 달리 그의 서두는 허무맹랑했다.

> 그녀는 나의 데스티니와 다름이 없었다. 오, 나의 데스티니!

와! 이게 그 판타지 소설의 첫 문장이었다! 한숨이 나옴과 동시에 전두엽이 아파졌다. 사람이 고혈압으로 죽는 이유를 이제야 알 것 같았다. 충분히 일어날 수 있는 인간의 사망 요인이었다. 이런 문장의 글을 좋다고 3억 번이나 읽는다고? 우리나라 인구가 5,182만인데? 전체 회차를 통틀어 말하는 거겠지?

무의식적으로 집필하기 위해 켜둔 노트북으로 인터넷을 깔짝였다. 온갖 뉴스와 가십거리들이 가득한데 그중 NASA에서 또다시 소행성 충돌 기사를 발표했다는 인터넷 신문의 낚시성 기사가 있었다. 한 과학자의 의견에 따르면 어차피 지구는 7억 년 안

에 반드시 멸망한다는 내용이었다. (인류도 3억 년 살면 지겨워서 자멸할 듯)

나는 생각했다. 그래, 진짜 갈 때가 된 거야. 갈 때가 되었으니 이런 소설이 베스트셀러가 되고 4억 뷰가 다 되어 간다며 인터넷 신문에서 대서특필 중이지. 인류가 멸망하든 말든 내가 준비하는 신춘문예 시즌은 한 달 남짓한 상황이었다. 컴퓨터 속 신춘문예 도전 폴더를 열어서 투고하려고 모아 둔 몇 개의 습작을 훑어보았다. 지금부터 부지런히 쓰지 않으면 등단은커녕 응모도 하기 힘들어 보였다.

갑자기 영화 '신세계'에 박성웅 배우의 대사가 떠올랐다. 나는 영화 대사를 패러디해서 서울 반지하(언덕에 있어 지상 1층 같은) 보증금 100만 원에 월세 32만 원짜리 원룸에서 대사를 읊조렸다.

"거, 갈 때 가더라도 신춘문예 등단 정도는 하고 가도 괜찮잖아?"

먼 미래에 지구가 멸망해서 인류의 잔해를 찾다가 내 비석을 발견한다면, 나는 둘 중 하나를 원했다.

'신춘낭인 신춘문예 등단 실패로 인한 쇼크사로 사망.' or '신춘문예 등단 작가 여기 잠들다.' 이 두 개의 선택지 외에는 내 미래의 모습에 대해서 상상력을 단 1초도 동원하지 않았다. 그럼 내가 유별난가? 아니다. 이 바닥에는 그런 사람들만 모여 있다. 이미 미친놈들만 남은 리그에서 경쟁하다 보니 조금 미친 사람은 평범해 보였다. 이왕 미칠 거 화끈하게 미치지 않으면 죽도 밥도 안 되는 것이다.

　나는 결제창을 켜두고 심각하게 고민했다. 인생의 갈림길에 섰다. 평소에 하지 않던 과감한 선택을 해야 한다. 계좌이체를 하면 곧장 장르문학 작가의 리미티드 에디션 강의를 들을 수 있다. 아무 페이지나 한 번 더 본 뒤에 최종 결정을 내릴 작정이었다. 그의 공개된 작품(진짜 작품이라고 말해도 되나?)의 일부를 텍스트 파일로 다시 열었다.

　　나는 어쩔 수 없이 내 힘의 65%를 꺼내야 했다. 봉인된 마법. 최고 단계의 암흑 마법, 기가 브레이크를 쓰는 수밖에 없다. 지금 이 자리에서 블랙 드래곤을 죽이지 않으면 내가 사랑하는 여자가 죽게 된다. 더 이상 내 힘을 제어하지 않을 것이다. 나는 죽음의 기운이 깃드는 드래곤의 둥지에서 귓속말처럼 작은 목소리로 마법 주문을 외웠다.

　　'기가 브레이크.'

　　실수로 내 힘의 97%가 발휘되었다. 강렬한 암흑 기운이 드래곤의 몸통을 관통하고 하늘을 뚫고 저 멀리 우주까지 뻗어나가 태양계를 찢었다. 안드로메다 성운도 찢어졌고 한국에서 열린 쇼미더머니 심사위원의 달팽이관도 찢었다. 그 충격으로 아직 발견되지 못한 우주 끝의 RX-437 행성도 파괴되었다.

"아, 너무나도 강한 나 자신이 싫다."
나의 마법으로 인해 세계가 멸망했다.
제1장 〈어둠의 카오스〉 끝.

와, 그는 좆나 쎘다. 그가 너무 강해 보였기 때문에 도무지 입금하지 않을 수 없었다. 4억 뷰가 다 되어가고 월에 7천만 원씩 땡기니까 저런 글을 자신감 있게 쓸 수 있는 것이다. 작가의 패기가 오존층을 뚫고 지구촌의 엘니뇨 현상을 초래하는 수준이었다. 대부분의 소설가는 작업실이나 독서실 혹은 서재에 책이 진열된 곳에서 프로필 사진을 찍는데 그는 PC방에서 게임하는 모습을 메인 사진으로 걸고 있었다. 평소에 글을 어떻게 쓰냐는 기자의 인터뷰에는 이렇게 답변했다.

"글 쓰는 일은 좆밥이기 때문에 PC방에서 게임하면서 대충 왼발로 글을 씁니다."

포스부터 남달랐다. 나는 그와 통화하고 싶어서 미칠 지경이었다. 빠르게 입금한 후에 그의 연락처를 받았고 두근거림을 멈출 수 없었다. 3초 만에 그가 전화를 받았지만, 그 3초가 낯선 은하계를 탐험하는 우주인의 시간처럼 아득하게 느껴졌다. 전화가 연결되자 그는 아주 차분하고 조용한 목소리로 자신을 소개했다.

"어둠의 소설가 ZeRO(나중에 왜 e만 소문자죠? 라고 물었더니 겉멋 때문입니다, 라고 답했다)라고 합니다. 잘 부탁합니다."

그는 아무 때나 볼 수 있는 유튜브 강의 영상 링크와 함께 주의사항을 알려주었다.

"제 강의 영상이 외부로 유출되어서는 안 됩니다. 입금하신 분만 보실 수 있고, 주변 사람들과 같이 보시면 법적 처분을 받게 됩니다. 단, 며느리와 같이 보는 것은 됩니다. 그건 황혼이 다가온 나이에도 글을 쓰겠다고 붙잡고 있는 거니까요."

그의 덜 떨어진 유머 감각에 나는 지구가 멸망해도 상관없을 것 같다고 생각했다. 하지만 지구가 멸망하기 전에 나는 등단해야 했다.

"어휴, 그럼요. 돈이 아까워서라도 남한텐 못 보여줘요."

그의 강의료는 나의 월세와 맞먹었다. 그가 첫 수업에 관해 설명했다.

"저는 식상하게 화상 강의나 네이트온 채팅 강의를 하지 않습니다. 복싱체육관에서 강의합니다."

"예?"

"서울에 사시죠? 글러브 사서 내일 독산동 파워체육관으로 오세요. 오는데 드는 경비는 제가 전액 지원해 드립니다."

미지의 행성 궤도에 이끌린 듯 다음날 체육관에 도착했다. 육교 지나서 2층에 'POWER'라는 간판이 달린 허름한 체육관의 문을 열자마자, 식스팩을 보유한 187 정도 거구의 사내가 내 앞에 떡하니 서 있었다. 전혀 소설가로 보이지 않았다. 눈빛은 강렬했고 당장이라도 전국체전을 제패할 수 있을 만큼 탄탄한 바디의 소유자였다. 거구의 뒤에서 보통 키의 사내가 나에게 다가왔다.

"ID 신춘문예정복님?"

그가 나를 불렀다. 그랬다. 거구는 당연히 소설가가 아니었다. (아무리 신선하게 접근하려 해도 아닌 건 아닌 것이다) 그가 나를 반갑게 맞이했다. 가볍게 티타임 하는 시간도 없이 곧장 그가 나의 배를 한번 보고는 프레젠테이션 강의라도 하듯 화이트보드로 다가가서 '체력'이라고 쓰고 동그라미를 쳤다.

"소설은 체력입니다. 그렇게 뱃살이 나와서는 장기전에 돌입할 수 없어요. 무라카미 하루키도 엄청나게 뛴다고 알려져 있습니다. 프로 작가들은 다 뛰죠. 이제 우리 제자님도 뛰어야 합니다."

"저, 그전에 궁금한 게 있는데요. 수강생은 저 한 명인가요? 아니면 여럿인가요? 너무 많으면 집중도에 차이가 있을 거 같아서……."

"수강생은 총 2명입니다. 저는 돈이 남아돌기 때문에 봉사활동 측면에서 푼돈 받고 과외하는 겁니다."

"저, 혹시 조바심에 말하는데요. 저는 신춘문예 준비 중이고 아시다시피 시간이 얼마 안 남았거든요? 뭐 기초를 다져야 한다거나 잽 연습을 한다면서 한 달을 다 날려버리면 저는 이 강의가 무의미해요."

"물론입니다. 바로 수업 들어가죠. 지금의 이 장면이 너무 낯설죠? 모든 창작의 기초가 되는 낯설게 하라는 내용을 설명하기 위해서 이곳으로 오라고 한 겁니다. 우리 제자님께서 지금의 이 상황을 텍스트로 지어내면 리얼리티가 떨어집니다. 그런데 우리 제자님은 방금 이 공간을 봤잖아요. 이 허무맹랑한 상황을 몸으로 체험했잖아요? 실제로 봤기 때문에 말도 안 되게 낯선 이 공간을 독자들에게 100% 이해시킬 수 있도록 쓸 수 있는 겁니다. 이게 제 글쓰기 방식입니다. 초리얼리즘."

"초리얼리즘?"

"제 글은 판타지 소설인데 왜 사람들이 빨려들겠어요. 그 안에 공주의 이야기는 제가 돈을 많이 벌게 되어서 알게 된 여자 연예인과 만났던 에피소드를 그대로 녹였습니다. 그래서 세계관과 배경이 비현실적이어도 독자들이 스펀지처럼 공주의 매력에 빠져들어 몰입할 수 있는 겁니다. 공주 캐릭터는 실제로 제가 만난 여자 연예인을 정밀 묘사한 거니까. 나중에 기가 브레이크로 세상을 다 부숴도 공주가 나오는 장면의 디테일이 너무 살아서 그 세계가 진짜인 양 착각을 해버리는 겁니다."

"아······."

나는 탄식이 절로 나왔다. 그가 말을 이었다.

"방구석에서 애니나 보고 소설책 몇 권 주워 읽었다고 그런 묘사를 하면 현실성을 반영할 수 없습니다. 저는 돈을 많이 벌었으니 다시 소설에 투자한 거죠. 좋은 집, 좋은 차, 좋은 환경 속에서 연예인도 만나고 유명인 소개도 받다 보니 그들을 귀족, 백작, 공주로 묘사해버리면 독자들이 빠져드는 속도 자체가 다릅니다. 방구석 망상가가 그려낼 수 있는 글이 아니란 거죠."

나는 최고급 레스토랑의 애피타이저를 맛본 것처럼 입맛을 다셨다.

"수업이 너무 좋습니다. 이렇게 만나면 몇 시간, 몇 회에 걸쳐서 배우게 되나요? 오늘 커리큘럼을 주나요? 아니면 즉흥으로 가르쳐 주시나요?"

"저는 엄청난 각인 기법으로 교육을 시킵니다."

"엄청난 각인 기법?"

"일단 형상화에 대해서 설명을 해드리죠. 소설의 기초가 되는 형상화 말입니다."

"황정은의 '모자' 같은 거죠? 아버지를 모자에 빗대는? 공부하고 있었습니다."

"그럼 이해가 빠르겠네요. 작품을 쓰시면서 형상화 작업은 계속하시는지요?"

"머릿속으로는 그 작업을 하려 하지만, 대체적으로 잘 안 됩니다."

"어제 유튜브 비공개 링크로 보내드린 제 영상을 다 보셨는지요? 거기에 형상화, 각인, 알레고리 등 설명이 나와 있지 않았습니까?"

"네, 봤습니다."

"그럼 이제 제가 그걸 기반으로 100% 이해되게 알려드리겠습니다. 자, 그럼, 형상화 펀치, 하고 외치면서 샌드백 쳐보세요."

"혀, 혀엉, 형상화 퍼언치!"

퍽, 샌드백이 조금 흔들리기만 했다. 수건을 어깨에 걸친 복싱 체육관 회원인지 관장인지 헷갈리는 근육질의 남자가 지나가며 풉, 하고 비웃었다. 그가 나를 장난기 있는 표정으로 쳐다봤다. 나를 약 올리고 싶어 하는 눈치였다.

"쪽팔리죠?"

"네, 아주 많이 쪽팔립니다."

"이번엔 연속으로 외치면서 쳐보세요."

내키지 않았지만 시키는 대로 했다.

"형상화 펀치! 형상화 펀치! 형상화 펀치!"

퍽, 퍽, 퍽, 샌드백도 내가 가소롭다는 듯이 그다지 움직이지 않았다. 순간 자살 충동이 밀려왔다. 사람들이 왜 자살을 하는지 알 것 같았다. 생명은 소중한 것이고 낳아준 부모를 생각해서는 절대 죽어서는 안 되지만 나이 서른 먹고 복싱체육관에서 이 염병을 떨고 나니 진짜 죽고 싶다는 생각이 들었다. 이 무슨 망측한 교육법인가. 그가 기분 나쁘게 미소 지었다.

"쪽팔린 기억은 까먹지 않습니다."

"예?"

"이렇게 반복 학습을 통해서 무의식적으로 글을 써재껴도 몸이 잊지 않기 때문에 소설창작의 테크닉을 습득하게 되는 겁니다."

"……."

"우리는 펀치를 익히려는 게 아니라, 소설을 익히려는 것이기 때문에 제가 샌드백을 멋있게 치는 방법은 알려드리지 않습니다."

"아니, 사부님, 그래도 이건 좀……. 저도 엄연히 인격체로 존중받는 삶을……."

"집에서 신춘낭인으로 살면서 존중받았습니까? 혹시 바퀴벌레와 동급은 아니었는지요? 밥상에 반찬 수가 현저히 줄어드는 걸

느끼지 않았습니까? 분노하고 증오하세요. 그리고 세상을 향해 펀치를 날리세요! 형상화 펀치, 하고."

"등단하기 전에 자살할 거 같은데요?"

그는 무시하고 다음 동작을 가르쳤다. 무에타이 선수처럼 자세를 잡고 허공을 향해 무릎을 올려 발차기했다.

"자, 이번엔 각인 킥. 니킥 말고 각인 킥입니다. 따라 해보세요."

"후……. 대한민국 인구밀도도 높은데 그냥 죽을까요?"

"그것도 하나의 방법입니다. 근데 어차피 죽을 거라면 죽기 전에 죽기 아니면 까무러치기로 신춘문예를 도전해 보는 것도 괜찮지 않겠습니까? 뭐해요? 얼른 각인 킥으로 샌드백 차세요."

"각인 킥!"

이후에 나는 그가 알려준 대로 형상화 펀치와 각인 킥을 연달아 날리며 한 시간 동안 샌드백을 치고 집으로 돌아갔다.

다음 수업은 그의 작업실에서 진행되었다. 청담동의 한강뷰 신축 오피스텔이었다. 고급스러운 방향제 향기가 입구부터 느껴졌다. 거실에는 독서실에서 쓰는 독서실 전용 책상이 있었고 그 옆에는 작업용 테이블이 있었다. 그 위에는 작업용 컴퓨터가 아닌 게이밍 전용 최신형 컴퓨터가 알록달록한 본체의 외형을 뽐내고 있었다.

"차 한 잔 마셔요. 제가 좋아하는 루이보스차입니다. 저는 보스 기질이 있어서 차에도 보스가 들어가는 걸 마셔요."

나는 한숨을 내쉬었다. 글을 오래 쓰다 보면 사람이 이렇게 맛이 가는 것이다. 십 년 이상 낙방하고 거기서 더 삐끗하고 잘 풀리지 않으면 병원에 입원하거나 심한 경우엔 사망까지 이르게 된다. 보스기질이 있어서 루이보스차를 마신다고? 다시 한번 지구가 멸망해도 좋겠다는 생각이 들었다.

어차피 지구는 5억 년 안에 멸망한다는 생각과 함께 루이보스차가 담긴 찻잔을 들고 한 모금 마신 뒤 주변을 둘러봤다. 구석진 곳에 문예창작학과 졸업장이 발견되었다. 그는 중앙대에서 문예창작 석사를 마치고 한양대 현대문학 박사를 졸업했다. 나의 시선이 닿는 곳을 쳐다보던 그가 말을 꺼냈다.

"호로록 쓰읍. (루이보스차를 한 모금 마시는데 진짜 이런 소리가 났다) 동기들이 다 저를 무시했지만, 상황은 달라졌어요. 문학상 휩쓴 동기들은 지금 반지하나 월세, 기껏해야 전세 빌라에 살고 있어요. 문학이 뭐죠? 예술이 밥 먹여주냐고 묻는데, 제 소설은 밥 먹여주다 못해 랍스타, 호텔 뷔페, 한강뷰까지 마련해줬습니다. 저는 판타지 욕 안 합니다. 이 장르의 이름부터 보세요. 판타지잖습니까. 우리가 잘 살고자 하는 판타지를 이 판타지 소설이 이뤄줬어요."

"저기…… 저는 무조건 신춘문예만 도전하려는데 혹시 저에게 판타지 쓰라고 유혹하시는 건 아니시죠?"

그가 피식 웃었다.

"네, 순문학 하세요. 저는 저를 가르쳐 주신 모든 교수님의 이름을 제 기억 속에서 지웠습니다. 그 교수님들 어떻게 사는지 아세요? 우리가 아는 유명 소설가들, 문학상도 휩쓸고 이력은 화려한데 그들이 장편 출간하면 몇 부 팔리는지 아세요? 1쇄 팔리고 끝입니다. 부양해야 하는 가족이 있지만, 돈을 너무 못 벌어서 가장으로 어깨에 힘이 없습니다. 교수라도 하면 천만다행이지 그게 아니고 강사로만 사는 경우엔 정말 갑갑합니다. 같은 작가인데 저는 포르쉐 타고 다니고 다른 작가는 아직도 뚜벅이거나 시골 내려가서 경운기 타고 다닙니다. 왜? 서울에서 월세 낼 여건이 안 되니까. 시골 가서 정신 승리하고 밭매거나 농사하면서 글 써요. 집값은 오르는데 원고료는 올랐나요? 나이 더 들어서 리어카 안 끌고 다니면 천만다행입니다."

그는 테이블 수납장에 가서 서랍을 연 뒤 통장을 가져왔다. 내 앞에 펼쳐서 입금 내역을 보여줬다. (대부분 휴대폰으로 계좌를 보여주지 않나?) S급 플랫폼에서 최근에 넣어준 돈은 1억 8천만 원이었다.

"이게 저의 삶입니다."

나의 눈이 휘둥그레졌다. 숫자의 0의 개수를 세어보고는 얼른 입을 열었다.

"사부님! 얼른 진도 나가죠!"

당연히 그는 체력단련실을 보유하고 있었고 거기엔 샌드백이 놓여 있었다.

"이제는 필살기라고 할 수 있는 저의 비기 '안드로메다 펀치'를 알려드리겠습니다."

"그게 뭐죠?"

"누구와 소설로 붙든 간에 저 먼 안드로메다까지 보내겠다는 강한 의지를 담은 펀치입니다."

"아니, 그게 되나요? 문창과 4년 장학생+등단작가 선배의 명품 피드백 받은 에이스한테 얻어맞고 안드로메다로 갈 것 같은데요?"

"소설가가 뭐죠? 소설가는 창조주입니다. 소설가는 세계를 만드는 사람이에요. 당연히 자신이 만든 소설 속에서는 소설가 자신이 가장 세죠. 소설가는 우주를 제멋대로 만들 수 있고 멸망시킬 수도 있습니다. 다만, 우주가 뜬금없이 등장해서는 안 되고 독자에게 설득력을 지닌 채 처음부터 끝까지 이해시키면서 넘어가야죠. 모든 독자들을 안드로메다로 여행시키세요."

"어떻게요?"

"철권 게임의 '폴 피닉스' 알죠? '폴 피닉스'의 필살기는 맞으면 그냥 한 방입니다. 시간이 흘러 밸런스 때문에 완전히 한 방에는 안 죽게 패치되었는데요. 애니메이션 중에 '사이타마'가 주인공인 원펀맨이 있죠. 그건 진짜 모든 게 한방입니다. 원펀맨의 '사이타마'처럼 신춘문예도 누구와 싸우든 간에 한 방에 보내세요. 두 방은 안 됩니다. 딱 한방. 그 한방을 준비하세요."

"그니까 어떻게요."

"제가 비법을 알려드리겠습니다. 하지만 그 비법을 알기 위해서는 39만 9천 원의 추가 결제가 필요합니다."

나는 그의 멱살을 잡았다.

"야, 인마! 벼룩의 간을 빼 먹어라! 양아치 새끼야! 너, 사기

꾼이지? 돈도 잘 벌면서 신춘 준비하는 신춘낭인의 삥을 뜯어?"

그가 멱살이 잡힌 채 입술을 실룩거렸다.

"난 말이야. 문학을 하려 했을 뿐인데 서울에 500에 40짜리 집에서 살다가 300에 35짜리 집으로 이사 갔어. 더 열심히 하고 싶었는데 200에 25짜리 반지하로 들어갔네? 장마철에 문 닫고 빨래 널었더니 곰팡이가 피었더라. 집의 반이 곰팡이로 가득 찼어. 이제 등단할 거 같아서 더 열심히 하는데, 보증금 없는 고시원에 들어가네. 이게 문학이야? 반찬 살 돈이 없어서 후랑크 소시지 천원짜리 살까 말까 고민하는데, 그딴 게 문학이라면 이제 안 해. 나는 상관없는데 부모도 같이 아파해야 해. 지금의 내 삶? 점심때, 발렛으로 포르쉐 세워두고 한남동 브런치 카페에서 한 접시 오만 원짜리 디저트 먹고 하루를 시작해. 직업은 소설간데 억 단위의 돈이 달마다 꽂히고 다가오는 여자들도 전문직에 연예인 뺨치게 예뻐. 이게 작가의 삶이여야 하잖아. 이렇게 살려고 우리 소설 쓰는 거잖아. 내가 무슨 사기를 쳐? 아니면 도박을 해? 투명하고 깨끗하게 오로지 글만 써서 살아. 최근 압구정에 112억짜리 빌딩 매입했어. 이게 장르문학이야. 신춘 따윈 마음속에서 버려."

"좆까, 씨발! 나는 순문학 하다 죽을 거야!"

"바로 이런 패기가 필요했던 것입니다. 저는 제자님의 열정을 테스트……."

그가 능청스럽게 말을 돌렸다. 나는 그의 멱살을 더 세게 잡았다.

"야이, 사기꾼아! 내 돈 돌려내! 그건 내 월세란 말야!"

"저는 제 역할을 다했습니다. 방금 제가 클라이맥스 부분의 리얼리티를 만들어 드렸습니다. 얼른 집으로 돌아가서 이 신비한 경험을 바탕으로 신춘에 낼 소설을 쓰십시오. 저는 다음 과외가 있어서 이만."

그는 웨이트트레이닝을 전문적으로 받았는지 힘이 셌다. 강제로 내가 잡은 멱살을 풀었다. 나는 그의 집에서 곧바로 쫓겨났다. 오피스텔 현관에서 그를 신고하려고 112 버튼을 누르려다가 머릿속에 이 기묘한 경험이 소설적으로 다듬어지는 느낌이 들었다. 원래 쓰고 있던 소설은 숨통이 콱 막히듯 중후반부터 진행되지 않았다. 그에 반해 이 소설은 쉼 없이 써 내려가졌다.

쿵쾅쿵쾅 심장이 뛰었다. 놀라운 일이었다. 나는 그에게 과외비가 아니라 소설 쓸 소재 비를 낸 것이다. 신박한 소설 아이템을 얻었다. 땅콩처럼 까먹을 것 같은 부분은 휴대폰에 메모하고 머릿속으로 지금의 이 황당무계한 상황을 기억하려 애썼다. 그가 사는 청담동 오피스텔 입구까지 나와서 하늘을 우러러봤다. 창문에서 그가 나를 내려다보며 피식 웃었다. 그리고 엄지를 치켜들었다. 나는 곧장 창작 욕구가 가슴속에서 끓어오름을 느꼈다.

초리얼리즘.

확실하게 겪어버렸다. 나는 오늘 겪은 사실을 토대로 소설을 쓰기 위해 노트북이 있는 집으로 달렸다.

그의 차기작은 '내 심기를 불편하게 만들면 태양계가 폭발함'

이었다. 아무래도 교수님이나 문창과 동기들, 선배들에게 글을 보여주지 못할 것 같았다. 이상문학상이나 동인문학상을 수상하신 교수님한테 '이 세계의 삶이 지루해서 저 세계에서 마왕의 셋째 딸로 태어남'을 썼는데, 한번 봐주실래요, 하고 과연 부탁할 수 있을까.

나는 여기까지 겪은 일을 써놓고 프린터로 출력한 뒤에 중간 점검을 받기 위해 그를 찾았다. 그는 과외비를 받았기 때문인지 문을 쉽게 열어줬다. 그런데 그는 흐느껴 울고 있었다. 반전세만으로도 4억이 넘는 17평짜리 한강뷰 오피스텔에서 89만 원짜리 지방시 도베르만 맨투맨과 110만 원짜리 디젤 청바지를 입고 꺼이꺼이 울고 있었.

나는 그에게 손을 내밀었다.

"사부님, 우리 퓨전 해요. 순문학과 장르문학의 중간, 그리고 순문학의 장점과 장르문학의 장점을 융합시키는 겁니다. 정치인이 걸핏하면 융합, 융합하잖아요. 대학 과들도 융합 많이 하고. 온갖 것들을 융합시키죠. 저는 사부님에게 얻은 판타지 문학의 힘을 순문학에서 쓰겠습니다."

"어떻게요?…… 지금까지 쓴 거 보여주세요."

나는 아무런 적의 없이 그에게 원고를 건넸고 그는 원고를 꼼꼼하게 읽었다. A4용지를 넘길 때마다 심장이 타들어 갔다. 집어던질까? 아니면 찢어버릴까. 신기하게도 그는 진지한 태도로 내 소설을 단숨에 읽었다. 그는 이제 뒷부분은 판타지적 요소를 빼고 순문학적으로 다가가서 쓰라고 가이드해줬다.

그래서 나는 이 부분부터 그를 만나기 전에 S급 문예지 등단 작가이자 나의 사부였던 L을 만났던 이야기를 하려 한다. 생각해 보면 이전 사부 L도 범상치 않았다. L의 S급 문예지 당선 소감은 다음과 같았다.

'내가 당선될 줄 알았다. 당연히 내가 당선되어야 한다. 나와 경쟁했던 사람들에게는 미안하다. 그 모든 것은 나약한 너희들의 잘못이다.'

L은 마지막 수업에서 나에게 다음과 같이 말했다.

"네가 이 세상의 언어 질서를 새롭게 정의해. 네가 쓴 소설에서는 네가 창조주야. 네 맘대로 날뛰고 그 문장과 문단에 대해서 책임져. 혹시나 심사위원들이 네 소설 한 장을 읽게 만들었다면 그 이후에는 더 뻔뻔하게 우겨. 마치 사기만으로 전과 17범이 된 무기징역 범죄자처럼."

"네, 알겠습니다."

스승의 말에 내가 답했다. 이제 나의 몸 왼쪽은 순문학 사부의 피가 맴돌고 있고 내 몸의 오른쪽에는 장르문학 사부의 피가 맴돌고 있었다. 듀얼이나 퓨전 등의 단어가 괜히 생겨난 것이 아니다. 면도기도 질레트 퓨전이고 유희왕은 듀얼로 모든 것을 대결한다. 듀얼의 세계에서 국회의원은 실패한 인생이고 성공한 인생은 카드로 듀얼 경기를 하는 사람이다. 미친 세계관인 것이다. 지금의 이 소설 세계관처럼.

내가 창작한 소설의 세계에서 나는 복싱 챔피언이었고 모든 상대가 다 한방이었다. 링 위에 누가 올라와도 상관없었다. 너도 한 방. 나도 한 방. 보스도 한 방. 우주도 한 방. 옆집 신혼부부도 한방.

한 방을 준비하다가 몸이 아플 때는 한방치료를 받았다. 폴 피닉스의 한 방과 사이타마의 한 방을 벤치마킹했고, 두 방은 허락하지 않았다. 두 방은 사이가 틀어진 부부 사이에 각방 쓸 때나 필요한 것이었다. 이런 무례하고 저급한 언어유희로 작년 심사위원의 멘탈을 산산조각 냈고 디스크 조각 모음을 하지 않았던 탓에 때때로 노트북으로 쓰던 소설이 날아가기도 했지만, 나는 멈추지 않고 신춘문예 도전을 위해 쓰고 또 썼다. 틈만 나면 반지하 방에서 형상화 펀치, 각인 킥을 허공에 날리며 소설 잽 연습을 했다.

원고지 116매를 채우고 나서 드디어 그에게 받은 수련이 끝났다. 손끝에 전류가 찌릿 흘렀고 이전에 없던 새로운 언어 감각이 맴돌았다.

나는 원고를 투고하기에 앞서 오랫동안 모셨던 L 사부에게 전화를 걸었다. 사부는 단편집이 잘 팔리지 않아서 과외 시장으로 돌아가 과외 중이라며 근황을 설명했다. 그나마 수강생이 꽤 있어 생계가 곤란한 정도는 아니라고 덧붙였다. 나는 휴대폰을 다른 쪽 귀로 옮겼다.

"형, 형이 저한테 처음에 말했죠. 소설은 재미있어야 한다고."
"갑자기 왜?"
"문학성이고 나발이고 다 때려치우고 일단 재미가 있어야 읽는다고."

"무슨 일 있어?"

"쓰면 쓸수록 어떻게 써야 할지 모르겠어요. 근데 지금 시대엔 무조건 건강식이 좋은 게 아닌 거 같아요. 우리가 토마토에 설탕이나 꿀 묻히면 영양적으로 마이너스 되는 거 알잖아요. 근데 사람들은 그저 달달한 음식이 먹고 싶은 거예요. 저는 당분간 설탕을 듬뿍 뿌린 요리를 내놓을래요. 어쨌든 패스트푸드가 넘쳐나는 세상에서 토마토라는 채소를 먹였으면 된 거잖아요."

"요즘 많이 힘들어?"

L이 물었다. 어차피 판타지 세계에서는 기가 브레이크 한 방이면 우주가 찢어지는데 힘든 게 뭐가 있겠습니까, 하고 대답하고 싶었지만 꾹 참았다.

"형, 저 편의점 알바나 알아볼까요?"

"그것도 소설가가 되기 위한 하나의 방법이지."

나는 정갈하게 출력된 원고를 들고 우체국으로 달렸다. 신춘문예 응모 작품을 투고하고 편의점 면접을 보기 위해 지하철 입구로 향했다. 가는 길에 잠시 하늘을 올려다봤더니 NASA에서 발표했던 소행성이 떨어지고 있었다. 뉴스 속보가 떴고 도심의 전광판과 광고판에 지구멸망에 관한 뉴스를 보도했다.

아나운서가 방송하다 말고 긴급히 자리를 떴다. 벌써 수천, 수만 개 이상의 UFO(선루프 옵션 없음)가 하늘 위에 떠 있었다. 어휴, 어쩐지 신춘문예에 낼 소설이 술술 막힘없이 써지더라니.

대열에서 벗어난 수십 대의 UFO 중에서 알록달록한 색으로 튜닝을 한 UFO 한 대가 내 앞에 착륙했다. UFO의 보닛 LED 전광판에 '공무집행'이라고 한글로 불이 들어와 있었다. 해산물처럼 생긴 외계인이 내 앞에 내렸다. 손에는 투명한 형태의 전자기기를 들고 있었다.

[이 인간인가?]

[그렇습니다.]

나를 둘러싸듯이 다가오는 외계인들의 인상착의를 살피며 뒤로 물러섰다. 외계인들의 모습은 백과사전에서 자주 보던 역삼각형 형태의 둥글고 매끈한 얼굴이 아니었다. 키가 3미터는 넘는 해삼과 멍게, 개불 같은 모습의 얼굴에 물범의 몸을 지닌 자들이었다.

나는 솔직히 정치인들을 생각하면 지구가 멸망해도 괜찮다고 생각하며 살아왔지만, 아직 등단을 못 했기 때문에 지구를 지켜야 했다. 어쩔 수 없이 최고 단계의 암흑 마법 기가 브레이크를 쓰기 위해 주문을 외우려 손바닥을 폈는데 이미 외계인들이 텔레파시로 다른 주문을 먼저 외워 버렸다.

[타임 브레이크!]

그들은 한국어 시험을 만점 받고 온 행성 파견직 공무원들이었다. 미국이나 유럽 출장을 원했는데 사다리타기에서 한국이 걸려서 왔다고 내 뇌에 정보를 전달했다. 이윽고 빛이 나를 둘러싸더니 주파수가 다른 소리의 이명과 함께 어딘가로 내가 이동되었다.

나는 RX-438행성에 도착해(RX-436은 어떤 소설가의 상상력 에너지에 의해서 파괴되었다) 타임캡슐 안에서 걸어 나왔다. 키가 5미터는 넘는 개복치처럼 생긴 외계인이 나를 인자한 눈빛으로 쳐다보고 있었다. 텔레파시 같은 것이 내 귓가에 울려 퍼졌다.

[그대의 정신 나간 소설 집필로 인해 저 멀리 27억 광년 떨어진 우리별에서 너를 감지할 수 있었다. 나는 이 행성의 총사령관이고 사령관인 내 아들의 전두엽에 아주 심각한 손상이 와서 식물외계인이 되었다. 한국으로 치자면 서울대 의대 출신의 의사들이 매달려 치료를 했건만 소용이 없었다. 하버드 출신 교수급 의사가 진단하길 저 멀리 태양계의 지구라는 행성에 존재하는 대한민국 국적 소설가 지망생인 너의 습작 중인 소설 중에서 내용이 너무 허무맹랑해서 읽는 이로 하여금 전두엽 쇼크를 일으킬 만한 소설이 있다고 밝혀냈다. 그 소설을 내 아들 옆에서 읽게 해 손상된 전두엽에 자극을 주면 치료될 확률이 97%나 된다고 전문가들이 분석했다. 천문학적인 비용과 인원을 동원해 확실한 좌표값을 입력한 뒤에 지구에 있는 너를 찾았다.

부탁한다. 우린 수천 년의 역사 끝에 고도의 문물을 발달시켰지만, 뇌 안에 있는 전두엽을 치료하는 방법은 이뤄내지 못했다. 그대의 소설을 읽다 보면 전두엽에 강한 충격이 와 멈춰버린 우리 아들의 전두엽을 다시 깨울 수 있을 거라고 믿는다. 만약 이 프로젝트가 성공해서 아들이 정상으로 돌아온다면 우리는 너에게 아직 지구에서 만들어지지 않은 아이폰 47 혹은 삼성 갤럭시 63을 주겠다. 그것도 마음에 들지 않는다면 그래픽카드 GTX137080이 달린 초고속 컴퓨터를 주겠다.]

"아이폰 47은 어떤 기능이 있죠?"

[와이파이 대신 옆집 와이프를 쓸 수 있다.]

"그럼 삼성 갤럭시 63은요?"

[우주허블망원경 렌즈가 탑재되어 12억 광년의 행성까지 줌인으로 당겨 볼 수 있다. 동영상 촬영은 해상도를 2368000x1184000까지 지원한다.]

"그럼 그래픽카드가 달린 초고속 컴퓨터는요?"

[소설창작 AI 기능이 달려 있어 한 문장만 쓰면 뒤에 두 문장이 최적화되어 따라붙게 된다.]

뭔가 이상했다. 소설창작 AI까지 쓰는 기술이라면 이 행성의 구성원 중에 소설가가 있을 것이고 그 소설가의 능력으로 얼마든지 살려낼 수 있지 않겠는가. 게다가 왜 비트코인이나 주식에 관련된 정보를 알려주지 않는 것인가. 로또 번호라든지 탈모 해결법이라든지 훨씬 더 매력적인 조건이 널리고 널렸는데.

나는 주변을 둘러보다가 딱 봐도 사령관이 쓰던 것으로 추측되는 황금빛 UFO를 한번 쳐다봤다. 지구의 차량으로 비교하자면 포르쉐나 람보르기니를 뛰어넘는 부가티 수준의 UFO로 추측됐다. 저 UFO라면 탑승한 지 1초 만에 지구로 돌아갈 수 있을 것 같은 스펙으로 보였다.

[그대의 정신 나간 소설을 보여줄 수 있겠나?]

나는 다시 총사령관을 쳐다보았다.

"이메일에 저장되어 있습니다."

[새로 쓰면 되지 않는가. 그대는 글 쓰는 속도가 빠른 편이지 않은가. 그대 앞에 컴퓨터를 놓아줄 테니 소설을 써주게.]

총사령관이 부하를 시켜서 내 앞에 투명한 디스플레이의 얇은 글라스 노트북을 내밀었다. 내가 쓰던 버전의 한글 문서 창이 켜졌다. 나는 주변의 눈치를 살폈다. 동그란 진형으로 나를 둘러싼 부하들이 레이저 건을 내게 겨누고 있었다. 나는 투명 키보드 위에 손을 올리고 타자를 치기 시작했다. 땀이 삐질삐질 흘렀다. 내가 쓴 단편소설의 내용은 다음과 같았다.

나는 말도 안 되게 잘 생겼다. 나와 외모 격차를 느낀 박보검이 연예계에서 은퇴했다. 차은우가 CF를 찍다가 쉬는 시간에 나와 눈이 마주쳤는데 나의 우수 어린 눈빛에 빠져들어 차은우까지 돌연 은퇴했다. 나는 너무 잘생겼기 때문에 여자들이 나와 옷깃만 스쳐도 그 자리에 픽픽 쓰러진다. 나는 상사병을 불러일으키는 희대의 범죄자. 수많은 남자 아이돌 가수, 연예인들이 나 때문에 꿈을 접었다. 내 죄는 너무나도 잘생기게 태어난 죄. 나는 잘못이 없다. 나를 너무 잘생기게 낳은 내 부모의 잘못이다.

내 소설을 전달받은 부하가 나의 얼굴을 한번 쳐다보고 내 얼굴의 자유분방한 이목구비를 확인했다. 범상치 않은 소설이라며 총사령관에게 말한 뒤, 침대에 식물외계인 상태로 누워 있는 사령관 곁으로 다가가서 귓가에 내 소설을 읽기 시작했다. 내 소설의 67% 정도를 듣자마자 사령관이 깨어났다.

[이런 개 쓰레기 같은!]

사령관이 발작적으로 외치며 침대에서 벌떡 일어났다.

[해냈다! 해냈습니다!]

"약속하신 대로 저에게 아이폰과 컴퓨터를 주십시오."

[그건 거짓말이었다.]

"왜죠?"

[원래 약속은 어기라고 있는 법이라고 지구에서 방영한 만화영화의 악당에게서 배웠다. 너무나도 감명받은 대사라서 실전에 쓰려고 머릿속에 갈무리해 두었다. 이제 단물을 다 빨았으니 저 지구인을 처단해라!]

총사령관의 명령과 함께 부하의 레이저 총에서 빔이 날아왔는데 가까스로 피했다. 빔은 실수로 내 뒤의 외계인을 맞췄는데 빔을 맞은 외계인은 하얀 연기를 내뿜으며 알록달록한 색의 악취를 풍기는 빈대떡이 되어버렸다.

아무려나 이렇게 죽을 순 없었다. 주변을 둘러봤다. 책장을 보니 베르나르 베르베르의 뇌를 비롯해 황정은의 소설책도 꽂혀 있었다. 의외로 외계인들은 미국이나 유럽 소설가 외에 한국 소설가의들 작품도 읽는 듯해 보였다. 나는 책장으로 시선을 돌리고 입을 열었다.

"황정은이 '모자' 다음 작품으로 '중절모' 발표한 거 아는가?"

[진짜?]

"구라지 씹새야."

혼란한 틈을 타 외계인에게 형상화 펀치를 날렸다. 우주 생명체의 형상이 일그러져 미더덕찜이 되었다.

"아프냐? 나도 아프다."

드라마 '다모'의 명대사를 날리며 각인 킥으로 외계인의 안면을 찍었다. 나의 존재를 외계의 잡것들에게 강렬하게 각인시켰다. 외계에서 한 자리씩 차지하고 있는 인물들이 순도 100% 백수 인간에게 맞았다는 치욕감은 이날을 법정 휴일로 지정해야 할 수준일 것이다. 해마다 직장 다니는 외계인들이 집에서 하루 쉬며 뼈아픈 반성을 해야 할 것이다. 수십 명의 외계인들이 레이저 건으로 나를 겨누었다. 나는 정신적 충격이 올 만큼 저급한 언어 주문을 외우기 시작했다.

"전두엽! 김초엽! 구준엽! 전두엽! 신동엽! 이승엽! 전두엽!"

저급한 언어유희로 인해 외계인들의 전두엽에 손상이 왔는지 내게 접근하기도 전에 주문만 듣고 쓰러졌다. 순간, 알아차렸다. 우주 생명체들은 전두엽에 손상이 조금이라도 오면 치명상을 입게 되고 죽음에 이르게 되는 것이다. 고도의 과학기술로 육체를 쓸 일이 줄어들어 육체가 오히려 연약해진 탓이다.

나는 황금색 UFO로 가면서 전두엽, 김초엽, 구준엽을 외쳤다. 놀랍게도 내 주문을 들은 외계인들이 픽픽픽 잇달아 쓰러지면서 길이 터졌다.

이윽고 황금색 UFO에 올라타자마자 인터페이스를 살폈다. 지문인식이나 동공 인식을 통해서 시동이 걸리는 시스템이라면 탈출이 수포로 돌아간다. 그런데 외계 기술이 좋긴 좋았다. 운전면

허 같은 것도 필요 없이 핸들을 잡고 눈을 감았다. 지구를 떠올리자마자 공간에 백광이 가득 찼고 다음 순간 나는 지구로 돌아와 있었다. 마법이 따로 없었다.

얼마의 시간이 흐른 걸까. 지구는 이미 폐허가 되어 있었다. 황금빛 UFO에 무기라도 탑재되어 있으면 신문물로 맞서 싸우려 했는데 이건 전투용이 아니라 이성을 태우고 폼을 잡기 위한 선루프 옵션과 우퍼스피커가 장착된 드라이빙용 모델이었다. 사우디아라비아 재벌 회장이 자식에게 람보르기니를 황금으로 도색해 선물한 느낌이었다.

미국의 엄청난 국방력도 핵보유국의 핵도 외계의 전투력 앞에서는 무의미한 모양이었다. 아니, 지구 안에서 핵을 터뜨리면 외계인과 상관없이 지구가 멸망하니 핵은 쓰지 않았던 것일 수도 있다.

나는 안드로메다 펀치로 내 앞에 나타난 외계인들을 한 방에 처리하며 앞으로 나가기 시작했다. 내가 버겁다는 느낌을 받을 때쯤 내 옆에 사부 L이 나타났다.

"역시 텍스트의 종말은 세계의 종말과 밀접한 관련이 있었어."
"어떻게 하죠?"
"어떻게 하긴 뭘 어떻게 해. 지구가 멸망하면 등단도 못 하는데 지켜내야지. 나도 힘겹게 문예지로 등단했는데 지구가 멸망하면 등단한 의미가 없잖아."

옆에 장르 사부인 그도 와 있었다.

"알지? 내 심기를 불편하게 만들면 태양계가 폭발해 버리는 거. 나도 최근에 빌딩 매입했는데 지구가 멸망하면 안 되잖아."

외계인의 침공으로 인해서 남자들이 군대에 간 덕택에 대부분의 신혼부부가 별거 중이었고 각방을 쓰고 있었다. 한방병원은 문을 닫았고 곳곳에 등단작가들의 비석이 놓여 있었다. '창비 등단작가 외계의 침공에 맞서 싸우다 잠들다' '문학동네 등단작가 외계인에게 투쟁하다 잠들다' '조선일보 신춘문예 등단작가 차기작이 안 나와서 사망'…… 이런 식이라면 나는 '김 아무개 등단 실패로 인한 쇼크로 사망'으로 생이 처리될 수도 있었다. 원고마감도 못 해봤는데 인생 마감이라니.

이왕 이렇게 된 거, 나는 마음속으로 최고 단계의 암흑 마법 주문을 외우려 했다. 내 행동을 눈치챘는지 사부님들이 내 어깨에 기를 불어넣었다. 나는 이제 더 진화된 마법을 쓸 수 있었다.

'하이퍼 기가 브레이크!'

내 등단을 방해하는 외계 무리들을 모두 멸망시켰다. 역시 두 방은 안 된다. 지구 평화조차 한 방에 해결했다. 나는 지구를 지켜냈고 황금빛 UFO를 NASA에 팔아 2조 원의 수익을 얻었다, 라고 소설을 마무리하려는데 잠에서 깨어났다.

나는 세브란스 병원의 응급실 침대에 누워 있었다. 이상하게 전두엽이 아파왔다. 주치의가 내 곁에 와서 혀를 끌끌 찼다.

"심각한 신춘낙선 증후군입니다. 오랜 작가 지망생 생활 끝에 수십 차례 이상 낙선하게 되면 전두엽의 세포가 파괴되면서 일어나는 현상으로 신춘낭인들이 자주 겪는 불치병 수준의 질병입니다. 학명으로는 'Jomangan-D-jim'입니다."

억울했다. 꿈이 그저 신춘문예로 등단하는 것일 뿐이었는데 사망에 이르게 된다니. 말이 안 되는 소리였다. 내 보호자 자격으로 왔던 L이 주치의를 애원하는 눈빛으로 쳐다봤다.

"치료 방법은 없습니까?

"등단을 하게 되면 말끔히 치유되지만, 신춘문예란 게 이 병에 걸렸다고 해서 등단시켜 주는 시스템이 아니잖습니까."

주치의가 퇴장했고 L이 내 옆에서 조언했다.

"그냥 문예지나 준비하자. 네 소설은 신춘문예와 안 맞아. 아직 외계인이 나와서 개싸움 하는 소설은 신춘 역사상 없었어."

"형, 역사는 깨라고 있는 거잖아요. 내용 더 보태서 퇴고하고 내년에 동아일보 중편 준비하면 돼요."

"그 전에 너 죽어. 차라리 이대로 문학잡지에 발표해."

"이런 허무맹랑한 소설을 받아줄까요?"

"여기저기 투고하다 보면 받아주는 데가 있긴 있을 거야."

병원에서 퇴원하던 날, 지하철 2호선을 타고 정처 없이 역들을 지나쳤다. 사람들은 유튜브로 개그맨들의 꽁트를 보고 웃기도 하고 인터넷으로 뉴스를 보기도 했다. 영단어를 외우는 학생도 있었고 넷플릭스를 보는 직장인도 있었다. 가끔 e북으로 책을 읽는 이들도 있었고 스토리코스모스라는 웹북 플랫폼에서 소설이나 시를 읽는 사람도 있었다.

시간이 흐른 뒤, 나는 이때의 정신 나간 기억을 되살려「전두엽 브레이커」라는 소설을 썼고 그것을 스토리코스모스 플랫폼에 투고했다. 그런데 스토리코스모스에 작품을 발표하기 위해선 등단해야 한다는 전제 조건이 있어 '2021년도 매일신문 신춘문예 소설 부문'에 당선되었다. 비로소 신춘낭인의 멍에를 벗어던지고 날개를 단 것이었다. 내가 투고한 소설「전두엽 브레이커」는 스토리코스모스 최초의 '투고발굴작품'으로 선정되었다.

이런저런 경로를 거쳐왔음에도 불구하고 나의 주관은 분명하다. 기존의 소설은 식상하다는 것. 세상이 미쳤으니, 이쯤에서 미친 소설가 한 명쯤은 필요하다는 것. 그 미친 소설가, 기꺼이 내가 되겠다는 것. ㅎㅎ

나는 전두엽 브레이커다!

| 작가의 말 |

제목 보면 알겠지만 대충 쓴 소설이다.
대충 써도 이 정도는 쓴다고 알려주고 싶었다.
이 소설에는 내 글 실력의 37%밖에 사용하지 않았다.
내 글 실력의 56% 이상이라도 쓰는 날에는
기성 작가들이 설 자리가 줄어든다.
선배 작가들을 위해서 나는 오늘도 글 실력을 숨긴다.

허성환
2021년 매일신문 신춘문예 소설 부문 당선

『스토리코스모스 소설선: 21세기 소설 라이브러리』를 시작하며

2022년 7월과 8월, 한국에서 가장 오래된 순수 정통문예지 『현대문학』은 한국과학소설가협회 회원 작가 20명의 소설을 두 달에 걸쳐 특집으로 게재했다. 1955년 창간하여 한국 순문학을 대변해 온 잡지로서 놀라운 파격을 보인 셈이다. 그 놀라운 파격이 나에게는 베를린 장벽이 무너지는 걸 지켜보던 시절을 떠올리게 했다. 부정적인 의미가 아니라 새로운 시대의 개벽을 확실하게 알리는 신선한 퍼포먼스로 보인 것이다. 본질적으로 보자면 더 이상 순수문학, 본격문학, 정통문학을 내세운 엘리트주의, 엄숙주의, 권위주의 문학이 통하지 않는 시대가 도래했음을 자인하는 사건이었고, 그것을 몰고 온 동력이 놀랍게도 '독자들의 힘'이었다는 걸 부정할 수 없는 사태였다.

2022년 1월 1일, '한국문학의 새로운 생태우주'를 표방한 '스토리코스모스' 웹북 플랫폼이 세상에 존재를 드러냈다. 오래전부터 주시해 온 한국문학의 낡고 고루한 흐름에 반전을 꾀하기 위해 장르문학과 순수문학의 경계를 해체하고 또한 그 두 영역의 특성이 융합을 이루도록 돕기 위한 출범이었다. 그것을 위해 스토리코스모스는 다수당선제의 신인 발굴과 21세기적 경향을 드러내는 작가와 작품을 발굴하기 시작했다. 그리고 그것이 자리를 잡아 감에 따라 소중한 결실을 장기적인 시리즈로 기획하고 첫 종이책을 출간하게 되었다.

　스토리코스모스 소설선에 수록된 작품들은 한 편 한 편이 모두 소중한 발굴작이다. 한 편 한 편 발굴하는 과정에 작가와 에디터 간의 협의를 거쳐 최종본에 이르게 되고, 그것을 통해 독자들에게 완성도 높은 소설을 제공하고자 최선을 다했다. 책 제목은 전체 수록작 중 적절하다고 판단된 것을 선별한 것이니 각별한 의미를 지닌 게 아니다.

　이 책에 수록된 10편의 소설은 스토리코스모스의 지향성을 반영하여 다양한 장르가 한자리에 모여 있고 그것들은 21세기적 경계 해체와 융합을 반영한다. 독자의 입장에서는 장르소설과 순수소설을 한 권의 책으로 읽을 수 있으니 색다른 독후감을 얻게 될 것이다. 독자의 독후감에 제약을 주거나 영향을 미치지 않기 위해 '작가의 말' 이외 여타의 평가적, 평론적 글은 일절 붙이지 않았다. 온전한 원물만으로 이루어진 한상차림을 고스란히 독자에게 제공하고 싶었기 때문이다.

　진정한 21세기 소설 라이브러리를 만들기 위한 스토리코스모스의 항해에 많은 독자들이 참여하길 바란다. 그리하여 독자들이 만들어 나가는 대한민국 문학, 독자들을 위한 대한민국 문학이 되살아나길 빌고 싶다. 너무 오랜 세월, 안목과 관점의 측면에서 한국문학은 '문학성 그 자체'가 외면당한 채 오도돼 온 게 사실이다. 이제 그것을 바로잡기 위한 즐겁고 유쾌한 여행이 시작되었다. 문학을 사랑하는 모든 사람과 함께 멀리, 그리고 오래 함께 갈 수 있기를 빈다.

박상우 (소설가·스토리코스모스 대표 에디터)

전두엽 브레이커

초판 1쇄 발행 | 2023년 7월 7일
초판 2쇄 발행 | 2023년 7월 27일

지은이 | 고요한 외
편집인 | 이용헌
펴낸이 | 박상우
펴낸곳 | 스토리코스모스
주　　소 | 경기도 고양시 일산서구 탄중로 101번길 36, 105-104
전　　화 | 031-912-8920
이메일 | editor@storycosmos.com
등　　록 | 2021년 5월 20일 제2021-000101호

ⓒ 박상우, 2023

ISBN 979-11-92211-86-2　03810

* 이 책의 판권은 지은이와 스토리코스모스에 있습니다. 양측 동의 없는
　무단 전재 및 복제를 금합니다.
* 잘못된 책은 교환해 드립니다.

www.storycosmos.com